三上テンセイ
TENSEI MIKAMI
ILL. 緜 WATA
キャラクター原案◆小山内
TOブックス
剣とティアラと
SECOND
ハイヒール
〜公爵令嬢には英雄の魂が宿る〜

CHARACTERS

セレティナ

オルトゥスが転生した姿であり、
類稀《たぐいまれ》なる容姿に恵まれた
病弱な公爵令嬢。
今世も騎士を目指して奮闘中。

オルトゥス

セレティナの転生前の姿で
大陸全土に名が轟《とどろ》く程の大英雄。

メリア

セレティナの実母。
名のある傭兵だった過去を持つ。
娘に厳しいが愛情は深い。

ディセントラ

『エリュゴールの災禍』を引き起こした魔女。
セレティナに執着しているが、
その真意は不明。

エリアノール

エリュゴール王国第一王女。
お転婆が玉に瑕《きず》。
セレティナの事が気になっている。

ロギンス

エリュゴール王国騎士団団長であり、
英雄オルトゥスの後釜を担う実力者。

CONTENTS

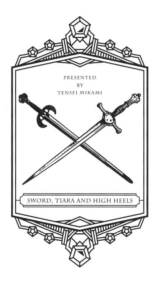

PRESENTED
BY
TENSEI MIKAMI

SWORD, TIARA AND HIGH HEELS

イラスト ● 緜

キャラクター原案 ● 小山内

デザイン ● SAVA DESIGN

第一章　初恋

春。麗《うら》らかな風は冬の寒気を攫《さら》って穏やかな暖かみを連れてやってくる。

エリュゴール王国の国花であるアイリアという可憐な花も春に咲く事から、国内では最も風情のある季節だと囁《ささや》かれている。事実、かの英雄オルトゥスが没した『鎮魂祭《ちんこんさい》』の秋と並んで国外からの来訪者が多い。

エリュゴール王国の庭園を階下に望める渡り廊下からは、アイリアの可憐な桃色の細波《さざなみ》がよく見える。英雄オルトゥスの魂をその身に宿している公爵令嬢《こうしゃくれいじょう》セレティナ・ウル・ゴールド・アルデライトは、些《いささ》か憮然《ぶぜん》とした表情を保ちながら階下のアイリアを眺めていた。

美麗な曲線を描く横顔は、まるで聖画から切り取ったかのように美しい。

春の日差しを弾く金色の髪は輝く様で、ツンと天を目指す睫毛《まつげ》と相俟《あいま》って彼女を見る者は黄金を想起することだろう。白磁の顔《かんばせ》に収められた群青色《ぐんじょういろ》の双眸《そうぼう》は宝石の様に瞬いている。

天上に至るセレティナの美はこれでいてまだ蕾《つぼみ》。もう少し成熟した女性へと成長したのなら、どれほどの美に至るか想像も付かない。どんな男でもセレティナから一つ吐息をかけられたなら、忽《たちま》ち虜《とりこ》となりその人生を捧げることも厭《いと》わなくなるだろう。

そんな絶世の美を誇る少女のセレティナは現在体に力が入らない。セレティナは絶賛この国の第二王子……ウェリアス・ヘイゼス・エリュゴール・ディナ・プリシアに抱え込まれている最中だ。

件《くだん》のエリュゴール王国の格式ある舞踏会を取り壊した『上級』の魔物による襲撃事件。あれから三日の時が流れ、力尽きたセレティナが漸《ようや》く目を覚ました。

目を覚ましたセレティナの首筋には覚えのない紋章が刻まれており、謎の快調をセレティナに齎《もたら》していた。その力の具合を確かめるべく、または嘗《かつ》て師弟関係にあった現エリュゴール王国騎士団団長のロギンス・ベル・アクトリアの今の力を見極める為仕合を演じる。

その結果セレティナはロギンスに敗れ、そして完全に力を使い果たして芝の上にへたれこんでしまった。その状況を見ていたウェリアス王子に抱えられ……と、現在こうして話は続いている。

◇◇◇

「薔薇《ばら》に絡みつく蛇《へび》、か」

ウェリアスはセレティナを抱きかかえたまま、思案に暮れた。

肩口まで切り揃えられた銀色の髪が、春風にそよぐが彼は気にせず眉を顰《ひそ》めた。セレティナの美しい頸《くび》に当たる部分に、確かにそれは彫り込まれている。

賢明なウェリアスは恐らくそれが『黒白の魔女』によって彫り込まれた物だとは何となく察知したが、それがどのような意味合いを持っているかまでは推察できない。

薔薇は兎も角、蛇に対して良い印象が浮かぶ事はない。

たとえ今セレティナの体に良い影響を与えているとしてもこの国を墜《お》とそうとした魔女が何かを

刻みつけたという事実がウェリアスにとって気に食わなかった。

「その紋章が貴女に謎の快調を齎している。だからロギンスと仕合などという真似をしていたのですね。……しかし体が軽いとは言え、無茶が過ぎます。少しは自分の体調を慮《おもんぱか》る事が必要ですよセレティィナ」

「……申し訳ありません」

憮然としたままのセレティィナはツンと顔を背けると、僅《わず》かに頬を膨らませた。

どうやらウェリアスに抱えられたまま自室に連れていかれている状況に納得がいかないらしい。

ウェリアスはそんなへそ曲がりの姫の態度に困った様に眉《まゆ》を曲げた。

「ちょっとお兄様！　セレティィナさんに触れているからと言って鼻を伸ばさないでくださいまし！」

そんな状況に不平不満を吐き続けるのはエリュゴール王国第一王女であるエリアノール・ヘイゼス・エリュゴール・ディィナ・プリシアだ。

「エリアノール。それを言うなら鼻の下、ですよ」

「そう！　鼻の下を伸ばすのは駄目ですわ！……あっ！　あーっ！　今お尻を！　セレティィナさんのお尻を触りましたわ！」

「触るわけがないでしょう！　全くどうしたんですか。いつもの貴女より落ち着きが無いですよ！」

「お兄様がセレティィナさんを抱っこするなどという羨ま……うぅーっ！　セクシャルハラスメントな事をしているから悪いんですわ！」

エリアノールは思わず白いハンカチを噛みちぎった。先程からこの調子だ。

セレティナを抱くウェリアスの周りをぐるぐると回り、恨み節を延々《えんえん》と吐き続けるのだ。余りにもそれが酷いものだからセレティナを預けてみれば、最初はふんすふんすと息巻いていたものの直ぐにセレティナの重みに耐え切れずに潰れてしまった。

セレティナが重いのではない。エリアノールがセレティナと変わらぬ程に非力なのだ。

だからこうしてエリアノールは泣く泣く、渋々セレティナの身を兄に任せている。……恨み言は言い続けるのだが。

ウェリアスはそれよりも、と前置いて話を戻した。

「セレティナの首の紋章はやはり気になります。彼女にいい傾向を齎していると言え、あくまでそれはセレティナ自身の推察の域に過ぎない」

「では、どうするんですの？　確かめようがありませんわ」

そう言ってエリアノールは肩をすくめた。

しかし何かウェリアスには提案があるのだろう。セレティナは黙ってウェリアスの次の言葉を待った。

「薔薇と蛇。一見僕達素人にとっては何の取り留めの無い組み合わせに見えますが、見るものによってはそれが大きな意味合いを持っているのかもしれませんよ」

「……つまり、魔法士に診せるという事ですか？」

セレティナの言葉にウェリアスは大きく頷いた。

「宮廷魔法士と呼ばれる王国お抱えの魔法士がいます。言わずもがな腕に覚えのある魔法士です。

「どうですかセレティナ、診てもらいませんか」

ウェリアスの問いにセレティナは僅かに逡巡《しゅんじゅん》し、沈黙する。

これは、恐らくだが『黒白の魔女』……ディセントラが残した置き土産だとセレティナは直感しているからだ。

これがセレティナにとって良いものなのか、破滅を齎すものなのか、それは定かではない。

しかし、それでもこれを人目にさらすのは憚《はば》かられるものがある。

ディセントラが刻み付けたものであるならば、然《しか》るべき魔法士に診てもらいたい。

それがセレティナの願いだった。

セレティナは漸く決断を下すと、ウェリアスを見て首を横に振った。

それは、拒絶の意思の表明。ウェリアスの瞳が、僅かに見開かれる。

「……何故ですかセレティナ」

「そうですわセレティナさん！　そんなものが寝て起きたら刻み込まれているなんて、普通あり得ない事ですわよ！」

「……知り合いに信頼の置ける魔法士がいるんです。その人に診てもらおうかな、と」

セレティナがそう言って困った様に笑うと、二人はほっと息を吐いた。

やはりセレティナの身が心配なのだ。

しかし。

「宮廷魔法士より腕がいい魔法士なんていているんですのね」

「ええ……まあ」

「そんな魔法士がいるのならば会ってみたいものですね。宮廷魔法士にスカウトできたら良いのですが」

「それはどうでしょう……彼女、気難しいですから」

セレティナはそう言って、狼の耳を持つ女性の姿が頭に過ぎった。

旧友、イミティア・ベルベットの姿を。

（彼女は息災《そくさい》だろうか）

世にも珍しい狼種《ろうしゅ》の獣人族《ビスティア》の彼女の身を憂《うれ》い、セレティナの目が薄く細く形を変えた。

「ではその紋章の事はセレティナ自身に任せるとして、今はやはり休養が必要ですね。気にかける者も多くいます、ほら」

一点を見つめるウェリアスはそう言って、長く続く廊下《ろうか》の先を視線で指し示した。

釣られてセレティナがそちらを向くと、黄金の毬栗《いがぐり》……いや、兄のイェーニスがどたどたと駆けてくるところだった。

懐かしい。

じわりとセレティナの胸の奥に熱い何かが込み上げてくる。ずっと寝ていたというのに、家族の顔が酷く懐かしく感じられる。死線を乗り越えたからか、今はただただ家族の姿が愛おしくて堪《たま》らなかった。

（ああ……そうだ）

こういう時に実感するんだ。セレティナは嬉しくなった。

（私はオルトゥスだが、オルトゥスではない。言うなればオルトゥスだった者……その本質はやはりセレティナなんだ）

セレティナはそれが堪らなく嬉しい。家族がいるということ。それが、どれほど掛け替えのないことか。

「セレティナ！」

「お兄様！」

駆け寄ったイェーニスは、珠《たま》のような汗を流していた。

ぜいぜいと息を切らし、彼は思いがけず膝に手を突いた。

「おまっ……ハァッ……起き抜けにベッドにいないンッから……ハァ……ハァッ……心配したんだぞ！」

「それは……申し訳ありません……」

「父上は領地に戻ったが……ハァ……母上はまだ別棟にいる……！　起きたなら先に……言えよな……！」

王子にお姫様抱っこなんてされてよ、とイェーニスは汗を拭いながら笑顔を見せた。

ふぅ、と息を吐いて襟《えり》を正すと、

「とりあえず元気そうで良かった。……ウェリアス王子殿下、エリアノール姫、セレティナがご迷惑をお掛けしたみたいで大変申し訳ありませんでした」

イェーニスは品良く腰を折る。やはり公爵家の子息ということもあり、様になっている。

「迷惑だなんてとんでもない。寧《むし》ろ僕が彼女の機嫌を損ねたみたいですからね」

「セレティィナが王子の機嫌を……っ！　申し訳ありません！」

「いやいや、そういうつもりで言ったわけではないですから謝らなくとも」

「そうですわ。ウェリアスお兄様はセレティィナさんのお尻を触ったのですからお尻を」

「エリアノール、余計な事を言うと話が拗《こじ》れるだけですからやめてください」

ぽかんとしているイェーニスにウェリアスは何でもないんです、と微笑むと腕に抱えたセレティィナをイェーニスの背に預けた。

「どうやら彼女は僕が抱えていると嫌な様なのでね。兄の貴方が連れて行ってやってください」

「はぁ……」

「では頼みましたよ。セレティィナ、また元気になった時に会いましょう」

微笑むウェリアスに、セレティィナはこくりと頷いた。

どうもお姫様抱っこ事件で彼女の中に小さな苦手意識が生まれたらしい。なんとなく、ウェリアスに対するセレティィナの態度は借りて来た猫のようなものが感じられる。

「セレティィナさん、元気になった時は一緒に庭園でお散歩でもしましょうね。その時は今度は二人で、なんて。ぽっ」

頬に手を当て、身を捩《よじ》るエリアノールにセレティィナは笑顔で頷いた。

セレティィナが寝ている時になんだかんだと世話を焼いてくれたのは何と言ってもエリアノールなのだ。その恩義に報いたい気持ちがセレティィナの中で燻《くすぶ》っている。

「それでは王子、姫。俺達はそろそろ行きますね。母上にこいつの顔を見せに行かなきゃですので……」

「エリアノール様。ウェリアス様。本当にお世話になりました。体調が戻りましたらまた伺いますね」

「ええ。しっかり療養してください」

「お気をつけて。イェーニスさん、セレティナさんを宜しくお願いしますね」

エリアノールの言葉に、イェーニスは力強く頷いた。

「お任せください。それでは失礼します」

イェーニスはセレティナを背負ったままぺこりと頭を下げると、踵《きびす》を返して来た道をそのまま引き返していった。

セレティナに響かぬよう慎重に、慎重に歩みを進めながら。

◇◇◇

「なぁ、お前よもや王族に失礼を働いていたりしないよな」

長く続く石畳の廊下。イェーニスは背負う妹の重みと体温を感じながら、問うた。

いつもは飄々《ひょうひょう》としている兄の、それとなく棘《とげ》のある言の葉にセレティナは目を丸くしてしまう。

「その様な事しませんよ。王族に礼を欠くなどあり得ません……多分」

「多分ってなんだよ多分って。心労が祟《たた》るこっちの身にもなってみろってんだ」

そう言ってイェーニスは大きな溜息をひとつ吐いた。

なんだか疲れた様子の兄の姿にセレティナは思いがけず疑問が浮かんだ。

「あの……何かあったんですか」

「あぁ、あったさ、あったともさ。聞きたいか、いや聞いてくれるよな」

「いや……やっぱり良いです」

「聞けよ。お前意外と薄情なとこあるよな」

セレティナは平和なやりとりが心地よくて穏やかに笑った。

「なに笑ってんだ。あのなぁ、お前が倒れてから大変だったんだぞこっちは」

「へぇ」

「まずうちの衛兵のケッパー。あの野郎例の事件の日にあろう事かウェリアス王子と口喧嘩になっちまって。王子は今となっちゃそのことに対してなんとも思われてないみたいだが、結構な噛みつき具合でよ」

「ケッパーさんが？　何故その様な事を」

「お前がケッパーに退くように指示しただろう？　それに従ったケッパーを王子が酷く非難しちまって。まあ当たり前だよな、お前の剣を間近で見る機会でもなければ男が女を捨て置いたみたいに見えるし」

「……成る程。まあそれはなんというか、仕方ないかもしれませんね。お二人ともお優しい人ですから」

そう言ってセレティナは眉根を顰めた。自分のせいで喧嘩しなくとも良い二人がぶつかり合ってしまった。

それは誰あろう自身の責任だ。セレティナは後にケッパーとウェリアス、両方に謝罪を入れる事を心の中で固く決めた。

「この三日間また噛み付くかもしれねぇと思って気が気じゃなかったぜ。そんで俺を悩ませる問題児その二、父上だ」

それはセレティナにとって意外だった。まさかあの父がイェーニスの頭を悩ませるなど。

「父上が？　既に先んじて領地に帰ったのでは？」

「ああそうさ。誰が父上のケツを引っ叩いて領地に帰したと思ってる。あの人アルデライト領に山盛り仕事が溜まってるくせに母上やセレティナが完治するまで王都を離れないって駄々を捏ねまくってよう」

「ふふ……。それはお父様らしいかもしれませんね」

「らしくちゃ困る。あろう事か陛下に泣きついたんだぜあの髭熊《ひげくま》。仕事を王都でも熟せるように手配できませんかってよ」

「それは……うわぁ……」

「思わず血の気が引いたぜ。ケッパーの次は父上かよってな。アルデライト家の人間は王族に喧嘩売るのが仕事らしい、なんて囁かれかねねぇよマジで……。流石にケツ引っ叩いて馬車に押し込んでやったけどな」

イェーニスは鬱々《うつうつ》と語り終えると特大の溜息を吐いた。

（……なるほど）

セレティナの中で、先の自分に投げかけられた質問の真意に合点がいった。

もしセレティナが王族に喧嘩でも売っていれば問題児その三に仲間入りだ。

セレティナはイェーニスの気苦労を悟り、彼女までなんだか遣《や》る瀬無い気分になってしまった。

「……お兄様、お疲れ様です」

「……おうよ」

そんなこんなで話していると目的の部屋は目の前だった。

扉の前で構えている衛兵……ケッパーは二人に気づくと目を爛々《らんらん》と輝かせた。

「イェーニス様！　それにセレティナ様！！！　快復なされたのですね！　このケッパー心配しておりました……！　よくぞご無事で……！」

「よう問題児その一」

「は、もんだ……その一？」

「こっちの話だ。しっかり警備しとけよ」

イェーニスはそう言ってケッパーを恨めしげに睨んだ。

セレティナはそんな兄にクスクスと笑ってしまう。

「ケッパーさんご心配お掛けしました。私はこの通り……兄には背負われておりますがお蔭様で元気になりました。それよりお母様はこちらの中に？」

「はいっ！　メリア様なら中におります！」

「それでは中に入らせてもらいますね。警備ご苦労様です」

「セレティナ様から労いの言葉など、勿体《もったい》ない……！」

「あ……それと」

「はいっ」

「私のせいでウェリアス王子と口論になってしまわれたみたいで……本当に申し訳ありません。王子には私から謝罪しておきます。ですがケッパーさんは私の言いつけをきちんと守ったのですから、正しい事をしたのですよ」

「セ、セレティナ様……！」

セレティナが、微笑んだ。

ケッパーにはその様子が、まるで絵画の中の慈母《じぼ》の様にさえみえてしまう。

ケッパーは感激のあまり、目頭の奥にじんと熱が溜まった。

「ですが」

「は、はいっ」

「王子と喧嘩《けんか》しちゃ駄目ですよ」

「り、了解いたしまひ、いたしみゃした！」

微笑むセレティナにケッパーは上がりっぱなしだった。三日ぶりの主人はやはり気高く美しい。

ケッパーは自分が噛んでいる事など秒で忘れて、ただセレティナに敬意を示すばかりであった。

「それでは参りましょうかお兄様。ケッパーさん引き続き警備をお願いしますね」

「頼んだぞ問題児その一」

イェーニスはそう言ってケッパーの脛《すね》当てを蹴った。

……案外この二人は仲が良いのかもしれない。セレティナは心中でそう思うと、やはりクスクスと笑ってしまう。

ケッパーの手によって、扉が開かれた。ふわりと、風が吹き抜ける。

……懐かしい匂い。

セレティナは、思いがけず目を細めた。ペレタの香料。母が好む香りが鼻腔《びこう》を擽《くすぐ》った。

窓からは柔らかな木洩れ日が差している。

小さな腰掛けが一つ。一人用の清潔なベッドのサイドテーブルには色とりどりの花々が花瓶に差され、部屋全体が華やかな香りに包まれている。

ベッドの上で本を読み耽《ふけ》っていたメリアは、セレティナとイェーニスの存在に気がつくとその表情がパッと華やいだ。

「セレティナ！　目が覚めたのね！」

「ええ。お母様もお元気そうで……いえ、とにかく生きておられて本当にホッとしました」

セレティナの表情も綻んだ。

メリアは全身に包帯が巻かれて足も吊るされ、凡《およ》そ健康とは程遠い状態にあるのだが……しかし、それでも生きる彼女の表情には生気が満ち満ちている。

イェーニスはセレティナを腰掛けに丁寧に下ろすと、ふうと息を吐いた。

「全く母上といいセレティナといい、アルデライト家の女性は本当に逞《たくま》しくて嫌になっちまいますよ」

「あらそれは褒め言葉として受け取っても良いのかしらイェーニス」

不敵に笑うメリアに、イェーニスの背筋がピンと伸びた。

メリアは本を置いて、

「セレティナ」

「お母様」

腕を広げる。

そこにすっぽりと収まるように、セレティナの体を包み込んだ。

セレティナもそれに応えるように、母の背に腕を回してぎゅっと抱き締めた。

……僅かな時間。母と娘はお互いの体温、心臓の鼓動を確かめ合うように抱き合った。二人は抱き合ったまま。

「お母様、もう自分の命を抛《なげう》つ様な事はしないでください……」

「ふふ。それを貴女が言うの？　セレティナ」

「……そうでしたね。すみません」

セレティナは自嘲《じちょう》気味に笑った。

そうだ、私も、私だけの体ではないんだ、と。

「……でも、そうね。私には自分の命を抛つだけの力はもう無いの。だからもうそんな真似は出来ないわ」

「え？」

セレティナは、その言葉の意味が分からない。

メリアはそんな娘を見て笑っていた。悪戯《いたずら》が暴かれて、バツが悪そうに笑う童女の様に。

「それって……」

「ええ、もう剣は持てない。強化《エル》・魔法薬《ポーション》の影響でね、これで結構私の体ぐちゃぐちゃなの。ふふ、侍女長の悩みが一つ減ったわね。あの人私の傭兵《ようへい》時代を知らないからたまに私が剣を持つとすっごい心配するんですもの」

セレティナの頭に、ぽっかりと風穴が出来たようだった。

セレティナは、何も言えない。何も言葉が浮かんでこない。

自分を守ろうとする為に母は剣を……いや、健康な肉体を失ってしまった。

がつんと殴られた様な衝撃と、仄《ほの》暗い洞窟の様な後ろめたさがセレティナの胸中に渦《うず》を巻いた。

そんなセレティナの頭を、メリアは優しく撫でた。白魚の様な細指が、黄金の髪の間を掬《すく》って流れていく。

セレティナを見るメリアの瞳は、どこまでも優しさに満ちていた。

「気にすること無いの。私は、私の為すべき事をやっただけ。貴女が責任を感じる事なんて何一つ無いのよ」

「………お母様」

「貴女もいずれ母になる。もしも貴女が母になった時、きっと子に私と同じ事をするでしょう。母とは、そういうものよ」

「…………お母様……！」

「まあ、格好つけた割には私、全然あの魔物に手も足も出なかったのだけどね。私にもう少し、セレティナみたいな剣の才があれば良かったのに」

「…………お母様……っ……！」

「……はいはい、泣かないの。折角の美人が台無しよ。貴女は笑っていた方がずっと似合うんですから、しゃんとしなさい」

セレティナは、泣いた。母の胸で泣いた。

己の無力さ。母の優しさ。力への渇望。己の認識の甘さ。

騎士の正義が慟哭《どうこく》し、令嬢の脆《もろ》さが嗚咽《おえつ》する。

そうしてセレティナの群青の瞳から、涙の雫《しずく》が染み出でる。

全てを知っているイェーニスは、唇を噛んだ。

メリアは笑って、セレティナの背中をさすり続けた。

「……セレティナ、戦場に出るってね、騎士になるとはこういう事なの。どこの戦場に行っても、人は死に、誰かが嘆く。……誰かの為に犠牲《ぎせい》になる、とても尊い事だわ。でもね、それは美しいだけ。残されたものの気持ちを背負って、それでも守りたいと思うものだけを貴女は守りなさい」

娘の成長に繋がったのなら、私が剣を振るえなくなったくらいなんでもないわ。

メリアはそう言って、ぐしゃぐしゃとセレティナの頭を撫でつけた。

……そんな事は、分かっている。幾つもの戦場と死線を潜り抜けたオルトゥスには、そんな事は分かっているのだ。

しかし。けれど。

初めて出来た自分の家族。全てを抛ってでも守りたい存在。

それが自分の掌《てのひら》から零れ落ちていくのは、セレティナには耐え難い事だった。

オルトゥスという男の奥まったところにある弱い心が、セレティナという器によって掬い上げられ浮き彫りにされていく。

しばらくセレティナは母の胸の中で家族を救えなかった無力さと、家族を失いかけた恐怖に、年頃の少女の様に震えていた。

◇◇◇

数日後。

太陽に手を翳《かざ》してみる。

初雪の様に白く、ガラス細工の様に滑らかな掌に光が透過して、僅かに赤い血潮《ちしお》が目に見える。

（……私は、弱い）

セレティナはほうと息を吐いた。今はその滑らかで美しい掌が、彼女にはとても儚く弱いものに見えてしまう。

騎士になる。目に見える全てを救う。王の剣となる。

……それがどれだけ大それた事か、セレティナは酷く痛感していた。

自分にどれだけの事ができて、自分の弱さにどれだけ耐える事ができるのだろうか。

セレティナは庭園を一望できるバルコニーの手すりに背を預けると、その表情に影を落とした。

息を吐き、首筋の紋章に触れてみる。返ってくる感触は自分の柔肌が指の腹を押し返す柔らかいものだけだ。

しかし、セレティナには瘡蓋《かさぶた》の様にゴツゴツと忌々《いまいま》しく感じてしまう。

『黒白の魔女』。

セレティナにはオルトゥスが残してしまった忌まわしい因縁を片付ける使命もある。

（……少し憂鬱《ゆううつ》だ）

セレティナは自分の将来を憂い、肩を落とした。

「何か悩み事かね」

厳《おごそ》かな、しかし落ち着きのあるバリトンがセレティナの鼓膜《こまく》を揺らした。

セレティナは遣る瀬無さからゆっくりと頭を擡《もた》げる様にして声の主を視線で辿り、驚愕から目を見開いた。

真紅の外套《がいとう》。たっぷりと蓄えた口髭。頭には彼の立場を確然と表す黄金の王冠《クラウン》。老いが差し始めた皺をゆっくりと刻みながら、国王ガディウス四世はセレティナに微笑みかけていた。

セレティナの喉《のど》の奥がひゅっと縮まった。

思わず膝を突き跪《ひざまず》こうとし、すんでの所で思い止まった。

そう、今の彼女は淑女《レディー》なのであるからスカートを汚して跪くのは不味い。

セレティナは膝を突こうとしたのを悟られぬ様に、自然な流れでスカートの端を摘んでカーテシーをしてみせた。

「国王陛下、ご機嫌麗しく存じます」

「そう堅くならずとも良い。なに、可憐な少女が気落ちしてた様なので声をかけてみただけのこと」

「陛下の深き配慮に平に感謝致します」

セレティナはそう言って、より一層頭を深く下げた。

本音のところで言えば膝を突いて跪きたい。セレティナは自分の敬意と感謝を示したくて、そのまま床に頭をめり込ませんばかりに平伏した。

そんなセレティナを見てガディウスは目を丸くし、堪らずと言った具合にくつくつと笑った。

「メリアに似ているとは思っていたが、そういうところはバルゲッドに似ているのだな」

「……父に似ていると言われたのは初めてでございます」

「そうであろう。中々に男臭い男であるからな其方《そなた》の父は」

そう言ってガディウスはにこりと微笑んだ。

その優しげな微笑みに、セレティナの胸の奥が感激でじんと熱を帯びる。

「して何か悩みがあるのではないか？　酷く気落ちしているようであったぞ其方の姿は。私で良ければ何か申してみよ」

ガディウスが実の父であるように優しくセレティナに問いかけた。

セレティナは、逡巡してしまう。陛下に自分の悩みや不安など打ち明けて、困らせる事などあってはならないのではないか、と。

セレティナは国王の事になれば中々に石頭だった。口を噤《つぐ》み、おろおろと視線を彷徨《さまよ》わせるセレティナにガディウスは既に悟っていたかのように語り出した。

「メリアは其方の所為だと言ったのか？」

ガディウスの言葉に、セレティナは顔を上げた。

「セレティナ、其方はよくよく頑張った。此度の事件にて多くの貴族の命を救い、ロギンスが目を覚ますまで目覚ましい活躍をしてくれた。これは大変に素晴らしい事だ。死んだ者や怪我をした者がいたとて誰が其方の事を責められようか」

「良いかセレティナ」

ガディウスは続ける。

「全てを救おうとするその心は素晴らしい。だがな、救えなかった者がいたからとてそれは其方の所為ではない。人間、全知全能ではないのだから。二本の腕に抱え切れるものなどたかだか知れるものよ。セレティナ、其方は強い。強いからこそ、弱き者の痛みを抱える事ができるのだ」

ガディウスは柔らかな笑みを湛えたまま、優しく諭《さと》していく。

「しかし弱き者の痛みを抱える所為で自身を傷つけてはいかん。セレティナ、其方は、其方自身が一番自分の事をよく見てやるのだ。其方は頑張った。だから下を向かず、上を向いて胸を張ってみせよ」

ガディウスは髭を撫でると、にこりと笑った。

（……嗚呼《ああ》、やっぱり）

セレティナの背に突き刺さった氷塊《ひょうかい》が、じんわりと溶けていく。

ガディウスの言葉のひとつひとつが、すんなりとセレティナの心の奥まで染みいるのを彼女自身が感じていた。

（……私はこの方の騎士で、本当に良かった。……そして、これからも）

セレティナは、ガディウスの言葉に敢えて言葉を返さない。

ただ腰を折り、深々と頭を下げた。手は前に。されどその手は硬く握られ、震えている。

「……ありがとう、存じます」

声は震えて。されどその声音の端々には、やはり今までにない活力が漲《みなぎ》っていた。

ガディウスはそんなセレティナを見て、やはり微笑んだ。

「其方の初社交界《デビュタント》をこのような事に巻き込んで済まなかったな。……謝罪の意と此度の事件に貢献した褒美の意を込めて、何か私が其方にしてやれる事はないか」

セレティナはその言を受け、ゆっくりと頭を上げた。そこには先程の落ち込んだ様子は感じられない。

（……意思の強い瞳になったな）

ガディウスは髭を撫で、僅かに口角を上げた。

セレティナは、小川のせせらぎの様に澄んだ声で言葉を紡ぎ出した。

「……では一つだけ、陛下にお願いしたい事がございます」

「ほう」

ガディウスは意外だ、と言った風に目を開いた。

褒美など勿体ない、と先程までの様に恐縮すると思っていたからだ。

願いがあるのならば、受け入れてやりたい……ガディウスはセレティナの次の言葉を、高揚しながら待った。

「手紙を……いえ、封蝋《ふうろう》だけでもお貸し頂きたく」

「封蝋を？　何故だ」

「会いたい人物がございます」

「ほう、会いたい人物とな。それは……誰だ？」

ガディウスの問いに、セレティナは僅かに拍を置く。しかしセレティナはガディウスの翡翠《ひすい》の瞳を真っ直ぐに捉えた。

「ベルベット大旅商団《キャラバン》の女頭領……イミティア・ベルベットです」

イミティア・ベルベット。

セレティナからその人物の名が出るとは欠片すら思わなかったガディウスは、目を見開いた。

「……ほう。イミティア・ベルベットとな」

「はい。何か褒美……とあらば、彼女との取り次ぎをお願い致したく」

……何故だ。ガディウスの頭にはごくありふれた疑問が浮かび上がった。

髭をひと撫でし、ガディウスは問いかける。

「何故だ。その様子であらば彼女と旧知の仲という訳でもあるまい」

「……イミティア・ベルベットは旅商団を率いる頭領でありながら、優秀な魔法士であると聞き及んでおります。こと解呪に関しては右に出る者がない、とも」

「……要領を得ない。其方は呪いにかけられているとでも言いたいのか」

「その可能性がある、という事にございます」

ガディウスは素直に驚いた。

呪いに掛けられているのであれば早く言ってくれれば良いものを。

彼の脳裏に、ちらりと魔女の影がちらついた。

「それは……大丈夫なのか」

「今のところは何も」

「……そうか。であるならばイミティアに診てもらわずとも宮廷魔法士の誰かに診て貰えば良い。腕がいいのはこの私が保証しよう。無論対価は要らぬ、どうだ？」

ガディウスの提案に、しかしセレティナは首を横に振った。

その決断には何の迷いもない。ガディウスはセレティナのその様子に僅かに目を細めた。

「……何故断る。イミティアでなければならない理由でもあるのか」

「……はい。その通りにございます」

「……ではその理由を申してみよ」

セレティナは口を開き……しかし鯉が空気を求める様に何度かぱくぱくとさせると首を横に振り、

口を噤んだ。

「申し訳ありません……。今の私にそれを申し上げる事は……」

きゅっ、とセレティナの小さな拳に力が入ったのをガディウスは見逃さなかった。

その様子はまるで叱られている最中の子供の様で、セレティナの体は小さく小さく縮こまっていく。

セレティナがイミティアに会いたい理由。信頼の置けるイミティアにしか紋章を見せたくない理由。

それは、話せない。

何故ならそれを話すという事は、自身がオルトゥスであると打ち明ける事と同義だからだ。

セレティナは王に嘘を吐けない。しかし自分がオルトゥスである事も告げたくなかった。いや、告げるつもりは現状では一欠片も無い。

それは予《かね》てより、彼女が胸の内に秘めていた覚悟と誓約。

信じてもらえるかは置いておいて、セレティナがオルトゥスであると知ったガディウスはきっとセレティナを側に置くだろう。

そんな容姿になりおってと、肩を叩いて笑ってくれるかもしれない。

そうなればセレティナは夢の続きを見ることが出来る。再び王の騎士として、ガディウスを守護する盾となれるだろう。面倒な手続きや武勲を挙げなくとも、王の強権を用いれば彼の側に侍《はべ》る事ができるのだから。

……しかしセレティナはそれを望まない。

自分がオルトゥスだと打ち明けて王の騎士になれたとしても、それはオルトゥスのお蔭であるからだ。

セレティナは、まだ何も成していない。

セレティナは、あくまでもセレティナとして王の側に仕えたいという願いがある。彼女の中に於《お》いてオルトゥスとは今や経験と知識に過ぎないのだから。

セレティナは、前世《オルトゥス》に頼るつもりは無い。

己《セレティナ》の剣で勲を挙げ、己《セレティナ》の剣で道を切り開く。

他の誰でもない、セレティナがいつか王の横に控えられる存在になれると信じて。

それは彼女にとって細やかで、しかし真っ直ぐに芯の通った強固な願いだった。

ガディウスは言い淀むセレティナに疑問は浮かべど、猜疑心が湧き上がる事は不思議と無かった。

あの少女らしい娘のエリアノールが言葉を濁す時の仕草にとても似ていたからだろうか。

ガディウスは不思議とセレティナを信じていたくなるらしい。

ガディウスは手放しに、ただ直感的にセレティナに信頼を寄せている自分自身に苦笑した。

くつくつと喉を鳴らすガディウスに、セレティナはより一層目を白黒させてしまう。

「良い、何か訳ありなのであろう」

「あっ、ありがとう、存じますっ」

「しかしだ。イミティアは私が来いと言っても来る様な女ではない」

「……それはどういう事でしょうか」

「嫌われているのだ、イミティアにな」

ガディウスはそう言うと困った様に眉を曲げて笑った。

「き、嫌われている……？　イミティアが？　何故陛下の事を……」

セレティナは分からない。

イミティアとガディウスは知った仲であった筈だ。むしろその仲は良好であったと言える。

イミティアは何度もエリュゴール王国に足を運んでは必要以上に王宮に顔を出していたのだから。

……しかしセレティナはイミティアが会いにきていたのはガディウスではなく、オルトゥスであるという事を理解はできていない。

「私がかの英雄オルトゥスを死地に送り出し、彼の尊い命を散らしてしまった事をイミティアは嘆き、激昂した。オルトゥスとイミティアは仲が良かった……許してもらうつもりは無い。戦争なのだから死ぬのは当然だと大人の醜い言い訳をするつもりもない。……イミティアは、いや、ベルベット大旅商団は災禍《さいか》以来王国に来る事は無くなってな。我が国の財政、食糧難を苦しめる一つの要因ともなっておるのだ」

ガディウスはゆっくりと息を溜め、大きく息を吐いた。

その溜息にどれだけの感情が込められているのだろう。

セレティナは頭を殴られた様な衝撃に言葉を失い、ただ立ち尽くした。様々な感情と思いが、ぐちゃぐちゃと脳の中を駆け巡る。

（イミティアは、私の死を嘆いてくれている）

明るく、暖色な感情が渦巻いた。

（陛下は自分やイミティアに対して心を砕いておられる）

鉛色の空の様な感情が、どっしりと胃の腑に落ちた。

イミティアは当てつけに、まるで拗ねた子供の様にこの王国を、王を困らせている。

（……何やっているんだあいつは）

セレティナは記憶の中にあるイミティアの広いでこっぱちを指で弾き飛ばしたい衝動に駆られてしまう。

ふつふつと、軽快な怒りが湧いてくる。

セレティナは、ひとつ覚悟を決めた。イミティアを、嘗ての友人を一発引っ叩いてくれよう、と。

野蛮な決意。しかしセレティナの口角は僅かに上がっている。

友故に、だ。

「陛下。やはり私はイミティア・ベルベットに会おうと思います。その為にどうか助力を得たいのです」

「ほう、私の話を聞いていなかった……とは思えないが？」

セレティナは頷き、ガディウスの翡翠の瞳をしっかりと力強く見据えた。

「私が、ベルベット大旅商団とエリュゴール王国の橋渡しをしてみせます。この言葉を違える事は、約束の神スォームに誓って有り得ません」

セレティナははっきりとそう進言した。その言葉の端々には、エネルギーが満ち満ちている。

◇◇◇

胸の奥がきゅうきゅうと収縮する。切なくて、しかし心地良い。

それはきっと、エリアノールにとって本当の意味での初恋《ビッグバン》だった。

セレティナを想う。

それだけでエリアノールの瞳の奥で火花が弾けて、ぼうと頬が上気してしまう。胸が締め付けられ、さりとてその切なさに身を委ねたくなるのだ。

セレティナと過ごすこの数日間。それは彼女にとって綿飴《わたあめ》より甘く、至福の時間だった。

――きっと、私とセレティナさんは赤い糸で結ばれている。

だって、姫様を救ってくれた騎士様なんですもの。

私達はきっと、幼い頃何度も読み返した絵本の中の主人公なんだ。

エリアノールは思いがけず笑みが零れた。

エリアノールは庭園のベンチで、器用な手つきで花の冠《かんむり》を編んでいた。

セレティナの黄金の髪には、きっとクローバーの白い花が似合うだろう。そんな事を想像しながら細い白指が丁寧に冠を編み上げていく。

それは彼女にとって、数少ない特技の一つであった。

「ご機嫌だな」

聞き慣れた声。エリアノールは陽気なハミングを止めると、声の方向に従ってゆっくりと顔を上げた。

年頃にしては精悍《せいかん》な顔。切れ長の目は、どこか野性味を帯びている。

この国の第一王子にして、エリアノールの兄であるディオス。

彼は大きな欠伸《あくび》をすると、妹の手元を覗き込んだ。

「器用なもんだな」

「でしょう？　ディオスお兄様もおひとついかが？」

「よせ。俺はそういう可愛い趣味は持っていない」

ぶっきらぼうに返すディオスに対し、エリアノールは楚々《そそ》として笑った。

「セレティナにプレゼントか？」

「ええ。よく分かりましたわねお兄様」

「いや……お前達ここ最近仲良くやってるだろ。だからなんとなくな」

「ふふ。力技ばかりのお兄様のご推察もたまには当たるものなのですね」

「俺はこれでも地頭はいいんだぞ。ウェリアスが横にいるせいで馬鹿に見えるが」

……出来た。エリアノールは白の花冠を編み上げると、自然と笑みが零れた。

浮かぶのは、これを受け取ったセレティナの笑顔。エリアノールの胸がまた一つ、きゅうと収縮した。

「なあエリアノール、決まったか？」

突然な質問だった。兄が何を指してそれを聞いているのか、エリアノールには分からない。

エリアノールは花の冠が形を崩さぬ様にそっと膝に置くと、目を丸くしてディオスに問いかけた。

「決まった？　何がですの？」

「……『春』。こんなになっちまったが目的はあっただろ？　俺達」

「はぁ……」

エリアノールは呆けたような生返事を返した。

何も分かってないという風な妹のその態度に、ディオスはマジかと小声で呟いた。

「おいおい、お前が一番張り切ってたんじゃねぇかよ」

「ええと、なんでしたっけ」

「……嫁探し。お前で言うところの婿《むこ》探しだな」

「あっ……」

「……本気で忘れていたのか。前日にはわたしの王子様を探しますわー、とか言って俄然《がぜん》張り切っていたくせに」

そう言えばそんな事を言っていたような。エリアノールはすっかり忘れていた。

「まああれだけの事件があったから忘れていたのは仕方ないけどよ。俺達は王の血を引く人間だ。後世にこの血を残す義務と責任がある。嫁婿探しも、立派な仕事だ」

「お兄様がマトモな事を言ってる」

「お前の目には俺が猿かニワトリにでも見えてんのか」

アハハ。エリアノールは、乾いた笑いを必死で演出した。

婿探し。王の血を残す努力。それが王女に与えられた、最上の使命。

「………………」

エリアノールの心に、じっとりとした灰色の影が差し掛かった。

脳裏に描かれるのは、やはりセレティナの笑顔。僅かに手が汗ばみ、粘質な唾液が口内を侵し始めていく。膝に置いた花冠を掴むエリアノールの手が少し力んだ。

「……ん？　おい大丈夫か。少し顔色が悪いぞ」

「え、ええ、大丈夫ですわ。元気が私の取り柄ですもの」

「そうか。気分が悪くなったらいつでも診てもらえよ」

「……そ、それより。ディオスお兄様は……ディオスお兄様はお嫁さん候補は見つけられたのですか？」

「ん。ああ……まあな」

ディオスはそう言って、少し照れ臭そうに頬を掻《か》いた。

エリアノールの胸が、ずきりと痛む。次の質問の答えを予感したエリアノールは、懸命に笑顔を取り繕った。

「そのお相手の名前を聞いてもよろしいですか？」

「……セレティナだ」

エリアノールの心臓に、鋭利な棘が一本突き刺さった。

ぎゅっと力の込められた彼女の手が、僅かに花冠を握り潰した。

「セレティナさん……そ、そうですよね！　セレティナさん、は……とても綺麗でそれ、に……教養もあって……」

「ああ、セレティナは素晴らしい女性だ。だがどうもウェリアスも彼女に気があるらしいからなぁ。兄として弟に負けるつもりはないが……今度彼女を食事にでも誘うかな」

「あ、はは」

「なあエリアノール、お前セレティナと仲が良いだろう。何か食事の好みとかあれば教えて貰いたいんだが」

「……りま……わ……」

俯いたエリアノールの声はか細く、消え入るようだった。

ディオスから見てエリアノールの表情は、見えない。

「おい、なんだって？　そんなに俯いてたら声が」

「だから!!　知りませんわ!!　そんな事!!」

ディオスは、驚いた。

それは、エリアノールが急に立ち上がった事。声を荒げた事。花冠が力一杯くしゃくしゃに握られていた事。彼女の肩が震えていた事。

そして何より、彼女の頬に大粒の涙がいくつも流れていた事。

ディオスは、急激な妹の変化に思わず言葉を失った。

頭が混乱し、喉が干上がった。

何が妹を傷つけた。何が妹を悲しませた。

ディオスは、何も分からない。

エリアノールは、戸惑う兄に背を向け駆け出した。

大粒の涙を拭う事なく。

ディオスは、悲愴に満ちたエリアノールの背にかける言葉が出てこない。

駆けていく妹の背はいつもより小さく、まるで触れれば壊れてしまいそうな危うささえ感じてしまった。

◇◇◇

いつまでそうしていたのか。それは彼女自身、分からない。

エリアノールは行く当ても無く、幽鬼の様にふらふらと城内を彷徨った。

彼女に掛かる声は、どれも届かなかった。頭の整理をしようとして、しかし彼女の脳内は散らかったまま手が付く事はない。

加減を考えないで握り締め続けたクローバーの白い花冠はいつしか形を乱し、少し萎《しお》れてしまっていた。

エリアノールはゆらりと頭をもたげて空を見た。紫と黒を掻き混ぜた夜空に、既に春の星座が瞬いている。

いつの間にか、夜だ。

「…………」

エリアノールは星の瞬きさえ鬱陶《うっとう》しく思ってしまった。

彼女の目が僅かに細まり、引き結んだ口に力が少し籠《こも》る。

（ああ、呪わしいですわ）

エリアノールは己の運命を呪った。

私の初恋だったのに。この気持ちは、決して誰にも負けはしないのに。

何故女性に生まれてしまったのか。

何故セレティナは男性として生まれなかったのか。

何故私は王族なのか。

何故、何故、何故、何故何故何故何故何故。

「何故…………」

ぐ、とエリアノールの小さな拳に力が入る。

エリアノールは羨ましい。当然のようにセレティナが好きだと言える兄達が。セレティナと結ばれる権利がある兄達の立場が。

エリアノールは浮かれていた。

騎士と姫だなんだと、熱に浮かされた様にセレティナを好いていた。己が王族の立場である事や、同性同士だという事もいつしか忘れてしまっていた。

エリアノールは己の馬鹿さ加減を恥じた。

よくよく考えなくても、分かる事だった。自分とセレティナが結ばれない事くらい。

……いや。

「……そんな事は、分かっていました」

エリアノールは中庭の、小さなベンチに腰掛ける。

きぃとベンチの軋《きし》む音が、寂しげに鳴った。

……そう、エリアノールは分かっていた。己の初恋が実らない事くらい。

でも。それでも、彼女はそんな事実に蓋をして耳を塞ぎ、目の前の甘露《かんろ》に身を委ねた。

その甘露から、エリアノールは逃れる事はできなかった。

「だって……だって、好きなんですもの」

エリアノールは、ぽつりと呟いて。

「何が好きなんですか、エリアノール様」

その声に、エリアノールの心臓がぽんと弾けた。

沸騰した血液が頭の先まで上昇していくのが、彼女自身が一番よく理解できた。

エリアノールは、ゆっくりと俯いた顔を上げる。

月光を跳ね返す黄金の髪。水晶に空を溶かし入れたような群青色の瞳。

ぴんと夜空を目指す睫毛、すらりと通った鼻筋、桜色に潤む小ぶりな唇……女神でさえ嫉妬《しっと》してしまうような美貌だった。

セレティナ・ウル・ゴールド・アルデライト。

ベンチに座るエリアノールを覗き込むように見る彼女の美しい顔が、エリアノールの視界いっぱいに広がった。

心臓が、早鐘を打つ。頭はチカチカと明滅し、胸の奥がか細くなった。

そんな気も知らないセレティナは、微笑むとエリアノールの肩にストールを掛けた。

ふわりと、セレティナの甘い香りがエリアノールの鼻腔を擽る。

「エリアノール様、日中は春の陽気で暖かくなってきておりますが夜はまだまだ冷え込みます。そんな薄着で中庭にいたらお風邪を召してしまいますよ」

「……良いのですわ。お馬鹿は風邪をひかないのですから」

エリアノールはぷいとそっぽを向いた。

そうしなければ、きっと赤面したその顔を見られてしまうから。

「そんな事を仰《おっしゃ》らずに。それにエリアノール様は聡明な方です」

「…………」

「……何かあったのですか」

セレティナはそう言って、エリアノールの隣に腰掛けた。

エリアノールの視界の端で、黄金が揺れる。

「何もありませんわ」

「……とてもその様には見えませんよ。私で良ければ、お聞きしますが」

セレティナの声音はあくまでも優しい。

エリアノールの心の領域に、ゆっくりと踏み込んでいく。

「……もしの話ですが」

「ええ」

「……もしも好きになった相手が、好きになってはいけない相手だとしたらセレティナさんはどうしますか」

エリアノールは俯いたまま、僅かに震える声でセレティナに投げ掛けた。

セレティナはそれを受け、少し困ったように頬をかいた。

相談に乗るとは言ったが、はっきり言って恋愛に関して言えばそれはセレティナには持て余す相談だ。

やってしまったかと、エリアノールは少し臍《ほぞ》を噬《か》む。

「あっ……セレティナさん、もしもの話ですから。そんなに考え込まなくてよろしくてよ」

エリアノールはようやく顔を上げ、セレティナに微笑みかけた。

その微笑みはどこか弱々しく、痛々しい。やはり普段のエリアノールの笑顔ではなかった。

(何かあったに違いない。……なんとお労《いたわ》しい笑顔だろうか。微力ながら、自分で良ければ力になってあげたい)

セレティナは、ひとつひとつ言葉を丁寧に選び取り、しかし彼女ながらの真摯《しんし》な返答を心掛ける。

「もしエリアノール様が好きになってはいけない相手を……例えば横恋慕《よこれんぼ》であったり身分の違いであったりとありますが……私は、私の立場から申し上げればエリアノール様にその相手をおすすめする事はできません」

「そ、うですか……」

エリアノールの笑顔に、陰鬱《いんうつ》なものが僅かに翳《かげ》る。

セレティナは一呼吸を置いて、続ける。

「しかしエリアノール様がそれでも……全てを抛ってでもその人と結ばれたいと仰った時は、私は全力でエリアノール様を応援致します」

セレティナはエリアノールを勇気付けるように、その手を取った。

柔らかな、女性らしい手だ。エリアノールはその手とセレティナを交互に見上げた。

「……それは、本当ですか？」

「ええ、本当です」

「本当の本当に？」

「ええ、私はエリアノール様の騎士です。嘘偽りは、言いません」

セレティナはそう言って、微笑んだ。その微笑みは、今のエリアノールにとっては痛いくらいに眩しいものだった。

(嗚呼……貴女は、なんて罪な人なのかしら)

エリアノールの目の奥に、熱いものが精製されていく。

……そんな甘い事を言っては。

……そんなに私に優しくしては。

静寂が訪れる。春の夜虫の鳴く声が、寂しげに静寂の中に落ちていく。

「…………」

暫《しば》しの時を置いて、エリアノールはセレティナの握る手を解いてすっと立ち上がった。

涙の素顔に微笑みの仮面を貼り付けて。

「ありがとうセレティナさん、少しだけ気持ちが晴れましたわ」

「本当ですか、私気が利いた事は何も言えなくて」

「いえいえ！　そんな事ありませんわ！　これできっと、明日からはまた元気溌剌《はつらつ》なエリアノール姫に戻れそうですもの！」

明日から。

そう、明日からは元通り。

明日にはちゃんとするから。

……だから今日までは、貴女を好きでいさせて。

エリアノールはベンチに置いた花冠を手に取ると、自分の頭に被ってみせた。

「ふふ。どうですかこれ。私が編んだんですのよ、よくできてるでしょう」

「ええ、凄く可愛らしいです。私そういうの作ったことがなくて」

「あら、では今度一緒に作りましょう。作り方を教えて差し上げます。きっとセレティナさんは花冠が似合いますわ」

そう言ってエリアノールは笑った。

セレティナに贈るはずだった、クローバーの花の冠を頭に載せて。

クローバーの花言葉は『私を思って』。

月光に輝く白の花は、僅かに萎れて形を崩している。

◇◇◇

「セレティナ嬢を帝国へ？」

エリュゴール王国騎士団団長ロギンスは意外そうに答えた。

ガディウスはそれを受け、鷹揚《おうよう》に頷いた。

「うむ。……ベルベット大旅商団は今ギルダム帝国に留まっておる。隣国という事もあり、最も王国に接近していると言っても良い。定例の使節団に付き添わせる形で彼女を派遣するつもりだ」

ロギンスは顎《あご》に手を当て、没頭しない程度に思考する。

今セレティナを国から出して良いのか。

ロギンスとてセレティナの剣を見極め、彼女が邪悪な魂の持ち主ではないと悟った。

が、そもそもセレティナの行動言動は何から何までおかしい。

ガディウスが言うにはセレティナはかの大旅商団と王国の橋渡しができるという。

しかしながらイミティアとセレティナは知己《ちき》の仲ではなく、橋渡しできるという根拠も理由も無い。

それでもセレティナは、こう言うのだ。

どうか私を信じて欲しい、と。

（……信じる方がどうかしてる）

ロギンスは素直にそう思った。

ロギンスはセレティナの事を買っているし、むしろ彼女の事は信じてあげたいと、そう思う程度には一目置いている。セレティナが真実のみを語り、本当にベルベット大旅商団と再びこの国が結びつくなら値千金と言って良い。

だが。

「危険では。彼女は未だ魔女との繋がりが無いと断定できたわけではありません。そんな人間をみすみす国外へ送るなど……」

「しかしお前はセレティナが邪悪なものではない、と言っていたではないか」

「ええ。ですがそれとこれとは話が違います。彼女が白である証拠が無い以上軽率な行動は控えるべきかと」

「では今回の件は見送るのか。かの旅商団の足の軽さは知っておろう……帝国からまたいつ飛び立つやも分からぬ。呼びつけてもイミティアは来ない。そうなれば次接触を図るとなればいつになるか分からぬぞ」

「……セレティナ嬢の語る事が全て嘘だとしたら」

「そうであればその時はその時だ。咎人《とがにん》として、法と剣を以て裁くのみよ」

「彼女は強い。……それも並じゃない。帝国で暴れられ、逃亡でもされたらとてもじゃないが手が付けられません」

「お前がそう言わしめるほどに彼女は強いのか」

「ええ。殺せと言われれば可能ですが、五体満足に捕縛しろと言われれば私でも困難でしょう」

ロギンスの語る口調はとかく堅い。そこには混じり気の無い真実が込められているからだ。

ガディウスはロギンスの言葉に身を硬くし、唾《つば》を飲み下した。

王国最強の騎士を以てして捕縛はほぼ不可能と言わしめるセレティナの力量に、思わず戦慄《せんりつ》したのだ。

あのか細く、完全に争いの外にある体のどこにそれほどの力が眠っているというのか。

剣ができるとは聞いていたが、それ程とは流石に想定していなかった。

「理解できましたでしょうか、彼女の特異性が。魔女との繋がり、異常なまでの力量、そして此度の陛下への進言。たかだか十四の娘の持つ特異性とは一線を画します」

「ではどうしろというのだ」

ガディウスは肩をすくめた。

ロギンスは顎に手を当て少し考え込む仕草をすると。

「……リキテルを護衛という名目で監視役につけさせましょう」

「……リキテル、か」

ガディウスの頭にひとりの男の姿が浮かび上がる。

若く、赤毛が特徴の青年だ。

ぎらぎらとしか見た事がないが、戦場で生きるもの特有のぎらぎらとした鋭利な存在感がガディウスの脳裏にも深く刻み込まれている。

「平民上がりの騎士で粗暴な点も多いですが腕は確かです。私の目測ではセレティナ嬢と五分……と見ています。王国騎士や紋付きの騎士を宛てがうより適任でしょう。……酷ですが、事があったとしても彼なら切り捨てやすい」

「うう、む。そういう考えは望むところではないが……」

「……理解しております。ですが仕方のない事だと割り切って頂かねば」

「…もうこうなれば正面を切ってセレティナに聞けば良いのではないかと思ってしまうのだが」

「万が一魔女と繋がりがあるのであればそれは愚策かと。王国を警戒させるだけだと思われます」

「……うむ」

ガディウスは玉座に深く腰掛け、天を仰いだ。うら若く、仲の良い公爵家の娘を疑うのは余り気持ちの良いものではない。

……しかしそれはロギンスとて同じこと。

人としてではなく国の為、あくまでも感情を排除してものに当たらなければならない。

それを二人は、重々承知している。

「……では使節団の出発を早めよう。リキテルにはロギンス、お前から説明をよろしく頼む。大事な事は伏せてな」

「……承知しました」

そう言ってロギンスは深く頭を下げた。

国を想うとは、容易い事ではない。

ロギンスは心中でひとつ、小さな溜息を吐き出した。

◇◇◇

満月の夜、闇を切り裂く様に鎌鼬《かまいたち》が駆け抜けた。

……いや違う、あれは鎌鼬などではない。

人間だ。

魔物が犇《ひし》めき合う黒の海に家鴨《あひる》が獲物を求めて水面下に身を潜らせるように、赤毛の青年は限界まで体勢を低くしてそこに滑り込んでいく。

その動きは人間というよりは獣のそれに近い。

研鑽された技術ではなく、野性だ。

青年の両手にはそれぞれククリナイフが握られ、妖しげな曲線を描く白刃が月光を鈍く照り返している。

「ひぃ、ふぅ、やぁ、とぉ」

青年の琥珀《こはく》色の瞳が、彼の周囲に蠢《うごめ》く黒達一つ一つの動きを明確に捉えていく。

海流の流れに身を任せた様に魔物の間を縫《ぬ》った青年は、両の手のククリナイフを走らせた。

ネコ科を思わせるしなやかな筋肉と柔らかな躰《からだ》が、一見滅茶苦茶に見える軌道《きどう》で白刃を閃かせた。

黒の大群の中に、紅い鮮血が飛ぶ。

心胆を寒からしめる魔物の悍《おぞ》ましい雄叫《おたけ》びが夜闇を切り裂いた。

青年の瞳は次の獲物を求めている。

ペロリと舌舐めずりをすると自らに伸びてくる数多の腕の更にその下に身を潜らせ、その股座《またぐら》に強烈な一閃を刻み込んだ。

「ははっ」

青年は笑った。

それは彼が計って出した笑い声ではない。

恐怖により引き出されたものでもない。

彼の、その獰猛な笑みを見れば理解できるだろう。

楽しいのだ。

魔物の群れは彼に追いすがる。

青年はそこに躊躇なく飛び込んでいく。

観客の伸ばす手の中に、ハイになったロックシンガーがダイブする様に。

青年はククリナイフを逆手に握り、自ら錐揉み回転しながら魔物の群れに突っ込んだ。

黒々とした無数の手は彼を捉える事はできない。まるで浮雲だ。

するすると擦《す》り抜け、しかし劈《つんざ》く雷鳴の様な斬撃が魔物の海を駆け抜けていく。

そう、まるで鎌鼬だ。

青年は戦場で笑う。

堪えようと、奥底から湧き出る笑いを奥歯で噛み締めている努力さえ見える。

そんな青年の様子を少し離れた丘の上から十人幾らの騎兵が、呆然と眺めていた。

皆が呆気にとられ、呼吸をする事すら忘れてしまっている。

「……彼の名を、なんと言ったか」

老いが差し白髪が混じるその騎士は口髭を僅かに震わせながら、誰にともなく問い掛けた。

彼の隣に並び立つ若い彼もまた、俄《にわ》かに信じがたい光景を前に声を震わせて答えてみせた。

「……リキテル・ウィルゲイムです。先日騎士に叙任された平民上がりの……」

「なんと……では中級上位の魔物を倒したというのは真であったか……」

老騎士は、思いがけず唾を飲み下した。

あの荒々しさ。あの傍若無人《ぼうじゃくぶじん》な獣の様な立ち回り。

自分の命をなんだと思っているのか。

老騎士は、彼の異質な存在感に戦慄した。

「叙任早々ロギンス様に決闘を申し込んだ事があると聞き及びましたが、確かにあの実力なら……」

若い騎士はその光景を見逃せない。

たった一人の男が、自分達が撤退も止むなしと判断した魔物の群れを蹂躙《じゅうりん》していくその様を。

「現れるものだ」

老騎士は、目を細める。

「飛び抜けた天才というのはどの時代にも現れる。かの英雄オルトゥスや、ロギンス様の様な天才がな」

老騎士の悟るような口調に、若い騎士の背筋にぞわりと冷たいものが走った。

「彼は……時代に名を連ねる英傑《えいけつ》達に匹敵すると、そう仰っておられるのですか？」

「さぁな、英雄と呼ばれるには強いだけでは足りぬ。しかし弱くては英雄たり得ない。リキテルはまだ若い。彼が英雄程に強くても英雄たり得るにはこれからの身の振る舞いが左右するであろう」

しかし……。

老騎士はリキテルの戦いぶりを見て、嫌な予感しか感じられない。

「……あれは少々危険だ。命の駆け引き、強さの優劣を示す事に快感を感じるタイプだ。酷だが、彼は早死にする」

「早死……」

「自分の命を軽んじている者は生き残れない。あの戦闘スタイル、誰からも師事を得られなかった我流のものであろう。……彼の不運は師を得られなかった事、これに尽きると私は思う」

老騎士が語り終える頃に全ては終わっていた。

緩やかな丘の下には二十を超える魔物の骸《むくろ》が転がっており、辺りには異臭と赤黒い血の海が形成されている。

その中央に佇《たたず》むのは、返り血に染まった一人の青年。

両手に握ったククリナイフをだらりと垂らし、切っ先からはぽたぽたと紅の雫が垂れている。

リキテルは虚脱感からかまるで呆けた様に棒立ちだった。

口を開け、虚ろな瞳で満月を見据える彼の全身を這い回るのは、快感だった。
絶頂。
リキテルは、ぶるりと身を震わせた。
強者の前に心臓を曝け出すじりじりとした焦燥感。
そして死線を乗り越えた時の射精をすら超えるオーガズム。
彼はこの瞬間、耐え難い快感を得る事ができる。
もっと。もっとだ。
全身の筋肉が、だらりと弛緩する。
リキテルは既に次を渇望している。
魔物でも……人間でもいい。もっと、強者との闘争を。
絶頂を迎えた直後の彼の理性は、少し砕けてしまう。いつもそうだった。
血と肉が、彼の事をおかしくさせる。
普段の彼は危険には見えないどころか気の良い好青年にすら見えるのだから。
リキテルの瞳に映るのは、ロギンスの背中。
満月に映るそれに、リキテルは手を上げてゆっくりと求めた。
強者と戦いたい。
もっと。もっと、もっと。
彼はにんまりと満月に微笑みかけた。

まだ見ぬ死線に恋をしながら。

◇◇◇

「……というわけでセレティナをギルダム帝国へ使者の一人として向かわせる。良いな」

玉座の間。

跪くイェーニス、セレティナ、そして侍女のエルイットの引く車椅子に乗ったメリアは、固く命ずるガディウスの言葉に耳を傾けた。

「畏《かしこ》まりました」

セレティナはそれを受け、深々と頭を垂れる。

イェーニスもそれに続く様に頭を垂れた。

しかしメリアは苦虫を噛み潰したような顔だった。肘掛に置いた拳が、硬く結ばれる。

「陛下、僭越《せんえつ》ながら宜しいでしょうか」

メリアの進言に、ガディウスは鷹揚に頷き先を促した。

「セレティナを帝国へ遣わすにはまだ早いかと具申します。セレティナは病弱な上にまだ十四。陛下に賜る大義を果たすにはまだ時期尚早であると思われます」

メリアの刺す様な視線を受け、ガディウスは思いがけず相好を崩した。

なんだかんだと言ってはいるが、メリアの視線と発言は子離れできない母親のそれだ。

帝国は王国と比べると血の気が多く、王国とも友好的な国とは言えない。

娘を初めて手放すには思うところがあるのかもしれない。

ガディウスは髭を撫でると。

「メリアよ、大義とは言うがこれはセレティナたってのの要望……言わば此度の事件の褒美なのだ。イミティアに会いたいという彼女のな。それに心配は要らぬ。護衛は従来以上に付け、何かあった時に直ぐに治療できる様に医師と薬師も同行させるつもりだ」

それに、とガディウスの側に侍るロギンスが続ける。

「魔物や蛮族の襲撃に対しては万全だ。セレティナ嬢には特別に近衛を付ける。この俺が保証する腕の騎士を、だ」

「しかし……」

矢継ぎ早に説得され、メリアの気勢が削がれていく。

それを見るにつけ、セレティナは困った様に眉を曲げて微笑んだ。

「お母様、私なら大丈夫です。初めての旅行……は言い過ぎですが、陛下がこれ程安全を保証してくれているのですから。世界一の大旅商団の女性頭領イミティア様には予てより一目会ってみたかったのです。帝国を見て回れるのも知見を広められる良い機会だと思いますし」

「セレティナ……」

「母上、行かせてやったらどうですか。今までセレティナはアルデライト領のあの鳥籠の中で過ごしてきたんです。たまには羽を伸ばさせてやるというのも俺は良いと思いますよ」

「イェーニス……」

メリアは目を白黒させ、次の言葉が出てこない。やがて彼女は観念したかの様にがっくりと項垂れた。

……父のバルゲッドがいれば、彼女以上に駄々を捏《こ》ねていたかも知れない。

イェーニスはメリアに悟られぬ様にこっそりとセレティナにサムズアップしてみせた。

「では話も纏《まと》まったので使節団の出立は三日後とする。セレティナ嬢、いつまでも子離れできないメリアが泣き出さぬ様しっかりと説得をしておいてください」

頭鎧の下で、ロギンスがくつくつと笑う。

◇◇◇

「へ？　三日後帝国に？　セレティナさんが行くんですの？」

ウェリアスの何気無い言葉に、エリアノールは慌ててカップを受け皿に戻した。

紅茶の香りがふわりと揺れる。

「ええ。使者の一人として随行するのだとか」

「へぇ……三日後……」

「エリアノールも挨拶《あいさつ》するならしっかりしておいた方が良いですよ。何せ彼女が王都を離れたら最低でも向こう二年は会えなくなるだろうからね」

ぶばっ!!　エリアノールは思わず紅茶を吹き出した。

「ぐぇっほ！　うぇっほっ！　に、二年!?　二年も帝国に行くんですの!?」

「いや違う違う。何を言ってるんだエリアノール」

「え、でもお兄様は今二年会えなくなると」

「セレティナの夢は騎士になる事でしょう？　騎士の訓練校には十五から行く事ができる。彼女は王都を離れた後十五になるまでの間アルデライト領で過ごすつもりでしょうからね」

「……しかしお茶会に呼べば来るのでは」

「貴女は彼女の夢の邪魔をするつもりですか？　セレティナは強いといえども女性だ。騎士になるというのなら積み重ねなければならないものは幾らでもある」

「……そうか……そうですわよね……」

少なくとも二年、かぁ。

ぽつりとエリアノールは呟いた。

二年。七百三十日。

セレティナが側に居ない時間……それほどの時間が流れれば、この胸の奥に燻る気持ちは風化してくれるのだろうか。

エリアノールはカップに溜まる夕焼け色の紅茶を覗き込んだ。

波紋に揺れる夕焼け色の彼女は、まるで浮かない顔でエリアノールを見つめていた。

「お兄様は寂しくないんですの？　その……セレティナさんと長らく会えない事になって」

「寂しい……か。いや、良い機会だと僕は思っています。此度の事件で思い知ったんです。王子だなんだともて囃《はや》されてはいても、僕は戦場ではただの案山子《かかし》だった」

ウェリアスは、目を細めた。

引き結ばれた一文字の口には、ありありと悔しさが滲み出ている。

「強くならなくてはいけない。成長しなくてはいけない。そう思ったんです。いつか彼女に相応しいと思われるくらいの男になれる様に……」

「お兄様……」

その表情を、エリアノールは初めて見た。

ウェリアスは、兄は、少なくともセレティナに刺激されて自らの殻《から》を破ろうと踠《もが》いている。

二年後。その先を見据えて。

「それよりエリアノール、貴女ディオスと何かあったのですか?」

「え、ディオスお兄様?……あっ」

「急に泣き出して逃げ出されたと困惑していましたよ彼」

そう言えばそうだ。

あの日、エリアノールはディオスに怒鳴ってから会っていなかった。

……ディオスからすれば何が何やらと言ったところだっただろう。

エリアノールは兄の心中を察すると、やってしまったと空を仰いだ。

セレティナの事で頭がいっぱいで兄を蔑《ないがし》ろにして。

悪いのは自分だというのに。

(……何をやってるんだろう、私)

エリアノールは小さく息を吐くと、こめかみを押さえた。

「それに関しては……申し訳ありませんわ。今度私からディオスお兄様に謝罪を入れておきます」

「ええ、お願いします。彼相当落ち込んでいましたよ」

「え、そんなに……？」

「ディオスはああ見えて、エリアノールの事が好きですからね」

ウェリアスはそう言って微笑んだ。器量の良い貴公子の笑みは、絵になる。

ウェリアスもディオスもどちらも自分にとっては過ぎた兄達だと、エリアノールは素直に思った。

どちらも優れていて、優しくて、格好良くて。

そしてどちらもセレティナを好きになる。

セレティナも、そんな兄達に恋する日が来るのかも知れない。

エリアノールはゆっくりと瞼《まぶた》を閉じた。ツンと伸びた睫毛が、小さく影を落とす。

瞼の裏側では白銀の王子と、黄金の姫が並び立つ。

お似合いだ、と思った。

（……いいなぁ。……女々しいなぁ、私）

エリアノールは、ゆっくりと空を仰いだ。

春だというのに、心は寂寞《せきばく》とした秋の様な空模様を描いて、エリアノールの体をじんとした孤独感がゆったりと満たしていく。

◇◇◇

剣は流れる様に美しい弧を描く。

銀色の軌跡を残しながら、セレティナの手によってゆっくりと型が刻まれていく。

呼吸を鋭く、深く、長く吐く。

瞳を閉じて己の思うままに剣を操り、足を運んでいく。

平静を保ち、静寂を重ねる。彼女の動きは流れるようで華麗。

己の体を、剣を、思うままに動かし、されどそこに呼吸の乱れや衣が擦れる音は一切発せられない。

あるのは、春の風が庭園の色鮮やかな花々を撫ぜる音のみだった。

……演舞、の様なものなのだろうか。

庭園のベンチに腰掛けているエリアノールは、セレティナのそれに魅せられていた。

その動きに派手さは無い。眼を見張るような奇抜な動きをしているわけでもない。

ゆったりと、春の空を揺蕩《たゆた》う浮雲の様な剣舞。

しかしエリアノールは、ただひたすらにそれに心を奪われた。

剣の知識に明るくない彼女でも、セレティナの動きに身じろぎひとつできない。

剣に心を重ね、己のイメージにぴたりと体の動きを擬《なぞら》える。

明鏡止水《めいきょうしすい》の心に、波紋は無い。

修練に実戦を重ね、才能を弛《たゆ》まない努力で研鑽し、決して驕《おご》らず、己を律し、それでも挫折し、乗り越え、剣を磨き続けてきた男の技術の粋がそこには詰まっている。

セレティナはイメージを重ねていく。

嘗ての自分の強さの、ほんの一握りでも取り戻せる様に。

オルトゥスに出来る事ではあっても、セレティナに出来ない事はいくつもある。

龍の首を堅牢《けんろう》な鱗ごと砕き落とす圧倒的な力。大人が三人抱えて漸く担げる鎧を纏《まと》って、先陣を飛ぶ様に駆けられる敏捷性《びんしょうせい》。死の淵に遭《あ》っても、一つたりとて剣筋が狂わぬ胆力。

（……そんなものは今の私には無い）

華奢で病弱な肉体。

精神とて見た目相応に揺さぶられる事さえある。『誇りと英知を穢す者《エスト・ティトゥ・セクタス》』と対峙した時とてそうだった。前世であれば感じられなかった恐怖が、この生身にまざまざと感ぜられたのだ。

弱い。セレティナは弱い。

しかし有るはずだ。オルトゥスに出来なくて、セレティナにしかできない剣の動きが。

セレティナは剣の柄から先まで、ぴたりと意識を這わせて舞い刻む。

……だが。

「……見えない」

セレティナは、小さく息を吐くと剣をゆっくりと下ろした。

たっぷりの睫毛を湛えた瞼を開き、天を仰ぐ。

セレティナの瞳と同じ群青色の空を、いくつかの雲がゆっくりと右から左へ泳いでいく様が見えた。

セレティナは僅かに目を細めると、剣を流れる様な所作で鞘《さや》に納める。

キン、と高い音が静寂を叩いた。

……見えない。セレティナにはどうしても見えなかった。

「何がですの？」

ベンチに座るエリアノールが尤《もっと》もな疑問を投げかけた。

「……私が強くなる姿が、です」

「何を言ってるんですの。セレティナさんは十分お強いではありませんか」

「……そうでしょうか」

腰を低く構えて宝剣の鞘に右手を宛がい、小指から順に折り込んでいく。

一拍を置いて、セレティナは一閃空を横に薙《な》いだ。

『エリュティニアス』が甲高く嘶《いなな》く。

銀の火花が散った。常人であれば、いや、ある程度剣を鍛えた人間でも彼女の剣の閃《ひらめ》きをそう捉えるだろう。瞬きでもすれば抜剣の動きはコマ飛ばしにすら見えるかもしれない。

だが、それでも。

「…………っ」

セレティナにとっては、生温い速さだ。

下唇を噛み、己の脆弱《ぜいじゃく》さを思い知る。

オルトゥスは強い。強かった。こんなものではない。

私は、もっと強くあるべきなのだと思わずにはいられない。

「………」

ふと、気づけばセレティナは首筋の紋章に触れていた。

それはこの数日、一種の彼女の癖になっている。

ディセントラが愛しいわけではない。

その紋章が心の拠《よ》り所になっているわけでも勿論ない。

しかしこれは今、セレティナに快調を齎す力の源になっているというのは確かだ。

……セレティナは口を真一文字に引き結んだ。

これは、きっと頼ってはいけないものだ。

あの憎き魔女が残したものに相違ないのだから。

……しかし、それでも。

己の弱さ故に目に映る無辜《むこ》の民を取り零すくらいなら。

（……この紋章に頼る事も、厭わない）

嗚呼、会いたいよ。

セレティナは空を仰ぎ、イミティアの姿を思い浮かべた。彼女は、こんなに弱い私でも受け入れてくれるだろうか。宝剣を固く握りこむと、皮肉げに笑みを浮かべた。

セレティナはふと視線に気づく。

エリアノールのものではない。

視線を辿《たど》れば、ウェリアスが革靴を鳴らしてこちらに歩いてくるところだった。

色彩豊かな花の庭園に、銀色の貴公子の姿はよく似合う。

肩ほどまでに伸びた銀色の髪の毛は、彼が歩くたびにふわりと揺れていた。

ウェリアスはセレティナと視線が合うと、目を細めて喜色を表した。

セレティナは接近する王子を前に喉を鳴らして調子を整えると、スカートの端を摘んで深々と頭を垂れた。

「お早うございますウェリアス様」

「お早うございますセレティナ。ここにいると思いましたよ。エリアノールも今日は早いですね」

ウェリアスは柔らかな笑みを浮かべた。

しかし。

「ウェリアス様、その格好は」

セレティナは思いがけず疑問を投げかけた。

ウェリアスの装いは普段城内にいる時とは少々異なっていた。

革のブーツに、軽鎧。

白の品の良い上下に合わせた外套は厚く、どちらかと言えば機能的にも見える。

腰には剣が差され、やはりいつもの華々しさは無く、どちらかと言えば物々しい雰囲気が醸《かも》されている。

「これですか？　少し離れた領内に魔物が出たそうなのでそれの視察をしにこれから行くんですよ」

「……大丈夫なのですか、その様なところにお行きになって」

「大丈夫ですよセレティナ。僕が直接戦うわけじゃないですから。それにこの体には王の血が流れている……。危険な真似はしないとこの身に誓いますよ」

しかし、と割って入ったのはエリアノールだ。

「何故その様なところへ？　魔物の討伐は騎士や冒険者の仕事ですのよ？」

「だからさ」

「え？」

「僕達王族は守られてばかりです。魔物に関わる危険な仕事はいつも他人に任せきりで、僕達は彼等に指示するだけだ。あれを予算内……与えられた兵のみで殺してこい、とね」

ウェリアスは少しばかり伏し目がちになった。

「以前はそれで良いと思っていました。守るのが彼等の仕事で、僕達は他に為す事が沢山あるのですから。でも、今回の事件で思い知ったのです。魔物の恐怖を、戦う戦士達の気高さを」

「ウェリアス様……」

「僕は戦う者の味方でいたい。彼等が僕等を守るように、僕等も彼等を最大限に守りたいのです。命を懸けられるに相応しい王の器になりたい、とも」

ウェリアスは寂しげに笑った。

自分が弱い事を、彼は思い知った。何も知らなかった事を、彼は思い知った。

そんな自分に嫌気が差したのだ。

胡座《あぐら》をかいたまま、玉座に座ろうとした自分が心底恥ずかしくなった。

変わりたい。

ウェリアスは、今まさに殻を破ろうと踠いている。

その為にできる事を、彼は彼なりに考えた。

まずは知る事。知って、体感する事。

まずはそこからだ。

「ウェリアス様……その兵《つわもの》達への深き御配慮と己を律しようと心掛ける気高き志に……私は今、深く感激しております……！」

セレティナは、目を輝かせた。

兵を想う王。

それが、どれだけ素晴らしい事であるか彼女は知っている。

王子は、此度の事件で立派に成長為されているのだと、それだけでセレティナの胸は沸騰した様に熱を帯びた。

ウェリアスはそんなセレティナを見て、困った様に笑った。

「そんな大袈裟な事ではないですよセレティナ。僕が今までどれほどの無知であったか思い知らされただけです」

「その様な事は決して……！」

「いえ、これは事実として受け止めねばならない事ですからね」

誰かに褒められたくてする事ではない。ウェリアスは切実に自身の成長を願っていた。

「それよりお兄様、お時間は宜しいのですか?」

「ああそうですねエリアノール、ありがとう」

ウェリアスは懐から懐中時計を見ると、少し渋い顔をして再び懐にしまい込んだ。

そして、セレティナに向き直る。

「………………」

口をぐっと引き結んで。

何かを決意した様な表情だった。

その表情に、僅かにセレティナの表情も強張った。

「セレティナ、貴女は明日王都を出発するのでしょう。僕は今日から少しの間王都を留守にするつもりなので、今日を最後に暫《しばら》く貴女と会う事は無くなります」

「……はい」

「暫くのお別れです。その間、僕は自分を鍛えたい。人として、王子として……そして、一人の男として」

貴女の隣に並び立てる様な、強い男になる為に。

セレティナの手を取ったウェリアスの瞳の光が僅かに強まった様な気がした。

それは、ある種プロポーズを仄めかす様な言葉だった。

……しかしセレティナはそれに気づかない。

王子の成長が嬉しくて、ただただ親の様な目線で感激し、浮かれているからだ。

セレティナは困った様に眉根を下げて微笑んだ。

「私は……私も、強い人間などではありません」

「貴女がそう言うのであれば、僕は貴女を守れるくらいには強くなりたいものです」

ウェリアスはそう言うと相好を崩した。

釣られてセレティナもくすりと微笑む。

春の風が吹き、二人の間に柔らかくゆっくりとした時間が流れていく。

「セレティナ、貴女に言いたい事は言えました。それでは時間もありますので僕はそろそろ行きますね。……風邪には気をつけて」

「……ウェリアス様もお達者で」

「ありがとう。エリアノールも……って、あれ？」

ウェリアスは、言葉を噤んで辺りを見回した。

セレティナも釣られて辺りに視線を配った。

……が。

エリアノールが、いない。

忽然《こつぜん》と、彼女は二人の前から姿を消していた。

◇◇◇

月光が落ちるテラス。

春の冷たい風に身を晒したエリアノールは、その寒さを気にする事は無かった。

鉛色の心に、しかし体は烈火のように熱い。腹の腑に疼《うず》く鈍痛の様な悲壮感と、清水の様なさっぱりとした覚悟が彼女の全身を駆け巡っていく。

兄の覚悟。

寄り添うセレティナ。

王子と姫。

兄は決意を胸に、セレティナと違う道を歩み出した。

いつかその道が、再び彼女の道と混じり重なる事を信じて。

疎外感がなかったわけではない。セレティナに語る兄に嫉妬をしなかったわけでも。

だが、セレティナとウェリアスを見ていたエリアノールにはすとんと納得できるものがあった。

それと同時に、ある事も決めたのだ。

だからこそ、あの場には居られなかった。

エリアノールはゆっくりと瞼を閉じた。

……セレティナの出立は明日。

再び開いたエリアノールの翡翠の瞳には、覚悟の光が鈍く瞬いている。

◇◇◇

出立当日。空は快晴。

侍女のエルイットは最後の荷物を馬車の荷台に押し込むと、漸く息を吐いた。

それを忌々しげにケッパーの目が睨む。

「良いよなぁ、お前はセレティナ様についていけてよう」

「ふふん。良いでしょう。セレティナ様はこの私に任せて貴方はどうぞ休暇をお楽しみなさいな」

くふ、とエルイットが笑いを含むとケッパーは盛大に舌を打った。

セレティナは使節団の付き添いとして帝国へ向かう運びとなったのだが、従者を一人だけ付けられる事になった。ケッパーはそれを聞き、喜び勇んでセレティナに是非私をと頼んだのだがその願いは取り下げられてしまった。

何故なら。

「チビメイド。セレティナ様に変な虫がくっつかないように見張っとけよ。本当にこれだけは頼んだぞ」

「ええ、お任せを。このエルイットの目が黒い内はそんな事はさせません」

「寝込みには気をつけろよ。あと酒もできるだけセレティナ様には飲ませるな。しっかりと施錠しろ。それからなぁ」

「もう分かりましたってば。さっきからずーっと同じ事ばかり言ってるの気づいてないんですか」

「だってなぁ、だってよぉ。使節団とやらには野郎しかいないって言うじゃないか。俺はもう心配で心配で」

「いつまでも爺臭《じじくさ》いこと言ってるとあっという間に老けてしまいますよ」

セレティナだけでは紅一点で何かと不便であろうという事でエルイットが侍女として付き添う事になった。

これには流石にケッパーも引かざるを得ない。しかしその想いをエルイットに託さんと、ずぅっとエルイットの尻を突っつき回っているのだ。

しかしやんややんやと二人はいつもこの調子だ。意外と仲が良いのかもしれない。

「それよりセレティナ様は何処に？　もう出発の時刻が迫ってるのですが……」

「お礼を言いにエリアノール様を探し回っていたぞ。あの姫様、何処ほっつき歩いてるんだか」

◇◇◇

時刻は差し迫っている。

セレティナは懐中時計を垣間見ると、雑にポケットの中に仕舞い込んだ。

(何処だ。何処におられる)

セレティナは、黄金の髪を風に揺蕩わせながら廊下を足早に抜けていく。

昨日、庭園にて急に姿を消したエリアノールに対してセレティナは特に思うところが無かった。

何か急用でも思い出して何処かに行かれたのだろう、と。

しかし今日。出発の日になってもエリアノールはセレティナの前に姿を現さない。

いつもセレティナの事を気にかけ、憂い、慈しんだ彼女が姿を現さない。

いつもの庭園にも、城間の広場にもいない。エリアノールの自室も訪ねてみたが、居なかった。

（……寂しいではありませんか）

セレティナの表情がぐっ、と歪《ゆが》んだ。

エリアノールはいつも自分の事を気にかけ、励ましてくれた。倒れている間もずっと看ていてくれていたという。

感謝を。お礼を言いたい。

セレティナはその一心で城内を駆け回った。

体は火照り、僅かに汗ばんできており、エルイットに梳《と》かしてもらった髪も今は少し崩れてしまっている。

何処だ。何処に。

（……居た）

その銀色の流れる様な髪を湛《たた》えた背中を見つけ、セレティナは安堵の息を吐いた。

庭園を遠くに望める小さなバルコニー。

その手摺に手を預け、彼女は物憂げに城下を眺めていた。

「エリアノール様！」

セレティナの、鈴の様な声が廊下にシンと響き渡った。

それを受け、エリアノールはゆっくりと振り返り……。

（なんだ？）

セレティナの脳に、僅かな疑問が沈殿した。

エリアノールの纏う雰囲気が、いつものそれとは違う、様な気がする。

太陽の様な彼女は、まるで凍った鋼鉄の様な瞳でセレティナを捉えている。

セレティナは小さく身を固めると、しかしエリアノールの元に駆け寄った。

「エリアノール様。おはようございます」

「ああ、まだいたんですの貴女」

「えっ……あ、ええ。そうですね。まだ出立まで十分程はあるので、エリアノール様にご挨拶にと思いまして……」

「いらないわ、そんなもの。早々にどこへなりとも行きなさい」

「え……？」

それは、凡そ突き放す様な声音だった。

ぐにゃり、とセレティナの視界が明確に歪んでいく。

そうして心に僅かな空白と、ずしりと鈍い痛みが去来する。

どうしたのですか、エリアノール様。

セレティナの胸が、息苦しさを覚え始めた。

「……エリアノール様……今日はどうされたのですか。何か私が気分を害する様なことでもしましたでしょうか……」

まるで捨て犬の様に縋《すが》る気持ちだった。

自分が何かをしたのだろうか。

エリアノールの明確な敵意に、セレティナは戸惑いを隠せない。

エリアノールは厳しい瞳をセレティナに向けると、粘っこい溜息を一つ吐いた。

セレティナはその態度にじんわりと嫌な汗がにじみ出た。

「気分を害する事？　初めから気分を害されてばかりでしたわ貴女には。『春』では折角第一王女の私が主役になるはずでしたのに貴女が衆目を攫って、私がどんな気持ちでいたのか分かってますの？」

「え…………」

「優しい王女は演じきれていたかしら。あの事件で少し腕が立つ事が分かったから少し優しくしてあげてただけ。でも貴女体力が全然無いんですもの。騎士になれたところで大して頼りにもならなそうだと思って、もう猫を被るのはやめました」

セレティナの、信じられないという様な瞳。彼女の表情は、エリアノールに対する罪悪感と失意に歪んでいた。

それを受け、エリアノールは僅かにたじろぎそうになって、しかし下唇を忌々しく噛んだ。

「居なくなって清々したと思ったらまたその顔を見る羽目になるんですもの。良いでしょう。私の本音を貴女にぶつけます」

エリアノールの凍てつく眼光が怯えるセレティナに突き刺さる。

エリアノールは忌々しげに呪詛《じゅそ》を紡いでいく。

『春』で恥をかかされた事。
自分を慕っていた紳士達が皆セレティナに傾《かし》いだ事。
打算で優しくしていた事。
王子に媚《こび》を売る様な行動を鬱陶しく思っていた事。
それを受ける度、セレティナの精神ががりがりと音をたてて削り取られていく。
表情が翳り、どんどんと俯いていく。
「はっきり言わせてもらいますわ」
そう言って、エリアノールはセレティナを今一度睨み据える。
黄金と、白銀。
群青と、翡翠の瞳が交差して。
「私、貴女の事が――」
春の風が、一陣吹き抜けた。

◇◇◇

好き。
好きなの。
どうしようもなく、好き。
エリアノールは声を上げて泣いていた。

枕に顔を押し付けて、乳飲み子の様に外聞もなく慟哭した。
熱い。それは灼熱の焔《ほのお》となってエリアノールの身の内を焦がした。
セレティナへの恋慕の情は、彼女自身、身に余るほどのものだった。
行き過ぎた想いは、やがて毒になる。
エリアノール自身がそう恐れを抱くほどに。
好き。
好き。
好き。
溶岩がグツグツと煮える様に、セレティナへの想いは冷める事を知らなかった。
諦めるつもりだった。
聞き分けの良い大人の様に振る舞うつもりだった。
でも、そんな事はできない。
できなかった。
セレティナへのこの想いは、諦める事も汚す事もしたくなかったから。
「っうぅぅう……！　ふぅぐぅぅ……っうぇえええぇぇええええええぇぇえん!!」
窓の外を見ると、一台の馬車が城外に出て行くところだった。
視界が滲み、揺れ、エリアノールはまた慟哭する。
涙に滲む翡翠の瞳は、されどその馬車を捉えて離さない。

あの馬車には、愛する者が乗っているのだから。

ごめんなさい。

エリアノールは謝罪する。

ただひたすら、平身低頭に。

私は、弱い女です。

貴女に酷いことを言ってしまいました。

許してくれとはいいません。

だから、どうか私に優しくしないで。

馬車はどんどんと豆粒の様に小さくなっていく。どんどん、どんどん。

エリアノールは終《つい》ぞその気持ちにけじめをつける事ができなかった。けじめをつける事も嫌だった。

……だから、セレティナに嫌われようと決意した。

故にエリアノールはセレティナに謝罪するのだ。己の弱さを、彼女に押し付けてしまったのだから。

エリアノールは、セレティナに嫌われる事で彼女との距離を置こうとした。

それは、とても狡い選択だ。きっとセレティナは傷ついた。

エリアノールは己の想いを断ち切るのを、相手に任せ切りにしてしまったのだ。

……だが、きっとこのままでは溺《おぼ》れてしまう。

セレティナの優しさに魅せられて、もう引き返せなくなってしまう。

どこまでも貪欲に、あの黄金の少女を欲してしまうだろう。

だが。しかし。

それでは駄目なのだ。

エリアノールには王女として、務めを果たさなければならない義務がある。

王の血を残し、王国の繁栄に努める事。

セレティナもウェリアスやディオスのどちらかに娶《めと》られ、その義務を果たす事になるだろう。

その未来を考えたら、この想いは胸に秘めたままのほうがきっと良い。

エリアノールはそう決断して、涙を流すのだ。顔に押し付けた枕は既に鼻水と涙、それと涎《よだれ》でぐちゃぐちゃだった。彼女の顔も酷い有様だ。

でも、良い。

エリアノールはそう思った。

今は、今だけはただ泣かせてください。

誰にもこの想いは告げられない。

だから、今は泣くのだ。

泣いて、泣いて、この体に満ちる力が空っぽになるその時まで。

少女の初恋とは、驚きに満ちている。

エネルギーがあって、無謀で、取り留めが無く、しかし夢があり、きらきらしていて、宇宙創生の大爆発にも似ている。

それは、誰にも等しく訪れる閃光に満ちた衝撃。

夢見るエリアノールが恋した初めての相手は、セレティナだった。

騎士道を尊び、美しく、気品があり、そして心に太い芯があって、どうしようもなく素敵な『女性』だった。

エリアノールは、彼女に恋した事を後悔もしなければ恥じ入る事もしない。

きらきらと一番星の様に煌《きら》めく想いは、心の奥深く、その最奥の宝石箱に、そっと仕舞おう。

ずっとずっと、大切にして。

いつの日かその想いを宝石箱から取り出した時に、笑って手のひらで転がせる日がくるその時まで。

……二人の道はここで一度分かたれる事になる。

しかし二人の運命は国を思えばこそ、再び交わり、重なる時がやがていつか訪れる事になるだろう。

公爵令嬢セレティナ・ウル・ゴールド・アルデライト。

エリュゴール王国第一王女エリアノール・ヘイゼス・エリュゴール・ディティナ・プリシア。

この両名がこの時代を牽引《けんいん》していく対の英雄になる事を、この時はまだ誰も知る由もない。

第二章　天使降臨

エリュゴール地方、エリュゴール王国。

『竜の背鰭《せびれ》』と呼ばれるクココ山群を北に構えるこの王国は中央大陸の中では最も汚染域……つま

り魔物の生息域から縁遠い国という事もあり、土地が豊かで人口も多く、世界でも有数な王国として名高い。

恵まれた肥沃《ひよく》な土地は人を育て、栄えた人間は文明を築く。

エリュゴール王国は、大陸の中に於いて平和という意味では真っ先に挙げられる国だろう。

しかし大陸にはエリュゴール王国が君臨するのみではない。クココ山群から王国を裂く様に伸びたイルダス川を辿ったその先に、王国と並び繁栄するギルダム帝国が立ちはだかる。

エリュゴール王国と違い南西がほぼ汚染域に面している帝国は、その生まれ落ちた土地柄からか、近隣諸国から強国であると名高い。

武の精神を尊び、己の力によって運命が左右される……と言った様な内容が国歌のワンフレーズに使われるくらいには強かな気性だ。

セレティナ……嘗てのオルトゥスは、どちらかと言えばかの帝国は嫌いではない。

むしろ好意的な印象すらある。力さえ示せば皇帝が取り立て、幾らでも成り上がれる帝国は持たざる者にとっては一つの楽園であると言えよう。

元々平民の孤児であったオルトゥスは、幼き頃は帝国の話を風の噂で聞き、いつか移住しようと画策していた事もある。

しかし紆余曲折《うよきょくせつ》ありオルトゥスは王国に骨を埋める覚悟で生き、そして戦死したのだが……。

はてさて、オルトゥス……いや、セレティナにとってギルダム帝国への外遊は今回で二度目となるのだが、どうなる事だろう。

◇◇◇

平原だ。

青々しく繁《しげ》る若草が何処までも広がっている。若草の海は、時折春風に吹かれて爽やかな波を形成している。空気を吸い込めば柔らかな春の日溜りの香りと、少し青臭い草花の臭いが鼻腔を刺激する事だろう。

ここはエリュゴール王国とギルダム帝国を分かつウール平原。

広大で見晴らしが良く、もう少し春が深くなれば色鮮やかな花が咲き乱れる長閑な平原だ。

汚染域には含まれておらず、王国と帝国を繋ぐ唯一の街道が敷かれており、両国を行き来するのであればまず通らねばならない場所でもある。

そんな何処までも続く平原を、二台の巨大な馬車が行く。それぞれの周りを十騎の兵にぐるりと囲まれ、人が踏み均しただけの道ともつかぬ道を確かな足取りで進んでいく。

空は呆れるほどの快晴。

鳶《とび》が自由に飛び回り、柔らかな春風が吹き、ゴキゲンな旅行日和だ。

……しかし、二台の馬車の内の後方。窓の外をぼんやりと眺める黄金の少女の表情はとかく翳っている。

物憂げに髪先を弄り、時折溜息を吐いては今にも泣いてしまいそうな雰囲気を醸しているのだ。

そんな彼女を見るにつけ、側に座する侍女のエルイットはなんとかハリボテの笑顔を取り付け、小さな紙袋を取り出した。

「セ、セレティナ様、おやつになさいませんか？　ほらっ、私セレティナ様の大好きなマドレーヌを焼いてきたんです。紅茶は淹れられませんが天気も良いですし、美味しい好物を食べれば少しは気分が晴れるかもしれませんよ……！」

わたわたと身振り手振りするエルイットをセレティナのどんよりとした瞳が捉えると、エルイットの紙袋から一つマドレーヌを取り出してもそもそと食べ始めた。

「んん……美味しい……いや美味しい……？　いや……んん……味がちょっと分からない」

「セレティナ様……！　お気を確かに……！　たっぷりとアルデライトのバターを使っております……！」

「……んぅ……」

まずい、味覚まで破壊される程の落ち込み様だ。エルイットの背中に嫌な汗が滲んだ。

エリュゴール王国を発つ直前、中々姿を現さないセレティナを探しにいったエルイットが見つけた彼女の姿は悲惨なものだった。白目を剥き、泡をぶくぶくと吹かして大の字に倒れていたのだ。

エルイットは絶叫した。

あわや遠征中止となるところだったが、エルイットの絶叫で目を覚ましたセレティナは死人の様な顔でこう言ったのだ。

「早く帝国に行かなければ死んでしまう」と。

その真意は並々測れぬものだが、セレティナの強烈な意思を孕んだ眼光にエルイットの過保護も鳴りをひそめ、今に至る。

せめて何故そうなったのか教えてくれとエルイットが請うと、セレティナはぽつりと呟いた。

「エリアノール様に……」

その続きは、声が小さすぎて聞き取ることはできなかった。

しかしセレティナの全身から放たれる負のオーラによってエルイットはその先を促す事はできはしない。王族大好きのセレティナがエリアノール殿下に何かをされた、若しくは言われた。

察しの良いエルイットはそれ以上踏み込まず、徹底してセレティナのご機嫌取りに努めて早一時間。

エルイットの努力虚しくセレティナは未だポンコツのままであった。

エルイットは小さく溜息を吐くと、紙袋からマドレーヌを一つ取り出して口に含んだ。

濃厚なバターの甘みが、舌にねっとりと広がっていく。紅茶の一杯や二杯これひとつで欲しくなるほどには濃くて甘い。

……これを味がしない、とは。

エルイットはやはり不安げな瞳で、もそもそと咀嚼《そしゃく》するセレティナを見ずにはいられない。

「……んぅ～。甘くて良い香り」

すんすん。

向かいに座る赤毛の男が鼻を鳴らすと、ペロリと長い舌を舐めずった。

日焼けした小麦色の肌を持つその男は、今にも鼻歌でも歌い出しそうな口調で足を組み替える。

「あっ、良ければどうですか？　私が焼いたものなんですが……」

「えっいいの？　ありがとう」

「いえ、勝手に目の前で食べだしちゃってすみません……」

「いいよいいよ。俺そういうの全然気にしないから」

赤毛の男はそう言うと、エルイットの手からマドレーヌを一つ受け取った。

ふわりと香る甘い匂いに、男は満足気に目を細めた。

「ありがとうございます。えっと……」

「あ、名前？　言わなかったっけ」

「あ、うぇ、すみません、そのえと」

「あは。慌てすぎ。俺も名前覚えるのすっげぇ苦手だからそう言う気持ち分かる分かる」

男は人好きのする笑顔を崩さぬまま、にっこりと笑みを強めた。

「リキテル・ウィルゲイム。リキでもウィルでもお好きにどうぞ」

ガタゴトと揺れる車内。

もそもそとマドレーヌを食べ続けるセレティナの胡乱《うろん》気な瞳が、リキテルの瞳と交錯した。

◇◇◇

（面白くないなァ）

ガタゴトと揺れる馬車の中、リキテルは舌舐めずりをしながら鋭利な視線を窓の外に投げた。

まるで気が抜ける様な空。

平和ボケが移りそうな風景。

ナイフの一つでも研いでいた方が余程建設的な暇な移動時間。

リキテルはガシガシと髪を掻くと、コーシャクサマの無礼にならない程度に椅子に深く腰掛け直した。

ちらり。

リキテルは物憂げに風景を眺めるセレティナを垣間見た。

美しい。確かに噂に違わぬ美しさだが、しかしそれだけだ。力を感じない。

リキテルははっきり言ってしまえば騙された気分だった。

(退屈だ。何がお前に匹敵する実力の持ち主だ、だ。黒ゴリラめ)

リキテルは心中でロギンスに舌を鳴らす。

騙された。

そう、ここに来てリキテルはその考えに至った。来る日も来る日もロギンスに決闘を挑んでいたものだから、面倒臭くなった彼は自分に適当な理由をつけて帝国までおつかいに走らせたに違いない、と。

もし本当にロギンスの言葉通り目の前に座する公爵令嬢が強者であるならば気づくはずだ。

リキテルが発している、微弱な殺気に。

試すつもりで発したそれは、しかしセレティナはもそもそとマドレーヌを食《は》むのみで気づいた様子は無い。

ちらりと一度目が合ったが、それはきっと偶然だろう。

強者と殺し合える機会が訪れたと思ったのにとリキテルは嘆息した。

この旅は、きっと退屈なものになる。リキテルは欠伸を噛《か》み殺すと、余りにも暇なこの時間をどう潰そうかと思案した。

馬車は行く。ウール平原を縦に線を引いて行く様に、街道に沿って何事も無く。

いくつかの中継地点で夜を明かし、馬車が行く事丸二日が経過した。

とうとうギルダム帝国の交易都市レヴァレンスが視認できるだけの距離に来た。

小高い丘からはレヴァレンスの全容が……とはいかなくとも、一部の街の様子は見て取れる。

赤煉瓦《れんが》のとんがり屋根がいくつも天を突き、やはり交易都市と言うだけあって広大で、猶且つ人の賑わいも半端なものではない。

そのレヴァレンスを囲むように、無骨な壁が街を防衛している。

帝国は汚染域に近いという事もあり、大きな都市にはこう言った壁が形成される事が多く、帝国に於いてはこう言った光景は決して珍しいものではない。

そうは言ってもレヴァレンスは帝国の都市の中では比較的安全な方で、ああいった壁が実際に役立ったというケースは稀なわけだが。

セレティナは懐かしむような気持ちで窓の外を見た。前世、彼女が来た都市もここだった。

実に二十年以上も前の事だ。沈んでいた気持ちも、ほんの少し浮き足立つのも無理はないだろう。

……しかし。

「お、おい！　あれはなんだ……⁉」

駁者《ぎょしゃ》の男が、震える声で叫んだ。

丘の下。

レヴァレンスを囲む壁の外で、黒い何かが蠢いている。

黒、黒、黒。夥《おびただ》しい量の黒だ。

それはそれぞれが出来損ないの人間の様な風貌をしていて、ひょろひょろと枯れ木の様な四肢を持ち、手に当たる部分には巨大で鋭利な鉤爪《かぎづめ》が三本生えている。

ぎょろりと蠢く紅色の瞳は、どこか爬《は》虫《ちゅう》類《るい》を思わせ、見た者の精神を削る事だろう。

『中級下位』に当たる人型の魔物。

それらの大群が、帝国の兵達と交戦している。しかし何分数が多く、兵の数が少ない。

戦況は、芳しくない。と言えばマイルドな表現だ。実際のところは蹂躙《じゅうりん》に近い。

丘のすぐ下では、地獄の光景が広がっている。

何故こんなところに大量の魔物が、というより、先に恐怖が先行した駁者は唾を吐き散らしながら喚いた。

「ひ、ひきゅひきぃ引き返しましょう！　い、ぃい今ならまだ奴らにばれていない！　今すぐ引き返しましょおぉう‼」

必死だった。

口元にぴんと整えた髭も、台風にでもあったかの様に乱れている。

馬車を取り囲む騎兵達も、怖気づいた様にごくりと喉を鳴らした。

何せ化け物は百……いや、二百はいる。十人そこらの騎兵があそこに飛び込んだところで、何の足しにもなりはしない。

それに加えてここは帝国だ。助ける義理も責務もありはしない。

「……そうですね。引き返してください」

凛《りん》とした声。セレティィナの声だった。

その声に、誰もがホッとした。

誰でも良かった。ただ誰かのその鶴の一声が欲しかったのだ。

それを受けた駁者と騎兵は表情に安堵を滲ませた。手綱を握り直し、馬を反転させようとして
……しかしセレティィナの声は続く。

「私はここで降ります。彼らを助けなくては……。皆様、どうかくれぐれもお気をつけて」

「え……は？　いやしかし」

「エルイット。『エリュティニアス』を」

「はい」

駁者は思考が追いつかない。そうこうしているうちにセレティィナはエルイットから宝剣を受け取ると、馬車の窓からえいやっと飛び降りる。

そして誰もが何も把握できぬままセレティィナは丘を一気に駈け下り、黒の海に飛び込んでいった。

◇◇◇

絶望の最中《さなか》。一筋の希望すらない戦場。

帝国兵達の士気は著しく低下していた。

剣を握ったところで何が変わるというのか、と。

所詮自分達は捨て駒だ、と。

護衛対象の子爵……ゼーネイ卿は既に逃げた。蜥蜴《とかげ》が尻尾を切り落としてまんまと逃げおおせるように。

あの壁の向こう。レヴァレンスの壁の内側へと自分達も転がり込めたのなら、彼ら兵士達もまだ生存できるのだが。

「ひっ」

誰かが堪らず悲鳴を上げた。

晴天の空にぽんと人の頭が弧を描いて飛んでいく。残された胴に連なる首からは、噴水の様に緋《ひ》色《いろ》が飛び上がった。

冗談の様な光景だった。その光景は一つや二つではない。

まるでポップコーンが弾ける様に次々と頭が空を飛び交っていくのだ。

奴等は楽しんでいる。

その鉤爪で胴を裂けば良いものを、的確に首を飛ばして楽しんでいるのだ。

この中でも取り分け歳を食った男……槍を力無く構える兵長は鎧の下に汗ばむ嫌な感触に肝が冷え上がった。長年戦場を渡り歩いてきた彼は、その肌を撫ぜる風の感触を知っている。

死だ。

刻々と、自らの死を自覚していく。

そこには何のドラマも無ければ、何の熱量も無い。

ただ目の前に広がる地獄の光景に組み込まれて、何も残さぬまま死んでいく。

そんなのは、嫌だ。兵長はかぶりを振った。

ずんぐりと、子熊を思わせる肉体に力を漲らせていく。頭はノイズが掛かったかのように冴えない。

だが、生きねば。兵長は遠く自分の帰りを待つ妻と子供に思いを馳せ、叫んだ。握る柄にあらん限りの力を込め、何万回と振るってきた稽古の成果をその槍に体現させる。

想いが、実力を凌駕する。火事場の馬鹿力と捉えても構わない。

ただ、その一突きは彼の生涯にとっても最も冴え渡った一撃と評して良いだろう。

槍の穂は容易く魔物の黒い肉を食い破り、絶命させるに至る。

確かな手応えだ。目に映る魔物の紅い瞳が、光を失う様を見た。

まだだ。まだ俺は終わらん。妻と子供の為に、俺は為さねばならない事がある。

さあ、次だ。

……――あれ？

兵長は槍を握り直したところで己の違和感に気がついた。今まで籠っていた力が、まるですとんと抜け落ちたようだった。

くるりくるりと視界が揺れ、強い衝撃と共に顔面が地面にぶつかった。

（痛ェ。なんだ？　何が起きた）

目に映るのは、頭に緋色の火花を吹かせたグロテスクなオブジェ。槍を握った手と足が痙攣《けいれん》しているそれは、ふらりと風に吹かれて力無く倒れた。

（あれ、ちょっと待てお前。ありゃ俺の……）

次の瞬間兵長の生首は逃げ惑う雑踏に踏まれ、蹴られ、蹴鞠《けまり》の如く戦場を転がり回り、絶命した。

戦場とは、こういうもの。

ただ目の前に殺戮《さつりく》が広がり、次の瞬間には己が殺戮の背景の一部となり、果てなく続く地獄の連鎖。

主人公など居ない。

救世主なんて夢物語だ。

歴史上最強と謳《うた》われたかの英雄オルトゥスでさえ、戦争の果てに屍《しかばね》を晒す事になったのだから。

しかしそれでも愚かにも人は望むものだ。

希望の光というものを。

◇◇◇

黄金が、黒の波間に滑り込んでいく。銀色が瞬き、無数の黒を切り飛ばした。

それは人の目で捉えられる限界、刹那《せつな》の出来事。

黄金は軽やかに空を舞うと、手に握る煌めく宝剣で弧を描いた。甘い香りを伴った一陣の風が、鋭く吹き乱れる。

次の瞬間には、餓鬼《がき》の如く黄金に手を伸ばした黒の集合は、次々に緋色を吹いて絶命した。

黄金は、そうして綿毛の様に軽やかに戦場の中央に舞い降りる。

あれは何だ。

誰かが叫ぶ。

そうすると黄金は、ゆっくりと閉じた瞼を開いた。

露わになった群青色の瞳が、厳しく戦場を睨む。

黄金に光輝く髪はいと尊き天使を彷彿とさせる。なれば手に握る宝剣は神器の類か。

時が凍る様な美貌だ。帝国兵は、一瞬の事だが地獄を忘れて彼女の姿に釘付けになった。

あれは、天使様だ。

誰かが叫んだ。

上擦った、今にも泣きそうな声だった。

我らを救いに来てくださった天使様が、顕現なされた。

次いで誰かがそう叫ぶ。

天使様、天使様。と、叫ぶ帝国兵達の異様な空気が戦場に満ち満ちていく。

戦争に主人公も救世主も無い。

あるのは胸糞が悪いくそったれな地獄だけだ。

ただ正にこの瞬間だけは、帝国兵の心に希望の光が閃いた。

セレティナ・ウル・ゴールド・アルデライト。彼女は威風堂々と、立ち上がる。

救世主の真似事でも良い。

前世を擬《なず》えるだけでも良い。

王国も帝国も無い。

目の前に映る人々を救う為ならば、この剣この命、幾らでも捧げてくれよう。

女神でも天使でもない等身大のひとりの力無き少女は、口を真一文字に引き結ぶとしかと剣を握り直した。

魔物の黒腕が暴風雨を思わせる荒々しさでセレティナに迫る。

黒曜石の様な凶悪な鉤爪は、しかし煌めく宝剣の閃きに軽々と往なされた。

軌道を逸らされ、体の均衡を狂わされた魔物の体がぐらりと前のめりに傾ぐ。

それをひらりと躱《かわ》したセレティナの群青の瞳が、傾ぐ魔物の姿を冷ややかに捉え、そして瞬きの間に魔物の首を切り落とした。

ごろりと魔物の首がまた一つ、戦場に転がった。これでセレティナが殺した魔物は既に八つにもなる。

彼女は僅かに呼吸を整えると、宝剣にべっとりと付着した血糊《ちのり》を振り払った。

「我が名はセレティナ・ウル・ゴールド・アルデライト！　勇敢なるギルダム帝国の戦士達よ！　聞きなさい！」

セレティナの凛とした声が轟《とどろ》いた。

帝国兵は、皆その声に顔を上げる。

セレティナの……いや、天使様の告げる信托を待ち侘びる敬虔《けいけん》な信者達の様に。

「ここは私が引き受ける！　その間にレヴァレンスの門まで走りなさい！　撤退です！　直ちに撤退しなさい！」

そう言の葉を告げる内にひとつ、またひとつとセレティナは魔物を切り飛ばしていく。

すぐ側に居た少年兵が、セレティナに駆け寄ってくる。その表情は、悲痛なものだった。

「なりません天使様！」

何故。疑問を投げかけるよりも早く、少年兵は真っ直ぐに指を差した。

「あの馬車の中に、まだ大勢の子供達が……！」

少年兵の視線を辿ると、巨大な幌馬車《ほろばしゃ》が車輪を崩して佇んでいた。馬車に繋がれた馬は首と胴に矢が何本と刺さっており、息絶えている。

とても馬車を動かせる状態ではない。

何故馬に矢が？

魔物に殺されたわけではないのか。

セレティナは、しかし思考を遮断する。

疑問だった。そして納得した。

レヴァレンスまでの道は遠からず、撤退戦を試みれば幾分か生存率は上がっていたはずだ。なのに目に映る帝国兵達は、決して魔物に背中を見せる事は無い。

この帝国兵達は、子供らを守る為にその命を投げ出していたのだ。

見捨てる選択肢もあった筈だ。だが、その選択は取らなかった。

その勇気ある行動の何と尊い事か。

考えている暇は無い。

セレティナは宝剣『エリュティニアス』を中段に構え、ゆっくりと腰を落とした。

「では、怪我人は直ぐに撤退を！　まだ戦える者のみ残る事を許可します！」

「天使様は！」

私は。

そう言うや否や、セレティナは疾風《しっぷう》の如く魔物の群れのその最中に躍り出た。

疾風迅雷《じんらい》。電光石火。

セレティナに握られた『エリュティニアスが』、一際甲高く吼えた。

ひとつ、ふたつと銀閃に触れた者から屍を晒していく。魔物達の絹を裂く様な悲鳴のコーラスが、長閑な草原に轟いた。

「魔物を殲滅します！　命が少しでも惜しいと思う戦士は直ぐに撤退しなさい！　繰り返す！　命が惜しくない者のみ残りなさい！　この戦場からの撤退は決して恥じる事でも誰かに咎められる事でもない！」

セレティナが哮《たけ》り吼える。

戦場に咲く黄金の火花。疾風怒濤の猛攻は、止まらない。

背筋に冷たい剃刀《かみそり》が這い回る様な、恐ろしく洗練された剣から繰り出される嘶《いなな》きは刹那たりとて止む事は無い。

もしかして魔物が弱いのではないか。

見た者をそう思わせるほどの天下無双の大立ち回り。

さりとてその様な事は無い。先程まで、大の大人達が寄ってたかって殺されていたのだから。

しかし数は多勢に無勢。

セレティナ一人が幾ら頑張ったところで、魔物は次から次へと姿を現し一向に減る様子も無い。

だがセレティナの奮起に触発された帝国兵達の心に、少しばかりの勇気と余裕が生まれ始めた。

「お、俺は戦うぞ！」

「俺もだ！」

「我らには天使様がついている！」

「ここで逃げたとあっちゃあゼーネイ卿と同じよ！」

「臆病風に吹かれた者は帰ってママのミルクでも飲んでいろ！　俺は行くぞ！」

「僕は臆病者じゃない！　子供達を助けるんだ！」

野郎共、天使様に続け！

誰が言ったか、その号令が火蓋を切る。

帝国兵の残存兵が、一人残らず絶死の黒海に飛び込んで行く。その表情には多分の怖れと、そして漲る勇気が満ちていた。

セレティナの横を擦り抜け我先にと剣を魔物に叩き込んでいく戦士達に、セレティナの口角が僅かに上がった。

なんと頼もしい戦士達か。

セレティナは先を行く戦士達の背中に嘗ての『災禍』に共に戦った英霊達の面影を見た。

自分の命が惜しいはずだ。セレティナとてそうだ。

だが、人は何かの為に自分の命を抛つ事の出来る存在だ。それが、名前も知らぬ子供の為であったとしても。

人は、人とはやはり強い生き物だと改めて思わされる。

セレティナは鋭く空気を吸い込んだ。

『エリュティニアス』を硬く握り込み、そして肺に溜めた空気を細く鋭く吐き出していく。

戦いはまだまだ長くなる。

この身に出来る事、為せる事。必ずやり遂げて見せる。

セレティナは腿に力を溜め、引き絞られた弓矢の様に戦場を駆けていく。

「……ふぅん。なぁんだ、ちゃーんと強いんじゃんお姫サマ」

草原の、少し離れた丘の上。

リキテルは口を横に裂いた様な獰猛な笑みを浮かべると、思わず舌を舐めずった。

◇◇◇

剣を振る。

キィン、と耳鳴りの様な音。

次いで少し遅れて銀の閃光が跡を追う。

時に鋼を穿つ程鋭利に。時に闇夜を照らす朧月の様に美しく。

変幻自在。千態万状。

セレティナの剣は夕霧の様に掴みどころがなく、しかし身に迫る脅威を苛烈に攻め立てる。

乙女の柔肌など容易く食い破るだろう黒の鉤爪は、しかしセレティナに届きはしない。

群青の瞳が己の生存ラインギリギリの境界線を引いていき、そこに僅かに身を捩らせ滑り込ませる事で彼女の生存を確固たるものにする。

一歩誤れば、死が待ち受ける世界。

脆弱な肉体しか持ち得ぬセレティナは、しかしその世界を悠々と泳いでいく。端から見れば、目を覆いたくなる様な光景だ。

だが、セレティナに追い縋る死の気配は彼女のスピードに追いつける筈もない。

セレティナは魔物の首をまた一つ斬り飛ばすと、空《くう》でくるりと身を翻して後退した。

着地と同時に片膝を突き、暴れる心臓を諌《いさ》めようと小気味良く呼吸を繰り返す。じっとりと額に浮かんだ汗に髪が貼り付き、茹《ゆ》だる暑さに僅かに身悶えた。

黄金の天使が戦闘に介入してから、決して短く無い時間が過ぎた。彼女の獅子奮迅《ししふんじん》の活躍もあり、魔物の数は相当に減り始めている。帝国の戦士達も相応に命を散らしたが、彼等の死は生き残った戦士達の背中を押し続けてくれている。

士気は、高い。いける。やってやれない事はない。

セレティナは頬を伝う汗を拭うと、鈍くなり始めた体を奮い立たせた。

あの日、首に紋章を受けてからというもの頗《すこぶ》る調子は良いが、やはりそうは言っても元が脆弱な体なのだ。活動限界時間も限られている。

そう、この戦、やってやれない事はない。

単なる足し算引き算、セレティナの体力を度外視すれば、の話だが。

「天使様。大丈夫ですか」

厳しく戦場を睨むセレティナに駆け寄ったのは先ほどの少年兵だった。べったりと返り血に塗れ、剣を持つ彼の手は恐怖に震えている。

セレティナは、自身の疲弊を悟られぬ様に努めて笑顔を取り繕った。

「ええ、平気です。心配してくれてありがとう」

少年兵はその笑顔を見て、しかし震えが止まらなかった。

セレティナは気づいていない。自身の笑顔が張りぼての物だと直ぐに感づかれてしまう程度に、疲弊の色が濃く出ているのが。

そしてその直後だった。帝国の兵達が、恐怖の声で色めき立ったのは。

セレティナは弾かれた様に視線を走らせ、それを目撃してしまう。それと同時に、全身の力が僅かに抜け落ちる。

やり直し。

ふと頭に浮かんだのは、そんな生易しい言葉だった。

遠い平原の向こう。

鉤爪の魔物の群れが目測で百……いや、二百弱もの数が此方に押し寄せてきている。

殺意に満ちた紅色の双眸《そうぼう》の大群が此方に土埃を舞い上げながら向かってくる様は、まさに絶望。

セレティナは、思わず喉を鳴らした。

そして、肩に入った力を僅かに緩めて少年兵に微笑んだ。

「……逃げなさい」

「え?」

「できるだけ沢山の子供を引き連れて。奴等は私が引きつけておきます。ですからその間に貴方はお逃げなさい」

「ですがそれでは天使様が……!」

「早くお行きなさい」

そう言って、セレティナは走り出した。少年の静止の声など歯牙にもかけずに。

セレティナは、吠《ほ》える。吠えて、吠えて、ヒールを脱いで、裸足で駆けだした。

疾く、風よりも疾く。黄金の軌跡を伴って、セレティナは宝剣を上段に構える。

「天使様！」

遥か遠くで、誰かが叫ぶ。

セレティナの群青色の眼は瞬き一つすらせず、漆黒《しっこく》の波と衝突。

死だ。視界いっぱいに死が広がった。

憎悪に赤く灯る双眸。撫でるだけですっぱりと骨までこそぎ落としかねない凶悪な鉤爪。すんと鼻を鳴らすだけで吐き気を催す異臭。

セレティナは長い時を温室で過ごしてきた。

だからこそ思い出す。この気が狂いそうな戦場の最中だからこそ、自分が嘗てオルトゥスであった事を。自分が戦場の中でしか生きられなかった男であった事を。

「舐めるな！」

魔物共の知性の欠片も無い凶刃を、セレティナの宝剣が厳しく咎めた。

鎌鼬をさえ伴った薄く淡く光る剣の冴えは、しかし吐いた気炎に逆らって鈍重さを増していく。

それは達人……凡そ英雄の領域に踏み込んだ者しか気づきえない微細な変化だろう。

しかし弱音など誰が許す？　この場において休憩など誰が設けてくれる？

ここは戦場で、彼女は戦士だ。甘えた言葉や理想など、誰であろうと彼女自身が許さない。

（自分で選んだ戦場だ。ならば最後までこの目見開き、燃え尽きるのみ）

背に負う兵士達が逃げる時間がほんの少しでも稼げるのなら良い。

子供達に迫る脅威を少しでも取り払えるのならそれで良い。

セレティナは決して自分の命を軽んじない。だがこういった事態に於いて常に献身の姿勢であるからこそ、前世の彼女は英雄で在り続けた。

捨て身な訳ではない。人を助けたいと思う行動の結果が捨て身なのだ。

だからこそ、彼女は自身の選んだ戦場のどこで命を落とそうとも後悔などしない。するはずもない。

「はあああああああああ！！！！」

苛烈に、強烈に、鮮烈に。

セレティナの宝剣は嵐となった。

剣戟《けんげき》の旋風《せんぷう》は漆黒の只中を吹き荒れて、戦場に鮮血の火花を吹き散らした。

しかし見ていれば分かる。疲労という大蛇に搦め捕られた彼女の命は、既に風前の灯だ。

◇◇◇

「……そろそろ限界かな」

遠くから眺めながら、リキテルは呟いた。

セレティナ・ウル・ゴールド・アルデライト。確かにその実力の程は彼なりに見極めた。

少し驚いて、少し落胆。はっきり言ってしまえば〝微妙〟というのが彼の評価だ。

確かにセレティナは強い。だが脅威かと言えばそうではない。

女性としては確かに破格な強さだろう。

もしかすれば、王国唯一の女性騎士且つ次期騎士団団長筆頭と謳われるエイフィア・リックマンと同等……いや、それ以上の才を持つ器かもしれない。

だが、そうだとてリキテルからすればセレティナはまだ花開く前の蕾《つぼみ》だ。

未成熟な体が才能に振り回されている……そういった印象を抱き、だからこそあの王国騎士団団長のロギンスが「お前と同等」とセレティナを評した事に納得がいかない。

あれを殺したとて、己の強さを実感する事はできないだろう。絶頂するような快楽を得るには、セレティナはやはり役者として不足している。

「まぁ、助けてやるとするか。これもお仕事だしな」

そうぼやいて、リキテルは頭を掻いて――。

「……なんだ？　あれは」

――彼の瞳孔が、見開いた。

死に体《たい》だったセレティナの体に何か異変が起きている。それだけ感じて、そしてやがて鳥肌が全身を駆け巡る。

◇◇◇

「あっ……！」

疲労が足を搦め捕る。

セレティナはステップの途中で足がもつれ、草叢《くさむら》の中を無様に転がった。

（足が……！）

ふるふると震える脚は、もう僅かの力も入らない。

限界だ。とうとうセレティナの体に限界がやってきた。それでも転倒の際に宝剣を手放さなかったのは彼女の執念か。

「クソ……！」

思いがけず毒を吐いて、セレティナは己の脆弱さを呪う。

宝剣を杖に立とうともがくも、今度は腕に力が入らない。

崩れ落ち、砂利の味が口の中に広がった。

（ここまでか……！）

セレティナの無力を悟った魔物共は、緩慢な動きで立ち塞がる。

彼女を囲むように、どう食らおうか、どう殺そうかと思い悩んでいる、といった感じだ。

助けは無い。遠くで帝国兵達が叫んでいるが、魔物共が形成した垣根に阻まれてこちらに来れる様子も無い。

力が有れば。

もっと、もっと自分に力が有れば。

嫌でも腕に力が入る。草原の草を引き千切り、セレティナは苦々しい味の唾を飲み下した。

自らの死は良い。だが、残された兵達はちゃんと逃げ切れるか？　子供達は？

様々な思いが駆け巡り、王の顔と、そして。

（お父様……お母様……お兄様……）

残される家族の顔が思い浮かんで、セレティナは嘗てない程の死の恐怖を得た。

彼女はこれほどまでに明確に死を恐れた事は無い。

また失う。今度は自分の幸せを。その未来を。

何故。弱いからだ。這いつくばったまま、得られる未来など有りはしない。

心臓は縮み上がって、全身の毛孔から汗が噴き出した。

（立て！　セレティナ！　私は、まだ死ねない！　まだ。まだまだ。まだまだやり残した事は沢山……！）

家族を得たことで、引き換えにセレティナは人間らしい〝弱さ〟を得た。

だからこそ渇望するのだ。〝力〟を。

――……欲しなさい、力を。だって貴女は弱いもの。

時が止まる。その声と同時に世界はモノクロに溺れ、次元が凍りついた。

「なん……だ……？」

這いつくばったまま、セレティナは身を捩った。

その声にセレティナは聞き覚えがある。

脳髄に染み入る様な不思議なソプラノは、セレティナが最も忌むべき――。

「ディセントラ……！」

『黒白の魔女』ディセントラ。その姿は見えない。

だが確かに隣り合うような存在感を肌身に覚え、セレティナの全身に不快感が巡る。

「何処だ！　ディセントラ！」

くすくすと嘲《あざけ》るような嗤い声は、セレティィナの耳元で聞こえるのにその姿は見えない。

――私は貴女の望む全てをあげる。全てを叶えてあげる。だからそう、望みなさい。貴女の望むままに。貴女の想う力を。

それだけ告げて、モノクロの世界がまた氷解していく。

「待て！　ディセントラ！」

セレティィナの声は、虚空《こくう》へと消えるだけだ。

ディセントラのねっとりとした気配はやがて消え失せ、世界に色が戻った時、セレティィナの体に異変が生じ始める。

（……何だ？　力が……）

湧いてくる。不思議だ。

セレティィナの体の奥から、滾々《こんこん》と力が噴きだしてくるのだ。何処にそんな力が、と思わざるを得ない程の、強烈なエネルギーが。

体は温かな熱を帯び始め、不思議な全能感がセレティィナの体を駆け巡る。

「……これか……」

力の根源を、セレティィナは撫でた。

『薔薇に絡みつく蛇』。淡く、紅色の光を帯びたそれはセレティィナの鼓動に合わせて拍動している。

その拍動に合わせて、不思議な力がセレティィナという器を満たしていく。

それはとても心地よく感じられ、そしてセレティナを高みへと連れて行く。

「ディセントラ……お前の思惑は一体何なんだ……何故俺に……」

忌々しく思って、しかし今はこの力に頼らざるを得ない。

セレティナはゆっくりと立ち上がって、

「望むさ。多くの命を救う為なら、アルデライトへ帰る道へと繋がるのなら、今はお前の力を借りてやる」

群青色の瞳を見開いて、宝剣を構えた。

その動きに、淀《よど》みは無い。息を吹き返したセレティナは、全快以上の軽やかさを以って再び『エリュティニアス』を振るい始めた。

◇◇◇

（あいつに一体何があった？　一体何が起きている？）

リキテルは興味深げにセレティナの姿をしげしげと眺め回した。

力が切れたと思えば、まるでそれが嘘であったかのように息を吹き返した。

それも先程までの技の切れ味とはまるで違う。別人の様な冴えだ。

（魔法？　それともそういう薬物か？　いや、それにしては……）

強い。自分の体を騙して得た力には到底思えない。

寧ろ枷《かせ》を外した、という表現の方が近いだろう。元々のセレティナのポテンシャルが体現されていると言って良い。

一度は興ざめしたリキテルだが、今は殊更にセレティナに興味を持ち始めた。

そして、疼《うず》く。あれ程気持ちよく魔物を狩りつくす剣舞を見せられると、自分だって早く魔物を殺したくなって下半身が疼きだすのだ。

リキテルはべろりと舌舐めずりすると、腰に下げたククリナイフをゆっくりとホルスターから引き抜いた。鞘と刃が擦れる音が、鋭く響き渡る。

「ありゃあ放っておいたら全部食われちまうな。んじゃまぁ俺も半分ほど平らげさせてもらおうかな」

そう言ってリキテルは獰猛に笑うと、駆け出した。姿勢を低く低く。その異常な速度と姿勢の低さはやはり獣のそれを思わせる。

速い。丘を駆け滑るリキテルは、まるで豹《ひょう》を思わせる程の速さで草原を縦に裂いた。

「助っ人参上」

ペロリとリキテルの血色の良い舌が唇を這い回った。

気づけば既にそこは黒の領域。魔物達が犇めく、絶死の最中。

リキテルの掌の内で、クルクルとナイフが弄ばれた。

視界は黒、黒、黒。四方八方、魔物特有の紅色の双眸が幾つもリキテルを捉えた。

振るわれる鉤爪。既に何人もの帝国兵を喰らい尽くしただろうその爪は、どす黒い赤に濡れていた。

合図は無い。しかしリキテルに群がる魔物達は、示し合わせたかのように彼目掛けて一斉に飛び上がった。

「ひとつ」

リキテルが呟いた。

それと同時。

リキテルに迫る鉤爪は、しかし彼の操るククリナイフによって砕かれた。

驚異的な速度。驚嘆すべき破壊力。ギラギラと妖しく光るククリナイフは、既に魔物の血に濡れている。

気づけば、目の前に映る魔物が脳天から股座に掛けて真っ二つに引き裂かれていた。

「ふたつ」

リキテルが呟いた。

その間、彼に襲いかかる無数の鉤爪はしかし彼を捉える事はない。

無茶苦茶とも言える体勢を取り、全ての爪をその反射速度と野生の勘のみで軽々と躱し、すんでのところでナイフで弾き飛ばす。

リキテルは錐揉み回転しながら魔物の爪を躱し、その力を逃さずナイフを手放した。

投げ出されたナイフは、まるで吸い込まれる様に魔物の頭部に突き刺さる。頭が割れ、紅色の飛沫が飛んだ。

ヒュウ、とリキテルの陽気な口笛が鳴る。

「みっつ、よっつ………ここのつ」

リキテルが数字を口遊む度に、魔物が次々と溶けていく。まるでそれは死を宣告する呪文だ。

そうして、やがて二人は隣り合った。

セレティナは思わぬ闖入者《ちんにゅうしゃ》に一瞬身を硬くし、しかし味方だと理解した時には僅かに気を緩めた。

言葉は要らない。

任せられるな？

任せろ。

お互い、目だけでそう語り合ってお互いの背をやがて任せあう。

黒に濡れた草原を、赤と黄金の流星が駆け抜ける。

赤が駆ければ黒が割れ、黄金が駆ければ黒が散る。二対の流星は、正に帝国の希望の星。

リキテル・ウィルゲイム。

セレティナ・ウル・ゴールド・アルデライト。

常人の域を超え、英雄の領域にすら踏み込んだ二人の剣士はまるで狂ったかの様に魔物を狩り続けていく。

狩って、狩って、狩って。

果たして蹂躙の限りを尽くすのは人と魔物、どちらなのか。そう思わせてしまう程には。

リキテルの剣は、荒い。

傍若無人で、野生的で、まるでセオリーが無い。驚異的な反射速度と、強固でしなやかな筋肉があればこそ演出できる獣の様なスタイル。

逆にセレティナの剣は、洗練されている。

研ぎ澄まされたそれは剣の極致。全ての剣士のその頂に君臨する技術の粋。力こそ無ければ、しかし一撃必殺を以て命を奪い去る神速の剣技。

余りにも懸け離れた二人の剣士は、しかしこの場において天下無双を極めた。

赤と黄金の輝きに、帝国兵も益々猛る。

男達は怒号を上げ、筋肉を軋《きし》ませ、魔物を次々と得物《えもの》の錆《さび》に変えていく。

魔物達が、遂に怯えを見せ始めた。

吼え、猛る人間達の逆襲に、とうとう数を減らしすぎたのだ。

魔物達の増援は、もうない。

やがて赤と黄金は帝国兵に背中を押されながら黒を喰らい続け、漸く勝ちが見えたところで……黄金は光を失った。

セレティナは全ての体力を吐き出して草叢の中に崩れ落ちる。鈍く光る『エリュティニアス』も、彼女の手を離れて力無く転がった。

(この力……有限、という事か)

首筋の紋章からは既に力は感じられない。全てを吐き出し、セレティナの体は鉛と化した。

しかし、セレティナは朧《おぼろ》げに明滅する視界の中に見たのだ。銀色の鎧を纏った帝国の迎えの軍の一団を。

戦い続けたセレティナは草叢の中に転がり、僅かに微笑んだ。

(……子供達は、守れた。帝国兵の全滅も、免れた。……後はリキテルと帝国に任せよう……身勝

手ですまないが、私は少し眠らせてもらう）
全ての力を吐き出し続けたセレティナは、青の匂いが煙る草の中、静かに微睡みの中に落ちていった。
彼女の全ての力は今この時、空っぽになってしまったのだから。

◇◇◇

「あっ！　天使様っ！」

寝覚め一番。

目覚めのセレティナの鼓膜《こまく》を揺らしたのは、未熟な女児の声だった。

絵の具を水に溶かし入れた様にぼんやりとした視界が開けると、セレティナの目の前には子供、子供、子供。

すきっ歯を晒した男の子。

鼻水を垂らした女の子。

眼鏡を掛けた利発そうな男の子。

よく日に焼け、如何にも快活な女の子。

種々様々な子供達が、目を爛々と輝かせて横たわるセレティナの顔を覗き込んでいた。

「起きた！　起きた！」

「死んでなかった！」

「お馬鹿！　死んでるわけないでしょ⁉」

「でも天使様って死ぬの？」

「そんな事はどーでもいいの！」

「おめめ綺麗ー！」

「ティタ！　大人の人呼んできて！」

「俺かよ！」

「行けよ！」

「行くよ！」

喧々囂々《けんけんごうごう》とはこの事だろう。

色めき立ち、姦《かしま》しいとさえ思えてしまう子供達の姿にセレティナは僅かに微笑むと、ゆっくりと身を起こした。

温かなベッド。

恐らく戦場に取り残された馬車に乗っていたのだろう元気な子供達の姿。

セレティナは己の血脈が走る掌と、己の剣と帝国兵の尊い命達が守り通した命達を眺め、ほうと息を吐いた。

今回も、生き延びる事ができた。

セレティナのぼやけた思考に、じんわりと現実が馴染んでいく。側に居る女児の頭を撫で、セレティナは慈しむ様に目を細めた。

「お早うございます」

セレティナの透き通る様なソプラノが細く響く。子供達はやはり天使が歌う様なその声音に、爛々と目を輝かせた。

「わー！　天使様って声も綺麗なんだぁ！」

「元気⁉　何か食べる⁉」

「ねぇねぇ天使様ってほんとのほんとに天使様なの⁉」

「なんであんなに強いの⁉」

「あたし天使様が使ってたあの綺麗な剣触ってみたいなぁ」

「やっぱり天使様ってお空からやってきたん⁉」

わぁ！　と子供達の期待の眼差しと質問が雪崩《なだれ》こんでくる。その余りの若い熱量に、流石のセレティナもたじろいだ。

（それより天使様天使様って、帝国兵も皆自分の事をそう呼んでいたけどなんなんだろう……）

「あの、みんなちょっと落ち着い……」

「うぉーいガキンチョ軍団。天使様はお疲れなんだ。その辺にしといてやれ、お前らの洟《はな》垂れがうつったらどうする」

間延びした青年の声。

洟垂れた小僧に連れられたリキテルは小さく欠伸をしてみせると、シッシッと子供達を追い払う仕草をしてみせた。

「うわっ！　リキテルだ！」

「逃げろ！　食われっぞ！」

「やべぇ！」

「ずらかるぞ！」

「天使様ばいばーい！　またくるね！」

「元気になってね！」

「リキテル！　天使様に変な事すんじゃねーぞ！」

「誰が変な事するか！」

リキテルがグワーッと諸手を上げて戯けてみせると、子供達はきゃいきゃい喚きながら蜘蛛の子を散らす様に逃げていった。

……どうやら、リキテルは子供達に大分懐かれているらしい。

喧騒に満ちた石造りの個室は、漸く静寂を取り戻した。未だ遠く、子供達の笑い声が響き渡ってはいるのだが。

リキテルは子供達の逃げた方向に笑みを浮かべて一つ溜息を吐くと、セレティナに向き直った。

「調子はどうだ……ですか、コーシャクサマ」

「寝起きなのでなんとも……ですが気分は上々です」

「そうか、そいつは良かった……ですな」

「敬語は苦手ですか？」

「平民上がりなもんで」

あっけらかんと振る舞うリキテルに、セレティナは僅かに口角を上げる。

「良いでしょう、公式な場でもなし。敬語は使わなくても私は平気ですよ」

「え、いいの？　あ、でもコーシャクサマにそれは流石に不味い気が」

「ふふ、ならばこうしようリキテル。私も敬語は使わない。お互い堅いのは無しにしよう」

「……へぇ」

「どうかした？」

「いや意外と男勝りな口振りだったもんで、つい」

「……そうだな。私もこの口調は久しぶりだ」

「久しぶり？」

「丁寧な言葉遣いは淑女として当然のマナーだ。お母様や他の貴族の手前では丁寧語は欠かせない」

「……じゃあそっちが素なのか？」

「……どうなんだろうな。私自身、よく分からない。敬語を使わない事に多少の違和感も覚えるくらいだ」

セレティナはぐぐ、と組んだ腕を伸ばした。凝った体が解れていく感覚が心地良い。

「それと私は公爵家の娘であって、公爵位は持ってるわけじゃない。だから公爵呼ばわりはやめてくれ」

「ふぅん。じゃあ天使サマと呼ばせて貰おうかな」

「それは止めてくれ……。それよりなんなんだ天使様って。さっきの子供達もそうだし、戦場でもそう言われていたが」

「さぁ。あの場に居た人間は皆あんたを天使呼ばわりしてるよ。救世主みたいなもんだ、天使サマに心酔してる人間も多いみたいだぞ」

「……それはどうしたものかな」

「良かったな」

「良い事だと思うか？」

セレティナがジロリと睨むと、リキテルはその視線をひらりと躱した。

(軽い奴め)

セレティナは心中で毒突いた。

「それよりリキテル。私はどれくらいの時間眠っていたんだ？　それに此処が何処かも分からない。現状把握してる事を全て教えて欲しい」

「……他に聞く事は無いのか？」

リキテルのその返しの問いに、セレティナは小首を傾げた。

他に聞く事と言われても何のことか、彼女にはさっぱり分からない。

リキテルはセレティナの様子に分かりやすく肩をすくめてみせる。

「帝国に来る道中の馬車の中、俺はあんたに殺気を飛ばしてた。気づいてないのだと思っていたんだが、あれ程の腕だ。きっと気づいていたんだろ？」

「…………」

セレティナは沈黙を保ったままリキテルの琥珀色の瞳を見据えている。

リキテルはそれがどこか不満そうだった。

「何故意に介さない？　それともまさか本当に気づいてなかったと言うんじゃないだろうな」

リキテルの僅かに尖った視線がセレティナに突き刺さる。セレティナはそれを受け、しかし微笑みをみせた。

「殺気を飛ばしたからなんだというんだ？　殺す気の無い殺気にいちいち相手取るほど私は暇じゃない」

「……殺す気の無い、ね」

「聞きたい事はそれだけか、リキテル・ウィルゲイム」

「……ああ」

「そうか。ならば話を戻そうか、現状と今後について話し合おう」

（……殺す気が無かった。確かにな。だがいずれ……）

リキテルの心の奥深く、その深奥。

ぎらりと光る懐刀は、人好きの良い人格の鞘の中に今は眠っている。

いつかその刀身が抜かれ、血腥い狂乱を啜《すす》るその日まで。

◇◇◇

リキテルは手頃な椅子をセレティィナのベッドの脇につけると、どかりと座り込んだ。

「まず場所的に言えばここはレヴァレンスの駐屯地なんだが……天使サマは五時間程度は寝ていた事になるな。すっかり日も落ちてるだろう？」

窓の外は既にしっとりとした夜の帳《とばり》が下りている。

セレティィナはそれを横目に見ながら小さく息を吐いた。

「……天使様はやめろと」

「大きな怪我も無く救えた命も多い。ご立派な戦果だ。だが帝国兵や子供達の為に身を挺《てい》したのは結構な美徳だが、手を出さない方が良かったのかもしれない」

「………どういう事だ？」

「窓の外を見てみろよ」

リキテルが顎をしゃくってみせる。

セレティィナが毛布から抜け出し窓の外の景色を見るや、彼女の眉が歪んだ。

階下に映る駐屯地の門。松明を掲げた大勢の衛兵が、不穏な空気を醸して詰め掛けている。セレティィナが助けた兵達とは装備が違う事だけは窺い知れる為、彼等ではないだろう。

何やら穏やかでない怒号を飛ばし、松明を振り回す様子は暴徒のそれに近い。

目を細めたセレティィナは、隠す事も無く大欠伸をしているリキテルに向き直った。

「なんだあれは」

「此処じゃあんたは天使様だが、一歩外に出ればあんたは魔物を先導して子供達を食らいつくそうとした魔女だ……という事になってるらしい」

「……なんだと？」

どういう事だ。

セレティナの怪訝な視線に、リキテルは肩をすくめた。

「ガキンチョ達が乗っていた馬車。馬が矢で射殺《いころ》されて車輪がぶっ壊れてたのは知ってるよな？」

「ああ」

それは確かにセレティナも見た。

明らかに魔物の仕業ではない、人が起こした犯行であった。

「あれは彼処に居た帝国兵を従えてたゼーネイ卿だかなんだかっつーおっさんの仕業だったんだ。追い縋る魔物の大群を見て、自分の命が惜しかったんだろうよ。ガキ共を囮《おとり》にしようと弓で馬をぶっ殺し、魔導書の爆裂魔法まで使って馬車をぶっ壊したんだ」

「……なんということを」

ギリ、とセレティナの奥歯が軋んだ。

歪むセレティナの表情とは対照的にリキテルのそれは冷めたものだった。

「爆裂魔法に巻き込まれた帝国兵も大勢いた。死んだ者もな。帝国兵はなんとか傷ついた者に手を貸したりガキ達を逃がそうと手を尽くしたが、そうしてる間に魔物に包囲されちまった。もたつく兵に尻を向け、ゼーネイ卿はまんまとレヴァレンスまで逃げ果せてきたってわけだ」

「そこに私達が介入したわけだな。だが待て、何故私が魔女だなんだと言われなければならない」

「分からないか？」

「……いや、なんとなく察してはいるんだがな」

「理解が早くて助かるよ」

リキテルは続ける。

「レヴァレンスに着いた生き残りの兵達はゼーネイ卿を糾弾した。ガキ達を囮に使った事も声高にな」

「ああ、当たり前だな」

「ゼーネイ卿は兵は全滅したと思ってたんだ。そんな糾弾が続けばゼーネイ卿の民草や皇帝からの信用は地の底だ。それを嫌ったゼーネイ卿はなんとか保身しようと足りない知恵を巡らせた。その見苦しい言い訳の主人公に白羽の矢が立ったのが、天使様と崇め奉られるエリュゴール王国の公爵令嬢セレティナ・ウル・ゴールド・アルデライトってわけだ」

「……続けてくれ」

「ゼーネイ卿が拵《こしら》えた脚本はこうだ。セレティナは魔女である。人々を誑《たぶら》かし、天使様と崇めさせる事ができる蠱惑《こわく》の魔女だと。蠱惑の魔女は帝国兵を魅了し、子供達の馬車を襲わせた。余分な兵は飼っている魔物達に食わせ、後から子供達を食らうつもりだったのだろう、と。勇敢なゼーネイ卿は自分だけは死地を切り抜け、なんとかレヴァレンスに逃れる事ができた」

セレティナは、言い様のない憤りを覚えた。

私が、魔女だと。

拳は硬く握られ、頭に血が上っていくのが自身にも理解できた。

「しかし勇猛《ゆうもう》なレヴァレンスの兵が子供達や生き残りの兵を迎えに行くと、蠱惑の魔女は流石に怖気づいた。魔物達を下がらせ、自らを美しい少女に偽る事で魅了した兵達に守られながら今も駐屯地にてその爪を研いでいる、ってな」

リキテルは三流の脚本だな、と唇を尖らせた。

「しかしゼーネイ卿のその脚本は余りにも支離滅裂で、穴だらけじゃないか？　私達やあの場の残存兵を保護してくれた兵達は違和感を感じるだろう。それに私を捕らえたところでどうする。私は仮にも王国の公爵家に名を連ねる者だぞ。捕まえたら捕まえたで色々と問題があるだろう」

「レヴァレンスの都市長とゼーネイ卿は親交が深いらしい。金でも握らせて箝口令《かんこう》を敷き、民衆の中にセレティナは黒だと嘯《うそぶ》くサクラを大量に仕込めば世論なんて案外どうとでも動かせる」

「では私を捕らえたところでどうなるんだ」

「此処が上手いところなんだがな。ゼーネイ卿は公爵令嬢セレティナの皮を被っている魔女を捕まえると言ってるんだ」

「……あくまでも魔女、か」

「ゼーネイ卿の中ではあんたは戦死した事になっている。死んだセレティナの骸《むくろ》を被った魔女を捕まえたのだから一応言い訳は成立する。見苦しいがな。だから王国に喧嘩を売る気は無い、と大々的に言えるわけだ」

「しかし私が魔女である証拠は何も無い。冤罪で長らく牢に放り込んでおくつもりなのか。馬鹿馬鹿しい」

肩をすくめるセレティナに、リキテルはくつくつと笑った。

笑うリキテルに、セレティナは不満気に唇を尖らせた。

「何故笑う」

「あんた、自分の危機が分かってないんじゃないか」

「なに？」

「捕まったら駄目だ。あんたは自分が魔女だと自白しちまう」

リキテルは椅子からゆっくりと立ち上がると、窓の外を見た。階下では、今でも暴徒然とした兵が松明を振り回している。

「薬漬け、違法とされている洗脳魔法、拷問《ごうもん》……ゼーネイ卿はそれらを使ってでもなんとしてもあんたに自分が魔女だと言わせる気だろうよ。文字通り魔女狩りみたいなもんだ。なんたってこんなに大きな騒ぎにしちまったんだから」

薬漬け。洗脳。拷問。

リキテルは、にっこりと笑みを浮かべた。

対するセレティナは頬に一筋の冷や汗を垂らし。

「……もしかして、私って結構ピンチなんじゃ？」

ゆっくりと青ざめていく感覚を覚えた。

リキテルはそんな彼女の様子に満足気に頷いてみせた。

◇◇◇

「ゼーネイの奴め！　ふざけている！」

屈強な男の拳が、机を打った。

大きく鈍い粗暴な音が駐屯地の食堂にあたる広間に響いたが、しかしその男を諫める者は誰も居ない。

むしろ周りの人間の彼を見る目は同調。

皆机を打った彼の様な行き場の無い憤りをその瞳に燃やしていた。

「子供達を囮に使った挙句、我等を蜥蜴の尻尾の様に切り落としたあの愚行！　許される行為ではない！」

「そうだ！　それに加えて俺達をお救いくださった天使様を魔女呼ばわりときた！　俺はあいつの顔に一発くれてやらねば死んでも死に切れん！」

「ああそうだとも！　かの天使様がいなければ私達は今頃死んでいた！　英雄として語り継がれこそすれ、魔女としてしょっぴかれるなど言語道断よ！」

「駐屯地の周りはどうなっている！　天使様を何としても御守りせねば！」

喧々囂々《けんけんごうごう》。

男達の野次の様な会話はもう既に一時間が経過している。

然《さ》りとて感情に任せた論議が続くばかりで実のある話は出てこない。

彼等のいる駐屯地は既にゼーネイ卿の手配した衛兵達で周りを囲まれている。つまりセレティナがゼーネイ卿の手に落ちるのも時間の問題だった。

「えぇい、何か妙案は無いのか！　天使様があの小汚いゼーネイの手に渡っては絶対にいかんのだぞ！」

「ならばお前が出せ！　その妙案とやらをな！」

「正面突破、口で分からぬなら剣で示せば良いと何度も言っておろう！」

「馬鹿め！　我等は三十余名しかおらぬのだぞ！　あっという間に袋叩きにされて終わりよ！」

「それにここはレヴァレンスのど真ん中だぞ！　この美しい都市を戦場にする気か！」

「えぇい、ならばお前が策を出せ！」

……会議は踊る、されど進まず。

男達が騒ぎに騒いでいる最中、少し離れた所に少年兵が椅子に腰掛けていた。

少年兵の名は、カウフゥ。あの戦場においてセレティナに第一声を掛けたあの少年兵だ。

カウフゥはじくじくと痛む右腕に包帯を巻きながら、騒ぐ大人達の頼り無さに嫌気が差していた。

天使様は僕達に沢山のものをくださった。

それは命、希望。

そして生を実感できるという事の尊さをかの天使様は教えてくださった。

だのに、僕達は天使様に何も返す事ができないのか。

……いや、寧ろその逆だ。

天使様は僕達をお救いくださった事で謂れなき罪をかのゼーネイ卿から被ってしまった。

くぐ、とカウフゥの未だ成熟していない柔らかな拳が握られた。

無力感。罪悪感。己の腑甲斐なさ。

そう言ったものが、彼の小さな胸に去来する。そうしてカウフゥが唇を噛んでいると、食堂に喜色を示した響動めきが広がった。

男達の視線はある一点へと注がれている。

釣られてカウフゥも其方を見ると、胸にじんわりとした喜びが広がった。

黄金の天使。セレティィナ・ウル・ゴールド・アルデライトが、食堂の扉を押し開いて入ってきたところだった。

わっ！　と男達は粗末な議場を放り投げ、彼女の元に群がった。

「天使様！　ご無事で！」

「もう起きられて良いのですか！　お加減は！」

「ここにいる全員貴女様に感謝しております！」

「天使様！　無理はなさらず！　ささ、お掛けになってください！」

わぁわぁと捲し立てる男達に、セレティィナはへにゃりと力無く笑うと差し出された椅子におずおずと座った。

その後ろを行くリキテルはさも不満そうにセレティィナの椅子の後ろに控えている。

「おい、男ども。俺だって頑張ったんだからな」

しかしリキテルのその呟きは喧騒《けんそう》の海に飲まれていった。

「話は大方リキテルから聞きました。私は、レヴァレンスを離れようと思います」

そう告げるセレティナに、男衆は皆一様に固く頷いた。

当然だ。レヴァレンスで手をこまねいていてはゼーネイ卿に捕縛され、どうなったものか分かったものではない。

少年兵カウフゥも遠巻きにその会議に参加しながら憧憬の眼差しでセレティナを見ていた。

「ここは囲まれている様ですが、状況は？」

セレティナはそう告げながら、年長者らしき男に目線を配る。男は目線を受け、咳払いを一つすると粛々と語り始めた。

「バリケードを張り、何人か門前で説得を試みさせていますがそれも焼け石に水……。恐らく一刻も過ぎれば衛兵達は雪崩れ込んでくると思われます」

「一刻……。それはかなり不味い状況ですね」

「ええ、しかし我等の知恵を合わせどこの状況は絶望的……。何も良い策が浮かばず……」

「いい大人が雁首《がんくび》揃えて情けないなぁ」

「リキテル。口を慎みなさい」

「……いや、そいつの言う通りです。天使様、愚鈍《ぐどん》な我等をお許しください……」

影を落とす男達に、しかしセレティナは柔らかく微笑みかけた。

「気を落とさないでください。私を助けようとするその姿勢、その心こそが私は嬉しく思います。

黙ってゼーネイ卿に差し出せば貴方達の安全は保障されるでしょうに、しかしそれをせずにバリケードまで張っていただいている。本当に有難い事です」

「天使様……！」

男達は感激に身を震わせた。

セレティナの見せるその慈悲こそが、やはり天使と謳われる所以。男達のセレティナに対する信仰心はこの瞬間、より一層深まったと言えるだろう。

「ぬおおおお！　お前ら！　俺は天使様の為ならこの命、惜しくない！　俺は剣を抜くぞ！」

一人の男が、剣を抜いて立ち上がった。

それに釣られ一人、また一人と立ち上がった。

「お前ら！　天使様の言葉を聞いたか！　俺はこの人の為なら手段を選ばねぇ！」

「元より天使様に拾ってもらったこの命だ！　やらいでか！」

「ゼーネイのクソッタレに目にもの見せてやるぞ！」

おおおおおおお！！！！

男達は立ち上がり、銅鑼《どら》を鳴らした様に吼え、鼓舞した。

少年兵、カウフゥも堪らず立ち上がった。

……しかし。

「お待ちなさい」

スゥッ、と岩に染みる清流の様なセレティナの声がそれを制した。

するとと男達はセレティナの声に、まるで冷や水を浴びせられた様に大人しくなってしまう。

……右に、左に。

セレティナの群青の瞳がゆっくりと諌める様に男達を見回した。

「貴方達のその意気込み、私はとても嬉しく思います。なれど簡単に命を抛つ様な真似は止しなさい。貴方達にも家族がいるのでしょう」

厳しく、しかし愛に溢れたセレティナの言葉に男達は皆押し黙ってしまう。

セレティナは続ける。

「しかし私とて命は惜しい。少しばかり私の急造の脱出劇に協力してもらいますが、よろしいですね？」

その言葉に、俯いていた男達は一斉に顔を上げた。

「天使様の為ならば！」

「我等協力は惜しみませんぞ！　なぁお前ら！」

「ああ、勿論だとも！」

「しかし、剣を使わずして我等に協力できる事などあるのでしょうか」

男の問いに、セレティナは大きく頷いた。

「ええ。できますとも。その為には準備が必要ですが」

そんなセレティナを見て、カウフゥは拳を握りしめた。

天使様の為なら、僕は何だってやってやる！　そう意気込んだカウフゥは……。

セレティナと目があった。そして彼女は微笑み、こう言った。

「そうですね、彼がいいでしょう。そこの貴方、ちょっと来てくれますか」

「……え？」

（僕………？）

憧れの天使様の唐突な呼びかけに、カウフゥは目を白黒させた。

この時の天使様の微笑みは、カウフゥには少し悪戯っぽく見えた。

◇◇◇

「それで、門を抜けたら何処に行く気なんだ？　天使サマ」

「一度王国に戻るつもりだ。信頼のおける教会で身を清め、まずは魔女の疑いを晴らす事が先決だろう」

「成る程な。でもいいのか。ベルベット大旅商団に会いに帝国に来たんだろ。帝国を離れればまた次いつ会えるチャンスが巡ってくるか分からんもんだが」

「良い。特別先を急ぐ用事でもないし、私は自分の命をこんなしょうもない事で費やすつもりは更々ない」

「手堅いこったな」

『準備』を粛々と進めながら、セレティナはあくまでも利己的な判断を述べていく。

手持ち無沙汰に成りがちなリキテルは、ククリナイフの手入れをしているところだった。

「あのう……天使様はベルベット大旅商団……イミティア・ベルベットに会われるつもりだったのですか？」

セレティナに『準備』を施されながら、少年兵カウフゥはおずおずと口に出した。

「ええ、その為に帝国に来たと言っても過言ではありません。まあ今となってはその目的どころではありませんが……」

「そ、うなんですか……あの……えっとですね……」

カウフゥは続きを口籠《くちごも》る。

歯切れの悪いカウフゥに、リキテルは怪訝な視線を向けた。

「なんだ、なんかあんのか？」

「ええ。多分……その……なんですけど」

「気負わず言ってみてください」

「はい……」

カウフゥはそう言うと、ごくりと喉を鳴らした。

「イミティア・ベルベットにはもう会える事はないかもしれません」

そう言い放ったカウフゥの言葉に、セレティナの手が思わず止まる。

眠たげだったリキテルの興味も、多分にカウフゥに注がれた。

「カウフゥ、どういう事か教えてくれませんか。出来るだけ詳しく」

カウフゥはこくりと頷いた。

「その、僕達ゼーネイ卿とその兵士達は城塞都市ウルブドールに派遣された一団だったんです。今はご存じの通り数も少なくなりましたが、それでも最初は二百名程の頭数はありました」

「ウルブドールで戦争でもやってんのか？」

リキテルの問いに、カウフゥは首を縦に振った。

「魔物です。ウルブドールをぐるりと飲み込む程の夥しい魔物の軍勢が現れたのです。それはまるで『エリュゴールの災禍』の再来だと……そう呼ぶ人間も居ました。僕達も戦いましたが、それでも焼け石に水。ゼーネイ卿の鶴の一声で撤退を余儀無くしました」

「……馬鹿な」

「恐らくあの地獄の様な光景を見てゼーネイ卿は心を壊してしまったのでしょう。決して善人では無かったけど、それでも子供達を囮にしたり、天使様に魔女の嫌疑をかけてまで保身に走る人間では無かった。……話を戻します」

そう言ってカウフゥは居直った。

「城塞都市ウルブドールは陥落寸前です。そして、ベルベット大旅商団は今尚そこを脱出できずに居ます。恐らく、彼女らに会う事はもう……」

そこまで言って、カウフゥは言葉を飲み込んだ。それ以上は語るまでもない。

セレティナは、固まっている。

嘆いている様にも、怒っている様にも、焦っている様にも、今にも泣きそうな子供の様にさえ見えてしまう表情。

セレティナは一拍を置いて口を引き結んだ。

「……リキテル」

「おう」

「私はレヴァレンスを抜けたその足でウルブドールに向かう。貴方はそのまま王国に引き返しなさい」

「……ほぉ」

「天使様⁉」

カウフゥは思わず飛び上がった。

「なりませんよ、それは！　僕達をお救いくださった時の魔物の数とは桁《けた》が違うのです！　今度は命がいくつあっても足りない！　ご再考を！」

カウフゥは顔を真っ赤に染めて一気に捲《まく》し立てた。

しかし、セレティナには柔らかな微笑みを浮かべている。

「ええ、危険な事は重々承知です。無論魔物を殲滅する気はありません。イミティアをウルブドールから連れ出せればそれで良いのです。リキテル、後で手紙をしたためておく。貴方はそれを持って陛下とお父様に届けてくれ。君はよくやってくれた、本当にありがとう」

セレティナはリキテルに向き直るとゆっくりと頭を下げた。

「おう、なんだ？　一人で楽しむつもりか？」

「え」

「『災禍』の再来。そんな面白ビッグイベントに俺を置いていくのかって言ってるんだ」

「……正気か？」

「……正気じゃないのはお互いサマだろ？」

「……確かにな」

そう言ってリキテルは楽しげに、セレティナは半ば呆れ気味に笑った。

「む、無理ですよ。無理無理。絶対無理。地獄なんですよ。連れ出すどころかウルブドールへの進入だって無理なんですってば」

「進入に関しては大丈夫です。……私には一応とっておきがありますから。まあ進入後の事はどうなるか、知るところではありませんけどね」

「ほ、本当に行くんですか」

「ええ。彼女は私の数少ない友人ですから」

そう目を細めるセレティナに、カウフゥは何も言い返せない。若いカウフゥとて大切な人を何人も失った経験がある。

だからこそセレティナの友人を思う気持ちは彼には痛いほど分かる。

だが、しかし。

「〜〜〜〜〜〜っ」

さりとてセレティナを失うのは嫌だ。

煮え切らない思いが、カウフゥの心を責め立てる。

唇を噛み、涙を浮かべるカウフゥにセレティナは微笑んだ。

「駄目です！　やっぱり駄目！　どうあっても死んでしまいます……！　僕はみすみす貴女をウルブドールに見送るなんて事はできません……！」

「カウフゥ」

「天使様はお強い、リキテルさんだって強い。でも、あの圧倒的な数の前にはどうあっても無力なんです！　ましてや相手は魔物！　慈悲なんてないんですよ！」

「……カウフゥ」

「僕は……僕は……黙って貴女を見送る事など……」

「小さき戦士カウフゥ」

目の奥に熱いものが滾る。

鼻水は垂れ、年相応に小さな体は震えていた。

そんなカウフゥを慈愛の瞳で見るのはセレティナだった。慈母の様に微笑み、彼女はゆっくりと手を広げている。

おいでと、セレティナの形の良い桜色の唇が、そう動いた。

そうしてカウフゥは吸い込まれる様に、セレティナの腕の中に収まった。カウフゥの背中を、セレティナの細指がゆっくりと撫でつけていく。

「心配してくれてありがとう、カウフゥ。でも大丈夫、私は必ず生きて帰ります。なんと言ったって私は『天使様』なんでしょう？　ならば私に御加護はきっとあるはずです」

甘いセレティナの香りがカウフゥをが包み込む。

温かな体温と柔肌の感触に、カウフゥは図らずも落ち着きを取り戻した。

「良いですね？　カウフゥ」

「うぅ……はい……」

「……さぁ、『準備』の続きをしましょうか。カウフゥ、あまり動かないでくださいね。ずれたりしたら大変ですから」

セレティナはそう言って、微笑んだ。

目標は決まった。作戦も決まった。

ならば後は、成し遂げるのみ。

セレティナの瞳の奥で、覚悟の炎が小さく揺らめいた。

バリケード崩壊の予定時刻まで、あと半刻。

◇◇◇

「漸く来たか！」

待ち侘びた。

そう言わんばかりにゼーネイ卿は唾を飛ばして叫んだ。

ゼーネイ卿の視線の先には、忌々しく閉ざされた門をバリケードごと吹き飛ばす攻城兵器、破城槌が幾人もの男達の手によって担ぎ込まれるところだった。

ゼーネイ卿は焦っていた。彼には一刻の猶予も無い。

何故なら他国の公爵令嬢を魔女と大々的に謳い、剰《あまつさ》え彼女を手に掛けようとしているのだから。証拠隠滅、偽装工作、方々の有力者からの助力を請う為の資金繰り……枚挙に遑《いとま》が無いが、しかしそれでも今一番大切なのはセレティナの捕縛だ。

他所に逃げられ、教会の洗礼を受ければ魔女の証明など造作も無く暴かれる。その前になんとしてでもセレティナを自分の息のかかった工作員のみで処理しなければならない。

……もう一度言うが、ゼーネイ卿は焦っている。

もしも彼の計画に僅かの綻びでもあれば彼自身の命は勿論、国家間戦争のトリガーを引いてしまうリスクさえ彼の頭にはどこか現実離れした話にしか感じられないのだから。

兎にも角にも目前の身の保身。

逸《はや》るゼーネイ卿には、今は門を破る事しか頭に無かった。

「よォォーーーし！　破城槌をぶちこめ！　この忌々しい門をぶっ飛ばし、魔女に正義の鉄槌を下すのだ！　一刻も早くぶっ壊せ！　魔女を捕らえた者には褒美をくれてやる！」

でっぷりと出た下腹が彼自身の叫びによってぶよぶよと揺れた。ぴっちりと分けられた七三も今は乱れ、目は血走っている。

ゼーネイ卿の宣言に、集まった兵達は皆一様に喉を鳴らした。

何故ならば今回の魔女狩りは非番の者まで駆り出された上に報酬は更に上乗せ。傭兵にならず者、冒険者まで集め、べらぼうに報酬が高い上に更に褒美と来た。

ゼーネイ卿の声高な言葉に男達は期待に胸を膨らませ、涎を垂らしてしまいそうになっている。

さあ、門を吹き飛ばすぞ。

十何名かの屈強な男達によって破城槌は構えられた。

前に、後ろに、ゆらりゆらりと柱状の巨大な槌が勢いを付けていく。

「儂の号令で打ち込め！　……三！　……二！　……」

「ちょっと待て！」

しかし勢いの付いた破城槌に水がさされた。

門の目前、セレティナに救われた男の一人が仁王立ちでもって叫んだ。

破城槌は思いがけず勢いを失い、ゴツ、と鈍い音を立てて門にぶつかるに留まった。

ゼーネイ卿の眉根が苛立たしげにピクピクと跳ね上がる。

「貴様何用か！　とうとう怖気づいたか！　門を開かぬのであれば用は無いぞ！」

「門を開きにきた！　よって無粋な破壊行為はやめていただきたい！」

「な、にィ……？　開けるだと？」

男の進言に、ゼーネイ卿は流石に肩透かしを食らった。梃子でも動かなかったこの男達が、今更になって自ら門を開くと申し出るとは。

まさか本当に怖気ついたのか。

「中には子供達もいる！　手荒な真似はやめて頂こう！」

「ガキどもなどどうでも良いのだ！　魔女だ！　魔女を差し出せばどうでも良い！」

「魔女ではない！　教会の審問も受けていない状態で魔女呼ばわりとは良いご身分だなゼーネイ卿！」

「なんだと！　貴様ら、儂が手厚く雇ってやっていた恩を忘れたか！」

「その様な恩はとうに忘れたわ！」

「おい、そこまでにしとけ」

今にもゼーネイ卿に噛みつきそうな男の肩を掴み、眼鏡の男が窘《たしな》める。気炎を上げる男を下がらせ、冷静に努める眼鏡の男が一歩出た。

「ゼーネイ卿、万が一がある。先に子供達だけでも外に出してやってはくれないか。天使様を捕まえたいならその後で良いだろう」

「……魔女をガキ達に紛れ込ませて逃すつもりじゃなかろうな」

「僕はお互いの為を思って言っているんだ。あの子供達はウルブドールから護送したんだ。やんごとない身分の子らが多いのは知っているだろう。冷静になれ、ゼーネイ卿。僕達はあの子らを人質にする事だってできるんだぞ。流血沙汰になれば責任は君に及ぶんだ」

僕の言いたい事が分かるね？

そう言って眼鏡の位置を直す男に、ゼーネイ卿は僅かに狼狽《ろうばい》した。

しかし、確かに眼鏡の男の言う事は一理ある……。

ゼーネイ卿は、渋々頷いた。

「……分かった。まずはガキ共から先に逃がしてやる。だがそれにはまず魔女の姿を確認しない事にはな」

「セレティナ様だ」

「あ？」

「魔女じゃない、セレティィナ様と呼べと言っているんだ。これ以上余り刺激しない方が良いよ」

眼鏡の男はそう言って周りの男達に目を配った。門の内の男達は皆、ゼーネイ卿の傍若無人な言動に限界だった。

歯を剥き出し、ギリギリと槍を握り睨みつける多数の男達の視線に、流石にゼーネイ卿もたじろいだ。

「う……、む。で、では、まずはそのセレティィナの姿を見せよ。小細工されて逃げられては敵わんからな」

「天使様なら彼方に」

そう言って眼鏡の男は遠く、二階のバルコニーを指差した。

「ほう……どれ」

ゼーネイ卿はオペラグラスを取り出すと、バルコニーを垣間見た。

……居る。

噂のセレティィナだ。あの美しい金色の髪、端正な顔立ち、帝国には無い王国製の見事なドレス。

憂いを帯びた表情で、バルコニーから全てを見下ろしている。

「確かに居るな……。あの美しい黄金の髪……確かに確認したぞ」

「なら、先に子供達を解放するよ。良いね？」

「ああ。さっさとしろ」

ゼーネイ卿が顎をしゃくると、眼鏡の男は声を張り上げた。

「子供達を！」

その一声が轟くと、駐屯所から男達に連れられて子供達がわらわらと出てきた。

まだまだ小さな子供から、少し大きな子供まで、それは種々様々だが何故か皆一様に泥に塗れている。

小さな子供達は緊張感のカケラもなく、きゃいきゃいと騒ぎながら門まで向かってくる。

「おい、何故あのガキ共は泥塗れなのだ」

「裏庭が少しぬかるんでいたから、泥遊びをしていたんだろう。少し御目汚しかもしれないが、子供のやる事だ。笑って許してやってくれ」

「……ふん。こんな時に呑気なものだ」

「じゃあ門を開けて横を抜けさせてもらうよ。いいね？」

「さっさとしろ。儂は忙しいんだ」

眼鏡の男の手合図で門のバリケードが撤去され、固く閉ざされた門が漸く開いた。

ゼーネイ卿は僅かに胸を撫で下ろし、オペラグラスで再三セレティナの姿を盗み見る。

逃げられては敵わない。だが、セレティナはバルコニーから動いていない。

ゼーネイ卿はニヤリとぼってりした唇を歪ませた。

「ちょいと失礼するよ～。はーいガキンチョ共、お兄さんについてきてな～」

陽気な男の声。

赤毛の男を先頭に、子供達がゼーネイ卿の横を抜けていく。

ほんの小さな子供から、少年少女と言える程度に成熟した種々様々な子供達。

次々と横を抜けて行き、そして……最後の一人。

「おい、ちょっと待て！」

ゼーネイ卿は横を抜けようとする少年に叫んだ。ぐいと華奢な肩を掴み、強引にその場に留まらせる。

襤褸《ぼろ》のキャスケット帽。

草臥《くたび》れたブーツに、皮のジャケット。

綿のシャツは、古い割には良く清潔が保たれている。

なんて事の無い、少年の一人だ。

だが、惹きつけて止まない何かを感じ、ゼーネイ卿はその少年を呼び止めずにはいられなかった。

「なんだよおっさん」

少年は、怪訝そうにゼーネイ卿を睨んだ。

美しい顔立ちだ。顔を上げた少年に、ゼーネイ卿は素直にそう思った。

群青色の瞳。桜色のぷっくりとした唇。スッと通った鼻筋。泥に塗れていても、少年の美貌は誤魔化しが利くことは無い。

傾国という言葉が頭に浮かぶ程に、その少年は美しかった。

……まさかな。

ゼーネイ卿の頭の隅に、一抹の不安が過ぎる。

「帽子を脱げ」

「あぁ？」

「帽子を脱げと言っている」

「……」

「……なんだ、脱げないのか？」

チッ。

少年は分かりやすく舌を打つとキャスケット帽を脱いだ。

すると泥に塗れ、燻った黄金の髪が現れる。

それは、オペラグラスで見たセレティナの髪に良く似ている。

しかし……短い。その髪は、少年らしく短く切られている。

「……」

ゼーネイ卿はここで少年を白とした。

貴族の娘が、例え命が懸かっているとしても長く伸ばした髪を切るなどあり得る事では無い。

尊い身分の女性にとって、髪を短く切られる事は最も屈辱的な辱めの一つに挙げられる事で有名だ。それを公爵家の娘が、大胆にも集目の前で髪を短く切るなどそれこそあり得ない。

「……おいおっさん。男の顔をジロジロ見て楽しいかよ」

……それに先程からのこの淑女としての品性の欠片も無い野蛮な態度。

ゼーネイ卿はこの少年を顔の良い糞餓鬼《くそがき》と称し、さっさと見送る事に決定した。

「良い、さっさと失せろ。大人は忙しいんだ」

「……んじゃ、俺はとっとと家に帰らせてもらうとするよ」

少年《セレティナ》はそう言って、とっととゼーネイ卿の横を擦り抜けた。

内心、心臓が爆裂しそうなのを決して気取られない様に気をつけながら。

「……行ったな。では正義の名において魔女狩りを始めさせてもらう」

「……どうぞご自由に」

そうしてゼーネイ卿達はドカドカと門を超え、踏み込んでいく。

バルコニーに佇む、麗しき令嬢を拘束する為に。

「誤魔化しが利くとは言ってもいつまで持つか……。天使様……どうかお気をつけて」

憂いを帯びた眼鏡の男は、祈るように三日月を仰いだ。

◇◇◇

「うおおおおおおっ」

カウフゥは自室に駆け戻り、セレティナ謹製の鬘《かつら》とドレスを脱いだ。ゼーネイ卿が入ってくる。

その前にこれらを処理しなければならない。

暖炉の元まで急いで駆け寄った。

カウフゥは炎の中にそれらを突っ込もうとし……僅かに逡巡する。

憧れの天使様が着ていたドレス。

彼女の香りは、まだ残っている。

「……」

しばらくの後カウフゥはぶんぶんと頭を振ると、少し口惜しく思いながら暖炉の炎の中に手放した。

鬘とドレスは爆ぜる様に燃え、消滅の時は近い。

……これで駐屯地からセレティナの姿は忽然と消えた事になる。御手洗にでも行っているのだろうと嘯けば、更に時間を稼げるかも知れない。

大勢の男達の靴底の音が、階段を登ってくる。

……さあ、一分一秒でも時間を稼がなければ。

元の兵装に身を包んだカウフゥは燃える変装セットを眺めながら、決意の光を瞳に宿した。

◇◇◇

「良かったのか」

レヴァレンス、とある路地裏。

教会に子供達を預けてきたセレティナとリキテルは、人の流れを避ける様にウルブドールに繋がる南門を目指していた。

南門を抜けた先に、馬を一頭用意して貰っている。そこまで辿り着ければ、レヴァレンスからの脱走劇は成功と言えよう。

しかし難所は越えたとは言え、街全体は魔女狩りの話題で持ち切りだ。早々にこの街を抜けなければ、捕まるのも時間の問題だろう。

夜の暗闇に紛れ、しかし滑る様に駆ける二人の足並みは軽く、速い。

セレティナは襤褸のキャスケット帽が飛んでいかない様に軽く押さえつけ、転がる酒樽を飛び越えた。

「何がだ」

「髪だ。貴族の娘ってぇのは大層髪を大事にするもんらしいじゃないか。駐屯地の男連中のあの慌てようったら無かったぜ」

「……必要経費だ、仕方ない。私が変装出来る上にカウフゥに被らせる鬘まで拵《こしら》える事が出来た。払った対価に見合うだけの成果は得ている。生きる為なら仕方ないさ」

「執着が無いと言うか女っ気が無いと言うか……見た目は可愛こちゃんだけどとんだ狸だな」

「褒め言葉として受け取っておこうか。……しかし男物のパンツはやはり良いな、革のブーツも。スカートやヒールと違って機能性に長けていて動きやすいのなんの」

「……セレティナさんよ、あんた本当に女か」

「失敬な、歴とした女性だぞ。その発言は少し傷つくな」

そう言ってセレティナはくつくつと自虐的《じぎゃくてき》に笑った。長い髪の毛を切り落として、スカートもヒールも脱いだ今だからこそ自分が男であったと久々に思い出した程だ。

それをリキテルに指摘され、彼女自身それが可笑しくてつい笑ってしまった。

「で、セレティナさんよ」

「セレティナじゃない」

「……？」

「帝国領内に居る間はセレティナだのコーシャクサマだの天使サマだの呼ばれているのを聞かれたら不味いだろう」

「じゃあなんて呼べばいいんだ」

「それは……後で考える」

そう言ってセレティナは立ち止まる。

石壁に背を合わせ、ゆっくりと角から顔を出して人の流れを見渡した。

……やはり、街の出口はほぼ封鎖されていると言っても良い。

目当ての南門の周りには装備を整えた帝国兵や、ゼーネイ卿に駆り出されたであろう冒険者達が塞いで検問している。

都市全体が、魔女を捕らえる監獄と化していた。

セレティナは小さく舌を打つ。

「やはりと言ってはなんだが、警備は厳重だな」

「向かってくる奴等全員殺していけばいいじゃないか。不可抗力、正当防衛じゃん？」

「愚か者、簡単に人を殺そうとするな。お前は騎士なんだろうリキテル。お前の身の振る舞い、言動は全て陛下に通じるものと知れ」

「へいへい……。陛下の御為に、ね……」

しかしどうする。

このまま先程のように少年として抜けた方が安全か。

ゼーネイ卿は騙せたが、しかし万が一疑いを掛けられたら次の手は無い。

検問がどの程度のものかによるが、帝国において黄金の髪は少し珍しかったりする。もしも念入りに調べられたら……。

セレティナが思案に暮れるその時だった。

「発見。黄金の魔女……天使？」

ひた、と。

まるで影を蕩かす様な気配。

セレティナとリキテルが、弾かれた様に同時に声に振り返った。

そこには、少女。藍緑色《らんりょくしょく》の髪を後ろで結わえた少女が影に寄り添う様に佇んでいた。

黒の踊り子と言えば表しやすいだろうか。全身を機能性に優れた黒の装束で身を包み、口元には黒のフェイスベール。東方に聞く『シノビ』にも近いのかも知れない。

怜悧《れいり》な印象を受ける切れ長の黒い双眸が、セレティナとリキテルをぴたりと捉えて離さない。

「質問。魔女？　貴方は」

ぼそぼそと啄《つい》ばむ様な声。

しかし少女のアルトの声音は、この喧騒でもしっかりと耳に届いた。

……臭う。

セレティナの嗅覚が、少女の放つ強者特有の気配を敏感に嗅ぎ取った。

何より、あのセレティナとリキテルが背後を取られたという時点でこの少女の実力は明らかなのだが。

「……君は？」

じり、と腰に差した『エリュティニアス』の柄の感触をセレティナは僅かに確かめる。

リキテルは、思いがけない強者の登場に舌を舐めずった。

「回答。僕はユフォ。捕まえる。お金の為に。貴方を」

ゆらり。

ユフォと名乗る少女は陽炎《かげろう》の様に揺らめくと、ナイフを何処からともなく取り出した。

◇◇◇

筆で一筋描いたように暗く、細い路地裏。

仄暗い闇の中、銀色の閃光と山吹色の火花が咲いては散って、咲いては散ってを繰り返す。

ユフォと名乗る黒の踊り子は激しく、しかし妖艶《ようえん》に踊る。

思わず魅入られるその艶めかしい踊りは、死の舞踊だ。

華奢な手足の動きは、軟体生物の様に滑らかに狭きを這い回る。

セレティナは『エリュティニアス』を操りながら、ユフォの動きに思わず舌を巻いた。

セレティナの動体視力、反射神経を以てしてもユフォのナイフがどこから飛び出てくるか予測が付かなかった。気が付かぬうちに首根が飛ばされるやもしれない。

そういった恐怖が対人戦で芽生えたのは、セレティナにとって酷く懐かしい感覚でもあった。

苦戦を強いられるセレティナの横を獰猛な獣が擦り抜ける。

リキテルはククリナイフを両腿のホルダーから引き抜くと、黒の荊《いばら》に飛び込んだ。

めちゃくちゃとも言える制御姿勢。地を這うようなリキテルのククリナイフは、瞬きの内に五度も吠えた。

鮫《さめ》の乱杭歯《らんぐいば》を思わせるリキテルの荒々しい斬撃は、しかしユフォに届かない。

蜃気楼《しんきろう》が揺らめく様に、彼女の体が艶めかしくそれらの間を擦り抜けたのだ。

お返し。そう言わんばかりに、ユフォの蹴りがリキテルの頬を捉える。

風車《かざぐるま》の様な側頭蹴りは、少し鈍い音を伴ってリキテルをよろめかせた。

……しかし、ユフォの蹴りは鋭くはあるが重さが足りない。

リキテルを撃沈させる程の効果は無く、リキテルは切れた頬の内側に溜まる血を忌々しく吐き捨てた。

「宣言。勝てない。貴方達は。私に」

ユフォは黒のフェイスベールの奥からぼそぼそと遠慮がちに勝利宣言をすると、ぴたりとナイフを構え直した。

……強い。

セレティナはユフォの宣言に、歯噛みする。

ユフォの宣言に彼女自身が納得しているからだ。

セレティナの扱う『エリュティニアス』は、この猫の額程に狭い路地裏では存分に振るえない。大きく振り回せば壁に当たり、しかし小さく扱えばその範囲はユフォの扱うナイフ、引いては徒手空拳が勝る。

リキテルのククリナイフはセレティナの『エリュティニアス』程に窮屈ではないが、それでも彼の奔放な戦闘スタイルはここでは大幅に抑制されているといってよい。

「捕まる、貴方。がっぽり、賞金。満腹、私。にっこり」

ぼそぼそと口遊むユフォは、自分の言葉を反芻《はんすう》しながら思わず笑みを浮かべた。

そんなユフォを見るにつけ、リキテルは犬歯を剥くとゆったりとククリナイフを突きつける。

「よう真っ黒なお嬢ちゃん。勝ったと思ってるな？　勝負はこっからだ。天使サマをとっ捕まえておまんまが食えると思ってるんならまずは俺を倒せるくらいの蹴りを放ってみな」

「……勝てないよ、貴方達は。僕達に」

「……達？」

ぞくり。

リキテルとセレティナの背筋を氷が這い回った。

……居る。影に溶け込んで、分からなかったがあと三人。

路地裏の黒から浮き彫りになる様に、ユフォと見目が全く同じ少女が三人、姿を現した。

「金級冒険者チーム『篠突《しのつ》く影』」

「それが、僕達」

「四人でひとつ」

「八手でひとつ」

「僕達は、貴方達に投降を勧告する」

計八つの瞳が、リキテルとセレティナを嬲《なぶ》る様に視線を這わせた。

「四つ子……？　こりゃあ……参ったな天使サマ？」

「……天使様ではない」

じりじり。炙《あぶ》られる様な焦燥感が、セレティナの身を焦がした。

冒険者。この世界に於いて、魔物に穢《けが》された汚染区域と人の生存領域に未だ明確な線引きは無く、未知の領域が多い。

冒険者とは汚染区域、又はそれに準ずる領域を調査し、冒険者組合から報酬を得る者達の事を指す。

危険な任務は多い。上級の魔物と相対する事だって珍しい話でもない。

冒険者は、強い。強くなければ冒険者はやってられない。

それが、世間一般の彼らに対する認識。

そして金級冒険者とは冒険者の中において頂点を指し示す。彼女らの首に下がる黄金のプレートは強者しか到達出来ぬ勲章。

……強いはずだ。

セレティナは臍を噬んだ。

まずは落ち着いて話から入るべきだった。

……しかし金級の冒険者が金目当てで捕り物とは珍しい話だ。

「捨てて。得物を」

ユフォが吐き捨てるように言った。

「……どうするよ」

クルクルとククリナイフを手の内に弄びながら、リキテルがセレティナに問いかける。

「……ここから路地裏をなんとか脱出し、人を殺めずに外に出られる妙案はあるか？　リキテル」

「……それが出来たら俺は今頃天才マジシャンになって金の延べ棒で積み木遊びでもやってるさ」

「……そうだな」

セレティナは観念した様に大きく息を吐いた。地の利は無く、頭数でも負けている。

下手に立ち回れば大通りまで巻き込み、無辜の民が犠牲になるかもしれない。

セレティナは、握る『エリュティニアス』の柄からゆっくりと力を抜こうとして……。

「セレティナ様あああああっ！！！」

自分を呼ぶその声に、弾かれる様に顔を上げた。

見れば顔面が涙と鼻水でぐじゅぐじゅになっている侍女のエルイットが、こちらに駆けてくるところだった。

そして、かき抱かれた。

ふわふわのメイド服からは石鹸の香りと、少しばかりの汗の臭い。

『篠突く影』の横を脇目も振らずにすり抜けたエルイットは、彼女自身の決して貧しくない胸の中にセレティナを押し込んだ。

ぎゅうぎゅうとエルイットの双丘に閉じ込められたセレティナは呼吸ができずに身踠くが、エルイットはセレティナを離さない。

セレティナの頭の上からは、エルイットのぐずついた吐息と鼻水を啜る音が聞こえてくる。

「うぇ……ぶぇっ……おじょうだば、よぐぞご無事で……うぅぅっ……レヴァレンスに来てみたら……おじょうざまが魔女だなんだのおおざわぎでっ……ふぅぅぐぅ……！　よぐぞごぶじで……！」

そこまで言うや、エルイットは盛大に泣き出した。年端もいかぬ幼子がそうするように、エルイットはとうとう声に出して泣いた。

泣くメイド。

ばたつく少女。

それを離れたところから四つ子の少女達は少し困惑した様子で、呆然と見る他無かった。

「……どういうこと？　新手？」

「いや、違うと思う。弱そうだもん」

「……提案。今なら一網打尽の好機」

「確かに」

「だめ。感動的再会……かも？　今はちょっと可哀そう」

「同意。女性の涙、とっても大事」

「そだね」

「不満？」

「不満じゃないよ。僕、無粋じゃないから」

「僕も」

「僕も」

全く同じ顔、全く同じ黒装束の四人が顔を突き合わせて話しているのは奇妙なもので、それに加えて会話の内容も少し気が抜けている。

リキテルは剥いた牙を暫し収めるべきかどうか決めあぐね、ガシガシと赤毛の頭を掻いた。

「おい黒子四姉妹。そっちは一旦放っておいてだな、俺はいつでもいけるぞ」

「……お馬鹿さん。やる気？　この人数差で」

「やらないとでも？」

「……四対一。やっぱりあの人お馬鹿さん」

「同意」

「肯定」

「賛同」

ユフォは、ふっと黒のフェイスベールの下で嘲るように笑みを浮かべると再びナイフを構えて腰を落とした。

それに倣う様に、姉妹の三人も構えを見せる。
「捕まえたきゃ好きにしな。だがそれは俺をぶっ倒してからにしてみろ」
リキテルの手の中で、ククリナイフが軽快に半円を描いた。
……再び、戦闘が始まる。
そんな空気が漂い始めた時だった。
カラン、カロン、カラン、カロン……。
高下駄が石畳を叩く軽やかな音色が、この狭い路地裏に奏でられる。
カラン、カロン、カラン、カロン……。
音色が、ゆっくりと戦場に忍び寄ってくる。
カラン、カロン、カラン。
……ピタリと音が鳴り止んだ。
「何を遊んでいるのかしらお前達」
代わりに、女の声。
少し低く、酒に灼けた声だった。
しかしその声は、美しい。
まるで詩の一節を朗々と読み上げる様な、心の深くにすとんと抜ける声だった。
声音は若い。
されどその声にはこの世の艱難辛苦《かんなんしんく》を知り尽くした老婆の様な凄みさえある。

下駄の女は、一歩前へ。

そうすると、影に隠れた姿が露わになった。

まず目につくのは、光を通さぬ程に黒々しい紫色のおかっぱ頭。丸みを帯びた黒の曲線は、よくよく目を凝らせば左が短く右が長い。

白磁の様な顔に、妖狐の様な鋭い目を少し細めており、蜂蜜《はちみつ》色の瞳は僅かに輝きを帯びている。

唇には、真っ赤なルージュ。小ぶりな唇が、悩ましげに赤に照っている。

女が纏うは、遥か東方に伝わると聞く着物という衣装。一目で上等と分かる菫色《すみれいろ》の生地にはセレティナやリキテルが見たことの無い見事な花が咲き乱れ、腰の辺りで純白の帯によって留められている。

年の頃は、二十の半ば辺りか。

ほっそりとした長身は、高下駄を履く事で更に上背があるように見える。

女は煙管《キセル》を口に含むと、ぽうと煙を吐き出して『篠突く影』を見下ろした。

「……おいおい、また新キャラか」

リキテルは歯噛みすると、ククリナイフの峰で肩口をとんと叩いて嘆息を漏らした。

「……これ、そこの青いの。人様を新キャラなんぞと呼ぶもんではない」

カラ、コロ。

女は紅色の唇の形を変えてくすくすと笑うと、下駄を鳴らしながらリキテルに歩み寄った。

「……青い？　俺のどこが青いんだ」

「尻に決まっておろう？　其方は見るからにまだまだ青臭うて敵わん」

リキテルの握るククリナイフに、僅かに力が入る。女はその機微を見逃さず、しかし満足気に目を細めるとそっとリキテルの分厚い手の甲に自身の手を重ねた。

「しかし若さ、青さとはそれもまた尊いものよの。青さを失った者が青き日に帰りたがるのは世の常。青き者が己の青さを恥じるのもまた世の常。人間とは不思議なものじゃ」

「……何が言いたい」

「興奮するでない。儂は其方の味方じゃ」

「……何？」

「この子達が迷惑をかけたの」

「なん……？」

言ってリキテルの眉が歪む。

見れば、傅く様に黒の四姉妹が着物の女の後ろに控えていた。

それは『篠突く影』と女の主従関係を表すには十分な光景であった。

「……あんた、こいつらの親玉か」

「言い方が悪いな坊や。儂はこの子らの雇い主なだけよ」

女はそう言うと、側に控えるユフォの頭を撫でてみせた。

「それより俺らの味方ってどういう」

リキテルが言いかけた時だった。

「ヨウナシ先生！　わだっ、私のお嬢様が！　見つがりました！　本当にあびがどうございますぅ！」

顔が涙と鼻水でぐちゃぐちゃになったエルイットが、女の膝元に縋る様にしがみついた。

女はそれを見るにつけ、人の良い笑みを浮かべてよしよしとエルイットの頭を撫でつける。

「言った通りであろう？　儂の占いはよく当たるんじゃ」

「はいっ！　はひっ！　このご恩は一生忘れません！」

涙と鼻水が着物に付いていそうなものだが、女はにこやかにエルイットの頭を撫でるばかりだ。

「……ちっと、どういう状況か飲み込めねぇな」

「……同意」

「……困惑」

「……説明を要求したい」

「……お腹空いた」

まるで蚊帳《かや》の外のリキテルと『篠突く影』の四人は、呆然と立ち尽くすばかりであった。

……セレティナはというと、未だにエルイットの中で窒息しかけている。

「改めて自己紹介をば」

着物の女……ヨウナシはにんまりとした微笑みを扇子で隠しながら、今一度リキテル達に向き合った。

「儂の名はヨウナシ。遥か東方の国からやってきた流浪の物書きの一人じゃ。この地で羽を伸ばしていたところ、そこのメイドのお嬢さんが困り果てているところを見かけてな。今にも泣き出しそうだったもので声を掛けてしもうた」

ヨウナシの目線を受け、エルイットは深く頷いた。

「そうなんです。セレティナ様を探していたところ、ヨウナシ先生に声を掛けて頂いて……事情を話したところ不思議な魔法を使っていただいてここまで案内してくれたんです」

「不思議な魔法？」

エルイットの胸の中から漸く抜け出したセレティナが小首を傾げた。

「ええ、この辺りで見たことの無いとても不思議な魔法で……」

「うむ、あれは魔法とはちと違う。呪《まじな》いというものでな。東では古くから伝わる……まあ魔法に似たようなものよ」

「なるほど……そのようなものが」

セレティナの前世の知識を合わせても、呪いなる知識は持ち合わせてはいなかった。余程希少な技術か、ヨウナシの住む国の情報が王国や帝国までに流れてこない程度に遥か遠い国なのか。

どちらも考えられる事ではあるが、しかしセレティナにとって今は呪いの知識は掘り下げるほど欲しいものではない。

そうセレティナが思考を切り替えたのと同時に、リキテルが前に出る。

「エルイットちゃんを案内してくれたのは有難い。だがヨウナシ先生よ、あんたのお仲間が俺らを襲ったのはどういう了見だ？」

「ふむ……それはな、如何してじゃ？」

こけしの様なヨウナシの頭が右に回る。

ヨウナシの視線の先には、些か機嫌の悪そうな『篠突く影』の四人がじっとりとヨウナシを見ていた。

「先生。僕達のお金、全部使った」

「賭博《とばく》。酒。女。男。お蔭で僕達素寒貧」

「昨日のおかず。もやし炒めだった」

「だから、お金稼ぎ。先生酷い」

「ふぅむ……」

ぐさりぐさりと棘のある目線を受けたヨウナシは、少し目を泳がせると煙管から煙を吸い込んだ。

「という事らしいな？　小銭目当てだったようじゃの」

「おいおい……」

金かよ、とリキテルは思わず毒づいた。

金級冒険者が金に困るなど見た事も聞いた事もない。

このヨウナシという女、余程金遣いが荒いらしい。

「で、では私も一つ質問宜しいですか？」

おずおずと手を挙げるセレティナに、ヨウナシはにんまりと笑みを浮かべた。

「なんじゃの？　可憐なお嬢さん」

「やけに親切……というか。今この街は魔女狩りで大騒ぎになっているというのにエルイットの話を鵜呑《う》みにして協力し、先程はリキテルに自分は味方だとも言いましたね。金に困っているのなら、今からでも自分達を捕まえれば良い……だけどそれはしない。私は、貴女が私達に味方しない理由は浮かべど、私達に味方する理由が浮かばない」

「ふむ、警戒は当然、じゃな」

ヨウナシはそう言って肺に流れた白煙を吐き出した。

「儂は物書きじゃが、こうして旅をする理由は実は別にある」

「別の理由?」

「……魔女じゃ。魔女の背中を追い、奴らの研究をしておる。だから、お嬢さんが魔女かそうでないかくらいも見分けはつくというもの」

魔女の研究。

上手く要領を得ない、といったセレティナの表情に、ヨウナシはカラカラと笑った。

「知りたくはないか? 魔女とはどこからきて、何故あれほどの力を秘めているのか」

「……」

「儂は知りたい、あの力の秘密をな。だから困るのよ。魔女でもない者が魔女として裁かれるのは」

「……それは、何故」

「理由はいくつもあるが……まず本物の魔女を刺激する可能性がある。それと、魔女に勝てると思いこむ馬鹿な人間が現れるだろう。それに、魔女でない者を魔女として殺す実例ができるのも非常に不味い。……まあ専門的な知識になれば枚挙に遑が無いが、魔女に触れるというのはそれほどデリケートな事なんじゃ。儂の研究の邪魔にならんことも限らん」

ヨウナシは指折りいくつか数えながら示して見せる。

セレティナはヨウナシの考えにはまだ裏があるのでは、と僅かに逡巡するも、一拍を置いて納得すると頷いた。

「……成る程、取り敢えずは得心しました」

セレティナの言に、ヨウナシは満足気に頷いてみせる。

「じゃからレヴァレンスからの脱出は協力させて貰おう。この四人がな」

「は？」

「へ？」

「え？」

「ん？」

煙く煙管で差された『篠突く影』の四人が、素頓狂な声を上げた。

そんな四人を見るにつけ、ヨウナシはさも面白そうに笑い声を上げる。

「なんじゃ鳩が豆鉄砲を食ったような顔をしおって」

「……先生。それは僕達の仕事の範囲外」

「給金ならたんまりやるから安心せいよ」

「そんなお金どこから……」

ぬるり。

ユフォの疑問よりも早く、ヨウナシの袖からずっしりと膨らんだ皮袋が現れる。

パンパンに膨らんだ皮袋は、中から押し上げる大量の硬貨によってごつごつした形を形成していた。

「中身は全部金貨じゃ。どうじゃ？　やらんか？　小僧ども」

「……やる」

その金どこから持ってきたんだよ、という白々しい視線を投げかけながらもユフォは金貨袋を受け取った。

そのやりとりを見ていたセレティナは、堪らずヨウナシに問いかけ――。

「ヨウナシ先生、その善意とても嬉しく思いますが初対面の私たちに流石にそこまでしていただくわけには……むぐっ」

――しかしその言葉の続きは、ヨウナシの細指によって防がれる。

「綺麗なお嬢さん、年寄りの善意はありがたく受け取っておくもんじゃ」

ヨウナシはそう言って、紅色の口角をやんわりと上げた。

◇◇◇

レヴァレンス街門。

濠を隔てて二重に作られた街門は、交易都市の名を冠する事もありその見てくれに反して人の出入りは容易い。

何故なら帝国内のみならず王国からも多数の商人を受け入れるこの都市は、行きかう大勢の人の流れを円滑にしなければならないからだ。

その為、簡易に発行された通行証があれば……又は通行料さえ払えば身分問わずに出入りできるのだからその警備はどちらかと言えばザルと言っても良い。

……ただしそれは通常の警備体制であれば、の話だが。

「おうおう、呼ばれてきてみりゃあ何だ？　この警備の多さは」

「先輩お疲れ様です。もうみんな配置についていますよ」

「あぁ見ればわかる……が、どうしたんだいこりゃ一体」

「知らないんですか？」

「あぁ」

「魔女が出たらしいんですよ。今レヴァレンス中その話題で持ちきりですよ。魔女狩りした人にはゼーネイ卿からたんまり報酬がもらえるとかなんとかって」

「魔女だぁ？」

「なんでも恐ろしく美しい容姿をした蠱惑の魔女だとか」

「はぁ。まぁ別嬪さんが相手ならやる気も上がるってもんだ」

先輩門番は気怠《けだる》げに軽鎧に身を通すと、大きな欠伸を一つした。

「なんか興味なさげっすね」

「当たり前だろ、どうせ俺達門番のやる事は変わらねぇよ。特別手当が出ることも無し。余計な力いれるだけ損ってもんよ。それより俺の警備配置は」

「西門っすね。今日はもう余分に三十人はいますよ」

「やば、そんなにいんのか。すげぇのな魔女様効果」

「今日はどこもそんなもんっすよ。ネズミっこ一匹逃げられませんね。二十四時間体制なんすから穴なんてないっすもん」

「とっとと捕まってほしいもんだ……。俺達門番がオーバーワークにならない程度にな……」

んじゃ行ってくるわ。

先輩衛兵はそれだけ言うと、槍の石突を突きながら屯所から出ていった。

その様子、その会話を、一キロは離れた屋根の上から見聞きする影が一つ。

ユフォは小さな嘆息を漏らすと、藍緑色のポニーテールを揺らしながら、猫を思わせるしなやかな動きで屋根の上から飛び降りた。

「どうだ?」

セレティナは皮の水筒から水を呷《あお》りながら問うた。

返すユフォは、しかし顔を横に振る。

「駄目。警備体制は万全。ごり押しで突破はまず無理。剣は絶対抜かないで」

「……まあ当たり前だな」

「赤毛の彼の手綱はもう少しきつくしておいた方がいい。馬鹿だから」

「そう言ってやるな。あいつはあれでも真面目に提案してたんだ」

「……馬鹿。それならもっとお馬鹿」

嘆息を吐くユフォに、セレティナは苦笑する。

あの後、七人もの大所帯になったものだから人目に付きやすく、これでは不味いという事で一先ず分散する事となった。

ユフォとセレティナ、身軽な二人はまるで影を縫う鼠《ねずみ》の様に都市の血管を息を潜めて這い回る。

リキテルも今頃は『篠突く影』の残りの面々と行動している頃だろう。

リキテルは分散時に実力行使の正面突破を提案したが、それは当然の様に棄却されたのは言うまでもない。

「すまない、こんな事に巻き込んで」

申し訳なさそうに伏し目になるセレティナに一瞥をくれると、ユフォはいつもの絡繰《からく》り人形の様に動きのない表情のまま肩をすくめてみせた。

「良い。仕事だから」

「潔いな」

「基本、冒険者は拝金主義。なんでもやるよ。金さえ積めば」

そう言って、ユフォは手の中の一枚の金貨を弄《もてあそ》んだ。

「……それよりごめん。さっきは刃を向けて。謝罪させて。一応」

「……いや良いんだ。元々私達はこの街ではお尋ね者だし、誰に襲われたとて当然の状況だ」

「……そう」

「それよりよく私が件のセレティナであると分かったな。身形も少年の格好をしているし、髪の毛もばっさりと切った。夜の帳も下りてきて、この暗さの中良く私だと気づいてナイフを向けられたものだ」

「……容易。透き通るような白い肌と、美しい黄金の髪だとは聞いていたから。それとその容姿も、少し泥に塗れたくらいじゃ誤魔化せない」

「……ゼーネイ卿にはばっちり見られた上に、少年だと思われたのだがな」

ユフォは目を丸くすると、呆れたように、しかし本当に面白かったのか、黒のフェイスベールの下でくすくすと笑い声を囀《さえず》った。

「……お馬鹿さん。ゼーネイ卿は。貴女はどう考えても女の子」

「……そうか？　私は上手く変装できたものだと」

「匂いで分かる」

「匂い？」

「僕には分かる。洗っても、上等な化粧品やヘアオイルの匂いくらい。それに女の子は男の子と違って良い香り」

「へぇ……」

爪《ネイル》ケアがきちんとされているのも、分かりやすいポイント。髪切って、服を変えたくらいじゃ、誤魔化せない」

滔々《とうとう》と、少し得意気に語るユフォに、セレティナは素直に感心した。見た目を大雑把に変えただけでは、やはり分かる人間には分かってしまうものなのかと。

剣の道は極めたセレティナであっても、やはりこういった畑の違う分野では己の無知を自覚する場面は多い。

「……凄いな。やはり男性には分からない些細な点でも、女性には分かってしまうものなのだな」

「……え？」

「……ん？」

一瞬の余白。

ユフォは「ああ」と相槌《あいづち》を打ち、一人得心すると、小さく息を吐いた。

そして、次にユフォの口から語られるものは、セレティナの思考の遥か斜め上空のものだった。

「先に言っておく。僕達『篠突く影』は、四人――兄弟チームだよ」

「……え？」

「……ん？」

「つまり？」

「……男だよ。僕と、僕たち兄弟」

ぼとり、と。

セレティナの手から、水の入った皮袋が滑り落ちた。

◇◇◇

「男ォ⁉」

信じられねぇ。

リキテルは驚愕の事実を告げられ、思わず目を白黒させて女性としか思えない少年をしげしげと見まわした。

藍緑色のポニーテールは、絹糸の様に滑らか。

黒の双眸に大きく影を落とす睫毛は天高く伸びている。

露出した肩の幅はやはり狭く、どこからどう見てもやはり女性らしさしかない。

胸は全くないが、しかし言われてみるまで注目するようなことでもない。

『篠突く影』の次男……ヨウファはリキテルの視線を鬱陶しく払うと、小さく嘆息を漏らした。

「出さないで。大きな声」

「……っとと、悪かった。それよりなんだってそんな踊り子みたいな紛らわしい恰好を……」

「お得。色々とね。男からは油断と侮りを買える。あるでしょ。覚え」

「……」

確かに、ユフォと先程対峙したリキテルに一部の油断が無かったと言われればそれは否定できない。一合刃を交えるまでは。

油断を誘われたまま首をはねられていた可能性はあったというわけだ。

……しかし。

「その格好、お前たちの趣味じゃないだろうな」

「え」

「冒険者やるにしては流石に肌の露出が多くないか」

「…………………男色の趣味は無い。えっち」

「えっち……お前な」

「……静かに。そろそろ合図が来るはず」

ヨウファがフェイスベールの上から人差し指を唇に当てて沈黙を促すと、リキテルはしぶしぶと言った具合で路地裏に打ち捨てられた酒樽に腰掛け直した。

合図。

散会したリキテル組、セレティナ組のふた組とは別に、『篠突く影』の長男リャンフィと三男イーフゥが今レヴァレンスの街中を暗躍している。

リャンフィは街門に、イーフゥは警備に対して工作をしている手筈だ。

合図があれば作戦実行……との事だが、当のリキテルとセレティナは何が合図でなんの行動をすればいいのかすら知らされてはいない。

しかしそれもその筈。

合図をするリャンフィ、イーフゥと合図を待つヨウファ、ユフォ側も完全にアドリブで行動している為に、何が最善の選択かは各々の判断に任されるからだ。

陽動、解錠、脱出……。

与えられた役割はただそれのみ。

それは余りに荒唐無稽で、凡そ作戦とも呼べない作戦なのだが、『篠突く影』の面々は何処か自信……いや、確信めいたものをその瞳に宿している。

各々が各々を信頼し、互いの役割を背合わせにして作戦を実行できるのはやはり血の繋がった四つ子の為せる業なのだろうか。

そんな四兄弟の机上の空論気合い作戦を、リキテルは専《もっぱ》ら呆れと疑いの目で見てはいるのだが……。

——その時は来た。

ヨウファとリキテルが身を潜める住居区が隣接している倉庫区から、熱波を伴って巨大な黒煙の蛇が飛び出した。

黒蛇は天高く、月を食らわんばかりに背を伸ばし、爆煙を以て慟哭をあげる。

その瞳には閃光のような焔を湛え、レヴァレンスを覆う夜闇を切り裂いた。

強烈な光量は夜を吹き飛ばし、昼を呼び込んだ。

「きた」

ヨウファは口の中で台詞を転がし、リキテルは景気の良い口笛を吹いた。

強烈な黒蛇の熱波は、区画の離れた彼等の肌まで届き、ジリジリと焦がれるような熱がリキテルの肌に纏わりついた。

「あれが合図か？」

「多分、そう」

「派手にやるねぇ。あれはなんだ？」

「閃光魔法のひとつ。害は無い。それより行くよ」

「魔法か。しかし行くったってどうやって……うわっ」

言うが早いか。

リキテルの言葉を待たずにヨウファは彼の襟首を引っ掴むと、路地裏から目抜き通りに躍り出た。

目抜き通りの人の流れは、速い。

まるで濁流だ。

倉庫区から飛び出した黒煙の蛇に、人々は驚き慌て、逃げ惑う。

それもそうだ、何故ならこの街には魔女が潜んでいるのだから。

実はなんて事のない閃光魔法の一種でも、大仰に蛇の形を取るそれが人々の恐怖を呼ぶのは容易い。

黒蛇の紫檀《したん》色に猛る瞳の焔は、まるでどの人間から食らうてしまうか吟味している様だった。

リキテルを連れたヨウファは阿鼻叫喚《あびきょうかん》の最中の人々の流れの中に飛び込み身を屈めると、一人の男の影の中に『潜り込んだ』。

とぷん、と。

水面に家鴨が潜り込む様に、ヨウファの体が影の中へと沈んでいく。リキテルも彼に引っ張られる形で、影の世界に溶け込んだ。

「な、んだこれ……！」

リキテルが、思いがけず喉から驚嘆の言葉が出ていた。上を見上げれば、まるでスライドグラスの下から人々の雑踏を眺めている様だった。

周りは、黒。

漆黒の世界。

墨で塗り潰された世界に、ぽっかりと浮かび上がる様にヨウファの姿が色彩を帯びている。

「行くよ」

にべもなく言い放つヨウファに、流石にリキテルの猫目が丸くなった。

「おい、説明は」

「……欲しいの？」

「欲しいに決まってるだろう」

急いでいるのに、と言いたげなヨウファは小さく舌を打つと髪を後ろに結わえた髪紐を指差した。

藍色の髪紐は、僅かに光を帯びて明滅している。

「魔法《マジック》アイテム、『影渡しの括り紐《ディハイド・コード》』。これを使って、影の世界を渡って外に行く」

「影の世界……？　そんな便利なものがあるなら何故最初から使わなかったんだ」

「……これは人が落とした影の中にしか潜り込めない。夜の間は、使えない」

「……だから閃光魔法、か。そこまで分かってたんなら事前に教えとけよな」

「……これ以外にも街を抜ける方法なんていくらでもある。でも、イーフゥが街の様子を見た上で閃光魔法を使ったのなら、私はそれに合わせる。だから、事前説明は無駄」

「完全アドリブだったわけか。でも街門は結界が張られているせいで魔法使えないんじゃないか」

「……大丈夫。なんとかしてくれている筈。リャンフィが」

そこまで言うと、ヨウファはリキテルに含みのある目線を走らせた。

リキテルは赤毛をがしがしと掻くと嘆息を一つ漏らす。

「わかったわかった。もう説明はオーケーだ。とっとと行こう、街の外にな」

「……行くよ」

そう言って、二人は駆けだした。

漆黒の、影の世界を。

人々の流れは、東に立ち昇る黒蛇を避ける様に西の街門方面へ。

ヨウファとリキテルは流れに身を任せる様に、影の流れについて行く。

◇◇◇

「魔女をどこへ隠したァ！」

ゼーネイ卿の苛立ちが、叫びとなって屯所の一室に木霊《こだま》する。

蹴飛ばされた木椅子が石床に打ち付けられ、悲鳴を上げた。

「残念ですが私達には分かりかねます」

しかし努めて冷静に、セレティナに助けられた帝国兵達は事務的に答えるのみだ。

一分一秒でもセレティナが逃げられる時間を工面する……それが彼らに課せられた使命なのだから。

彼らの態度が苛だたしいのだろう、ゼーネイ卿のどんぐりの様に小さな瞳が更に血走っていく。

「虚言はもう良い！　貴様らそれ以上しらばっくれるつもりなら全員斬首刑に処すぞ！」

「それは余りにも暴論かと……。私達は貴方の望むままにここへご案内しました。それに貴方も実際に見たでしょう、天使様がバルコニーにてご休息を取られている様を。私達にこれ以上何を望まれるのか」

「貴様……！」

ゼーネイ卿の怒りが沸点の限界を過ぎてもなお煮え立っていく。

過剰なストレスによって体は小刻みに震え出し、口の端から涎が滲みだした。

……しかしその余りある怒りの底に眠る理性は、絶対零度の恐怖に怯えていた。

正直、早合点が過ぎたのだ。

魔女捕縛計画を立案した時、彼は自身の冴えわたる頭脳に自画自賛の念が堪えなかった。

自分のプライドと名誉と地位を守るため、これ以上にない作戦だと信じて疑わなかった。

……だが敢えてもう一度言うならば、ゼーネイ卿は早合点が過ぎた。

リスク管理。これが、余りにもおざなりすぎる。

もし、もしもだ。

このまま魔女が……セレティナが逃走に成功したならば、どうなる。

「うぷ……っ……！」

ゼーネイ卿の胃の腑から、熱いものが喉元までせりあがった。

が、部下の手前彼はなんとかそれを飲み下す。

干上がるような熱が、喉を焦がした。

（まずい。まずいまずいまずいまずいまずいぞ）

じっとりと汗ばむ額を拭ったゼーネイ卿の脳裏に過るのは、ギルダム帝国皇帝ヴァディン・ギム・リーン・イェルバレスの仄暗い瞳の輝きだった。

ゼーネイ卿は知っている。

あの若き皇帝が振るう断罪の剣の軽さを。

もしも此度の件がバレて公のものになってしまえばゼーネイ卿は勿論、彼の妻や子供……延《ひ》いては彼に連なる者全ての首が飛ばされる事は想像に難くない。

きっと、稀代《きだい》の大うつけとして自分の名が次代に残されていくだろう。

そんなのは、嫌だ。

そんなのは、耐えられない。

だから叫ぶ。物に、人に当たる。

頭が回らず、部下に抽象的な指示しかできない。

既にゼーネイ卿の脳は、恐怖に侵されていた。

「お、お前達！　この者達を拷問にでもなんにでもかけて魔女の居場所を吐かせろ！　吐かせたものには白金貨を二枚……いや三枚くれてやる！」

「し、しかしこの者達は同じ帝国の」

「虚けめ！　魔女の片棒を担いだこやつらはもう帝国の民なんぞではないわ！　皮を剥けば中から悪魔が出てくるやもしれんぞ！　その剣を貸せ！　儂自らがこやつらを粛清してくれる！」

「ぜ、ゼーネイ卿！」

ゼーネイ卿は兵士の腰から剣をひったくると、なんら躊躇《ちゅうちょ》もせずに鞘から剣身を引き抜いた。

そうして睨むは、近くにいた少年兵……先程までセレティナに扮していたカウフゥその人だった。

ゼーネイ卿はカウフゥの襟首を乱暴に引っ掴むと、そのまま壁に押しやり、カウフゥの喉元に剣をあてがった。

「言え！　魔女はどこにいる！」

ゼーネイ卿が、力任せに吠える。

カウフゥの瞳に、恐怖の色が滲み出た。

「ゼーネイ卿！　お止めください！　彼はまだ子供ですよ！」

「何が子供だ！　魔女の手引きは重罪だ！　女だろうが子供だろうが断罪されるのは当たり前であろう！」

「それを決めるのは法廷と皇帝です！　ゼーネイ卿！　今一度冷静に自分の身の振り方を見つめ直してください！」

青二才が。

剣を握る自分の腕に絡みつく兵士を雑に振りほどき、そう吐き捨てるその時だった。

――もし。

少し低く、酒に灼けた女の声が、やけに鈍く脳を揺らした。

手を止めたゼーネイ卿が、ゆっくりと振り返れば部屋の入口で、女が小さく佇んでいた。

光を通さぬほどに黒々とした紫のおかっぱ頭。

妖狐の様な細ばんだ目に収まるは、蜂蜜色の瞳。

純白の帯で留められた菫色の着物には、鮮やかな花が咲き乱れている。

ヨウナシは真っ赤なルージュを引いた口から煙を吐き出すと、ゼーネイ卿にねっとりとした視線を巡らせた。

ゼーネイ卿はカウフゥを床に打ち捨てると、突如現れたヨウナシに向き直った。

「なんだ、女」

低くくぐもった声。

威圧するつもりで角ばらせたその声に、しかしヨウナシは涼しげだった。

「権力を笠に着て童子に手を上げるとは中々いただけない男よの」

「……何が言いたい？　お前はなんなんだ」

「……件の魔女ならもうここにはおらんよ。今頃街の外かも知れぬがな」

「何だと！　……いや待て、何故お前がそれを知っている。何故それを言いに来た」

「儂が逃がすように手配したからのう。知っていて当然じゃて」

瞬間。

ゼーネイ卿の目の色が変わる。

彼の手合図によって、風よりも早くヨウナシの周りを兵士達が取り囲んだ。

「貴様が魔女逃亡に一役買ったということか。わざわざここに何をしに来たのか分からんが、大人しく魔女の居場所を吐けば殺してやらんでもないぞ」

「……血の気が多くて結構見逃してはこれくらい元気が無いとのう」

ヨウナシはそう言って煙管を咥えると、たっぷりと肺に煙を溜め込んだ。

ゆっくりと全身に煙を巡らせ、そしてまたゆっくりと吐き出していく。

満足気に火種を確かめながら、そうしてヨウナシは言葉を続ける。

「のう、『人事を尽くして天命を待つ』という言葉を知っておるか」

「……」

「ゼーネイとやら、お主はようやった。その矮小な脳みそで悪知恵をひねりだし、金をばらまき都市全体に警邏網を巡らせ、己の保身とはいえここまでやれる人間はそうはいないものよ」

でものう。

そう言って、ヨウナシの唇が歪に歪む。

「お主が尽せる人事はここまでじゃ。後は天命を待て。……何故ならこれ以上の手出しはこの儂が許さん」

「何を——」

——次の瞬間。

レヴァレンス帝国兵駐屯地に、巨大な火柱が打ち立った。

強烈な閃光は夜を焦がして天を焼き、その輝きは神話に語られる『ツァーギスの光杖』の様だったという。

◇◇◇

腰が抜けた、とはこの事だろう。

ゼーネイ卿は目の前で起きた光景に、完全に背骨が抜かれた様だった。

彼だけではない。

ゼーネイ派の兵士も、セレティィナ派の兵士もみんな腰砕けだ。

駐屯所の深淵の底から、天井を貫いて夜空まで。

光の刃が突き立てられた現実は、目の前の天井にぽっかりと空いた穴と、ちりちりとした焦げ据えた臭いが如実に証明している。

無様に尻もちをついたゼーネイ卿は、天と地を焼き焦がした目の前の女に恐怖する。

ヨウナシは、そんな彼の様子が可笑しくてくすくすと笑みを零した。

「死んだと思うたか？　安心せいよ、命までは獲らん。儂の注文はもうそれ以上手を打つなと、それだけじゃ」

「そ、その力……お、お前は……い、いや……貴女様はまさか……」

ゼーネイ卿の声は、震えている。

ヨウナシを前にした彼の生存本能が、やにわに警鐘をかき鳴らしているからだ。

この状況でのみ言えば蛇に睨まれた蛙《かえる》、というのはとても優しい表現だ。

今のゼーネイ卿の恐怖を例えるなら、人の域にはどうともできぬ神災を目の当たりにしている……とでもいったほうが表現としては近いだろう。

何故なら、ゼーネイ卿は目の前に映る女を知識としては知っている。

知っているからこそ、その力の片鱗を目の当たりにしたからこそ、彼の全身の筋肉は釣りあがる程に硬直していた。

ヨウナシの顔には、笑みが張り付いている。

蟻の巣穴を突き回し、水を流し込む童女のようなあの残酷で、無邪気な笑みを。

「……おや。儂の事を知っておるのか。ならば話は早そうじゃの。ちとお主には気の毒じゃが、邪魔させてもらったよ」

ヨウナシの発言に、ゼーネイ卿の口がわなわなと震えた。

それはないだろう、と。

自分の立てた計略に、お前が関わるのはどうしたって反則だろう、と。

「な……何故ですか！　何故貴女のような存在が斯様《かよう》なことに首を……！　わ、私が何か貴女の気に障るような事をしたというのですか！　私に死ねと申すのですか！」

「知らんよ、お主がどうなろうが儂の知るところではない。ただ、今はセレティナ女史に死んでもらっては全くもって楽しくない。あれは面白い。久々に心が沸いておるのよ。だからここのところは儂に免じて逃がしてやってくれ」

「そんな！　無茶苦茶だ！　あんまりだ！」

「ええい、寄るな。醜男《しこお》の命乞いほど見苦しいものはない」

ヨウナシはそうばっさりと言い放つと、足元に追い縋るゼーネイ卿を一蹴した。

そうすると高下駄を頬に受けたゼーネイ卿が、ゴムボールの様に囲いの兵士の中に吹き飛ばされた。

受け止めた兵士達は、肥え太ったゼーネイ卿をどうにも受け止めきれずに雪崩を起こした。

ヨウナシは心底煙たい顔をすると、泥を払うように足元を叩いた。

「それじゃ、儂は言うことも言ったし気は済んだ。良い夜を過ごせよ、小僧ども」

そう言ってヨウナシは踵を返し、部屋を出ようとして——。

「そうそう」

と、思い出したように振り返る。

びくっ！　と、血まみれ顔のゼーネイ卿の肩が跳ねたのは言うまでもない。

「な、なんですか」

「あのセレティナ女史のことじゃがな。生かしておいたほうがお前も得をすると思うぞ」

「……？　な、何を……」

じゃあの。

と、ヨウナシはそれだけ告げると、ゼーネイ卿の次の言葉を待たずして再び踵を返した。

カラ、コロ、カラ、コロ……と、陽気に鳴る高下駄の音が聞こえなくなるまで、ゼーネイ卿とその取り巻き達は動く事も喋る事も、ともすれば呼吸をする事もできなかった。

……長い静寂。

静寂に波紋を打ったのは、うわ言のような一人の兵士の呟きだった。

「……な……なんだったんだ……今の……」

答えるのは、やはりゼーネイ卿の震える声だった。

「……『三界三傑《さんがいさんけつ》』だ」

「さ……『三界三傑』って、あの……」

「……ああ。『陸』『海』『空』それぞれ三界を縄張りとした三人の神龍族《ドラギア》。……恐らくあれは、『空王』だ。……くそったれめ……あんなのに目をつけられて、どうしろというのだ……」

がっくりと項垂れるゼーネイ卿にはもう、一握りの力さえ残ってはいない。

部屋には、再び肌を刺すような静寂が満ちはじめた。

◇◇◇

「なんだ、あれは……」

レヴァレンス街門――外。

影の世界から、トビウオのように飛び出したセレティナの第一声がそれだった。

振り返れば、『篠突く影』の閃光魔法とは違う、灼熱の火柱が夜を灼いたところだった。

火柱が打ち立ったのは、距離的にも方角的にも、セレティナ達が脱した帝国兵の駐屯地からだ。

まさか、私達を助けてくれた人達に何かが起こって――と、思考を巡らせたのと同時に、ユフォの華奢な手がセレティナの肩に置かれた。

「あれは、大丈夫」

「大丈夫だって？　しかしあれは……」

「あれは多分、ヨウナシ先生のもの」

淡々と告げるユフォに、やはりセレティナの眉根が寄った。

あの強大な魔法……何をやったかは知る術もないが、やはりあの女性はただの物書きではなかったのだな、と。

「聞きたい事がある」

「……良いよ。僕に答えられる範囲であるなら」

「ヨウナシと名乗るあの女性は、何者なんだ。何故魔女の跡を追う？　私を助けた本当の理由はなんだ」

問うセレティナに、ユフォは肩をすくめて見せた。

「……範囲外。僕はそれに答えられない」

その答えに、しかしセレティナに思うところは無かった。

元々素直に答えてくれるとは思ってもいなかったのだから。

「……ではユフォ。君は知っていてそれを答える事ができないのか？　それとも知らないから答えられないのか？」

「……両方」

「両方？」

「……ヨウナシ先生のことに関しては答えられない。知らないから答えられないし、知っていても答えるつもりはない」

「ビジネスライクなんだな。私とも、あの女性とも」

「……世の中には知らない方がいいことや踏み込んじゃいけない領域もたくさんある。僕らは必要以上に踏み込まないだけ」

「なるほどな」

諦めの色に濁る息を吐きながら、セレティナは真円を描く月を見やった。

（……ヨウナシ、か。好意に甘えてる身分で申し訳ないが、少し警戒する必要はありそうだ）

少し乾燥しはじめた唇を指でなぞりながら、セレティナの脳裏に映るのはやはり先程の光の柱だ。あれほどの魔法を扱えるのは魔女か、またはそれに準ずるほどの力を持ちうる人間以外の何か、だ。

（龍……。まさかな）

そこまで思考に耽って、セレティナは考えを取り下げた。

考えたところで結論がでないのであれば、考えるだけ現状は無駄なのだから。

それに。

「よう、天使サマ。そっちも問題なかったみたいだな」

「……天使様ではない」

丁度、リキテルとヨウファが影の世界から這い出てきた。

珍しいもの――影の世界の事だ――を見てきた、といった風なリキテルは、口笛でも吹きそうな程度には飄々としている。

再会したユフォとヨウファも、お互いの拳をかち合わせているところだ。

セレティナは今一度自分の装備を確かめると、腰のベルトに宝剣を差し込んだ。

「よし、リキテル。早速行こう。もうレヴァレンスでは私が駐屯地を脱したのはゼーネイ卿にばれている頃だ。追手が来ないとも限らない。早々にウルブドールに向かおう。もう少し先にカウフゥ達が手配してくれた馬がいるはずだ」

「ちょっと待って。ウルブドール？　何故？　脱出だけじゃなかったの」

先を促すセレティナの肩を、ユフォの珍しく焦燥に彩られた声が呼び止める。

「ああ。私は元々ベルベット大旅商団に用事があって帝国まできたんだ。この足で彼女がいるウルブドールまで会いに行く」

「知っているの？　今ウルブドールがどうなっているのか」

セレティナはこくりと頷いた。

「知っている。魔物の大軍勢に、陥落寸前であると」

「……質問。そこまで知っていて何をしに行くの？」

「無論、助けに」

「……お馬鹿さん」

ユフォとヨウファは、惜しげもなく溜め息を吐いた。

本当に、心底呆れた、といった様子で。

ちらりと、二人が見やった視線にリキテルが気づくと、彼は首を横に振った。

「俺はイミティア・ベルベットに会いにいくわけじゃねぇ」

「え？　じゃあ……」

「強者と殺り合いたい。それだけだ」

「……あなたはもっとお馬鹿さん」

やはり、ユフォとヨウファは特大の溜め息を吐いた。

そしてフェイスベールの上から顎に手を当て、少し考え込む仕草を見せると。

「セレティナ。馬は何頭？」

「二頭だ」

「そう……」

ユフォとヨウファは顔を突き合わせると、もう一度、溜め息を吐いた。

そうして、ゆっくりとセレティナに向き直った。

「付いていく。僕達も」

「……なに？」

突然の提案に、セレティナは流石に面食らった。

この二人のそれは善意なのか、それとも……。

「いや、いやいやそこまでしなくとも大丈夫だ。君達のヨウナシ先生からの依頼は私達をレヴァレンスの外まで連れてくる事まで、だっただろう。そこまでしてくれる事はないんだぞ」

「大丈夫。きっとヨウナシ先生は、知っていた。知っていて、僕達を貴方達の護衛に回した。だから、多分僕達は貴方達を護らなきゃいけない」

「何を言って……次は、ウルブドールに行けば本当に死ぬかもしれないんだぞ」

問うセレティナに、ユフォもヨウファも、無機質な表情を変える事はない。

ただ、付いていく……という無言の意思が、ありありと伝わってくるのは確かだ。

少し離れたところで、リキテルは赤毛を弄りながら困惑するセレティナに笑った。

「いいじゃないか。付いてくるというなら付いてこさせれば。兵は多い方が生存率は上がるぞ」

「……ああ。いや、しかし、だな」

「お前らも、いいんだよな？　俺達からは報酬は出ないぞ」

「良い。それで。こっちはこっちで勝手にする」

「だとさ。天使サマ」

にやりと笑うリキテルに、セレティナが返す言葉は無い。

不承不承、といった様子で、彼女は重たく頷いた。

◇◇◇

追手は、来ない。

「………………」

馬上で揺られながら、セレティナは振り返った。

蹄《ひづめ》が大地を叩く音と共に徐々に、少しずつだがレヴァレンスの都市の明かりが遠ざかっていくのが目に見える。

闇夜の中をカンテラ一つで切り進むのは非常に危険な行為だが、それは仕方ない事だ。

セレティナ達には……いや、沈むウルブドールと、そこにいるイミティア・ベルベットには残された時間が幾許も無いのだから。

夜の寒さにローブの中で身を震わせると、セレティナは手綱を握るユフォに語りかける。

「追手が来ない。これはヨウナシ先生のお蔭か？」

「分からない。でも、多分そう」

「何をしたんだ」

「……分からない」

首を横に振るユフォに、セレティナは小さく息を吐いた。

……と、ユフォとセレティナの馬の隣に並ぶように、ヨウファを後ろに乗せたリキテルの馬が横に着いた。

「よぉ。あっちに着いた時の話なんだが」

並走するリキテルに、セレティナは思わず苦い顔をした。

カンテラの頼りない明かりだけで馬を走らせているというのに、馬を並走させるなどこの男は危険というものを知らないのか、と。

リキテルはそんな事露知らず、といった風に飄々と言葉を続けた。

「ウルブドールの周りには大量の魔物がうじゃうじゃいるんだろう。どうやって中に潜り込むんだ」

「前にも言ったが、それは心配しなくて良い。秘策がある。それよりも前を見ろ。危なっかしくて見てられん」

「おお、すまんすまん。で、その秘策っていうのは信用して良いんだな？」

「多分、な。恐らく明朝にはウルブドールに着くと思うから期待していてくれ。……それより前を見ろ前を」

しっしっと追い払うと、渋々といった感じでリキテルの馬は離れていった。

後ろに乗せられてるヨウファはいつもの無表情だが、リキテルの危うすぎる操縦にじっとりと冷や汗をかいていていたのは誰にも知られる事は無かった。

◇◇◇

はたとセレティナが気づいたのはその時だった。

何か重大な事に気づいたわけではない。ただ、なんとなく自分の体臭から塩味《えんみ》の様なものを感じられただけだ。

「……」

シャツを引っ張り、すんすんと鼻を鳴らして嗅いでみる。するとやはり少し汗の香りがセレティナの鼻腔を突いた。無論、汗の匂いがするとは言ってもその殆どが彼女の甘い体臭に掻き消えているし、よくよく嗅ぎ分けなければ感じられる程のものでは無い。

というのも、女性は男性よりよっぽど匂いに敏感だ。

それに、この世にセレティナとして生を受けて淑女として育てられた彼女にとって自分が不潔である事は多少なりとも堪えられないものがある。

こういう生理的な嫌悪に囚われると、前世が男であった事などとうに忘れてしまう。

セレティナは、思いがけず羞恥に顔を赤らめた。

前世が三日三晩汗と垢《あか》だらけで行軍していた男であろうと、今を生きるセレティナは年頃の女性の価値観を持ち合わせてしまっているのだから。

「……」

セレティナは小ぶりな尻を捩らせると、馬の手綱を引くユフォから少しの距離を取った。

「……危険。しっかり掴まってて」

「あう」

しかし、それはしっかりと咎められる。

ユフォは後ろ手にセレティナの腕をグイと引っ張ると背中に彼女の体を押しやった。

ふわりと香る自分の汗ばんだ体臭に、セレティナの血の気がサッと引く。

「……何故離れる?」

「あ、いや、はは……少し汗臭いかな、と……」

ずい、と無機質な瞳を保ったままのユフォの顔がセレティナの体へと迫る。

すんすんと鼻を鳴らすユフォに、セレティナはぎゃあ！　と悲鳴を上げた。

「うん、全然臭くなウベッ」

うんうんと頷くユフォの頬に、綺麗な紅葉が形成されたのは言うまでもない。

◇◇◇

「少し休憩を取ろう」

そう切り出したのはリキテルの操る馬の後ろに座すヨウファだった。

長時間夜道を走らせたことで、二頭の馬にも疲弊の色が見えてきた。

彼の言う通り、休憩を取るとするなら今のタイミングしかないだろう。

セレティナは頷くと、キャスケット帽を押さえながら目を細めた。

「どこで休ませようか？　近くに手頃な場所も無さそうだし……」

「この近くに小さな湖がある。そこでこの子達にお水を飲ませるつもり」

「湖が……？」

湖。セレティナの表情は図らずも綻んだ。

どっちにしろ休憩は挟むのだ。少しくらいなら沐浴《もくよく》する時間も設けられるだろう。

セレティナが顔を綻ばせていると、

「セレティナ。臭くないよ」

ユフォがデリカシーの欠片も無い台詞を吐いたから後頭部にチョップをお見舞いした。

◇◇◇

一行は少し入り組んだ木立の間を抜けて、真っ直ぐにそこを目指す。

土地勘の無いリキテルとセレティナの二人旅であればまず見つけられなかった場所だろう。しばらくすると、開けた場所に出た。

「わあ……」

そこは湖……というよりは大きな池だった。

水は限りなく澄んでいて、水面《みなも》は静かに波を打ちながら月光を跳ね返している。

『水の大精霊』の住まう水辺には、精霊玉という蛍火の様な光球が浮かんでは消えるのは有名な話だ。大精霊の愛と加護が大きい程沢山の精霊玉が形成される。

浮かんでは消える泡沫《うたかた》の様な若草色の光球は、柔らかな光を湖全体に齎しており、夜の闇をやんわりと退けていた。

幻想的な光景にセレティナは思わず溜息を漏らした。

勿論これよりも壮大な湖を彼女は前世の記憶から知っている。

だが、緊張の連続だった中でこうして美しい光景に巡り会えた事が、彼女に想定以上の感動を齎したのだ。

「ここ、お気に入りの場所」

横に並ぶユフォがフェイスベールの下で柔らかく笑んだ……様に見える。

「貴方達は帝国出身の冒険者なのか？」

「ううん。色んな場所を知っているだけ。大陸中を旅しているから」

「へぇ……」

「それに僕達は鼻がよく利く。清水の香りはいい匂いだから」

すん、とセレティナも鼻を鳴らしてみたが、香りは感じられない。

若草の香りがなんとはなしに感じられるだけだ。

「おい、それよりもだ。どれくらいの休憩を設ける？　そんなに悠長にはしてられないぞ」

馬の胴を撫でながら、リキテルはぼやくように言うと、

「十分。長く見積もってそれくらい」

ユフォは相変わらずな無機質な声でそう答える。

「じゃ、じゃあその間……」

セレティナはおずおずと手を挙げた。

◇◇◇

するりと肌着を剥くと、セレティナの柔肌をそれは何の抵抗も無く滑り落ちていく。

月光の落ちる湖のほとり。セレティナは一糸纏わぬ姿を晒すと、そろりと足から水面に入っていく。

春先の湖は凍る様に冷たい。

されど彼女が何の抵抗も無くその身を湖に浸すことができるのは、先に言った精霊玉のおかげだ。

『水の大精霊』の加護を受けた水は全ての生命に対して利に働くと言われる。

凍りつくような寒さであればその生命に対して最も肌触りの良い水温に変化するのだ。

また、多少の傷や穢れに対しても浄化作用が期待でき、旅人や冒険者にとって『水の大精霊』が住まう水辺を見つける事は一際重要な事なのだ。

セレティナは手で小さな籠を作って水を掬うと、ゆっくりと肩から掛け流した。

水は重力に従って、彼女の女性らしい柔らかな曲線を伝って落ちていく。

「……」

セレティナは水面に映る自身の姿を見た。

生まれてきた頃から伸ばし続けていた髪はすっかり短くなっており、軽い頭髪というのも新鮮だった。

キャスケット帽を目深に被って男装をしていた姿と比べると、やはりこうして生まれたままの姿を晒すとどこから見ても女性だ。僅かに膨らみ始めた乳房も、絹で濾《こ》したような滑らかな白肌も、ツンと伸びた睫毛も、あの美しい母であるメリアから受け継いだ女性らしさだ。

セレティナは軽くなった黄金の髪を手で梳《す》くと、そのまま浸す様に湖に体を投げ出した。

(……お母様やお父様は今の私を見て嘆かれるだろうか)

淑女として十四年も生きた。

男であった感性や感覚は次第に薄れ、この器《からだ》に適した様に魂は変化を受け入れている。

切羽詰まった状況にあった為、黄金の長い髪を手放してしまったが……セレティナは今その現実を受け入れ、寂寥感《せきりょうかん》の様なものが胸の内で満たされるのを感じざるを得ない。

長い髪は淑女の命。

そう幼い頃から口酸っぱく教えられてきた彼女にとって、やはり髪を失うという事は胸が痛んだ。分かっている。命を前に髪の一束くれてやる事など、いかに安い駆け引きであった事かなど。

内に残る『男性』がそれを諌め、しかし『女性』のセレティナは寂しさを覚えずにはいられない。尤も一般的な貴族の娘であったのなら髪を切られる事は辱めと認識するのが常であり、それと比べたらセレティナの心の傷など些細なものに過ぎないのだが。

「……はは」

多少汗ばんだくらいの体に恥を覚え、髪の如何で一喜一憂《いっきいちゆう》する事に彼女自身思わず苦笑してしまった。

しかし、心地よい。沐浴が、体を清潔に保つ事がここまで悦びを得られるなど嘗ては無かった感覚だ。

屋敷の温かい湯を張ったバスタブで侍女達に洗われるのも心地よいが、やはりこういった状況で体の汚れを落とす事ができるのは至上の悦びだ。

セレティナは湖に揺蕩いながら、体の疲れと汚れがこそげ落ちていく感覚に身を委ねていく。

「……」

しばらくそうしていると――。

「セレティナ！」

「うわぁ⁉」

草を掻き分けて、リキテルが飛び出してきた。

「リキテル！　何をしている！　女性の沐浴をノゾキ見など見損なったぞ！」

「いいから早く上がれ。のんびり水遊びしてる場合じゃねぇ」

「水遊びではなく……！　ああ、もう、とりあえずあっち向け！」

「なんだ、裸が気になんのか？　安心しろ。俺はお前みたいなちんちくりんよりもっとこう乳の張った大人の魅力がだな……」

「いいから！　行くからさっさと行け！」

◇◇◇

あの後思いきりセレティナに平手打ちをされたリキテルは、頬の紅葉を擦りながら独りごちた。

「いや殴るか？　普通」

「お前にはデリカシーというものが無い。教育が必要だな」

「ちょっとした茶目っけだろう……」

「これでも私は舞踏会でそこそこ人気だったんだ。私の素肌を見れたなどとんだ果報者だぞ」

「俺は年下にゃ興味ねぇよ……」

小突き合いも程々に、リキテルに連れられてセレティナは小高い丘の上までやってきた。

その少し先ではユフォとヨウファが気配を殺して伏せている。

二人はセレティナらの姿を認めると、口元に指を当て「静かに」とジェスチャーを交えながら招いた。

「何があった」

セレティナも彼らに倣って身を伏せる。

ユフォは視線を配る事無く顎でしゃくってみせた。

「あれ。どう思う?」

「あれ?」

言われてユフォの視線の跡を追う。

見れば平原の彼方、黒く密集した何かが西から東へと向かっているのが見て取れた。

夜の闇の所為で視界が優れないが、それでもあれが魔物の集団である事はセレティナの目にもはっきりと分かった。

「魔物……何故こんなところに」

「多分、ウルブドールに向かっているんだと思う。あれが向かう方角は僕達と全く同じだから」

「成る程……。ウルブドールに魔物が集まっているというのは本当だったんだな」

「うん。それより、どうする?」

「何がだ?」

「あれ、追われてるけど」

ユフォの表情に揺らめきは無い。

淡々と告げる言葉を鵜呑《うの》みにし、セレティナはよくよく目を凝らすと、

「あれは……」

何か、商団だろうか。三台の幌馬車が頼りない篝火《かがりび》を掲げて黒の集団の最先頭を走っている。恐らく魔物の行軍に巻き込まれたのだろう。一目で分かる、窮地だ。

セレティナの肌が、粟立った。

「行こう」

「……余計に体力を消耗する事になる。おすすめはできない」

「救える人命があるんだ。ならば、行かない手はない」

ユフォは知ってたと言わんばかりに肩をすくめた。

「ヨウファ、馬は？」

「補給も済んだ。休憩も少しだけ取れた。彼らの早足なら追い付けると思う」

親指をグッと上げるヨウファに、セレティナも力強く頷いた。

「リキテル。私達は行くが君も良いな？」

「当たり前だ。丁度、退屈していたところだからな」

「良し」

セレティナはきびきびと立ち上がると、キャスケット帽を深く被り直した。

「行こう。時間が惜しい」

◇◇◇

黒の先頭を行く旅商の男は固く手綱を握りしめながら、しかし垂れる鼻水と涙を拭う事はしない。

全身の筋肉という筋肉は強張って、股を濡らしながらもその手綱を握りしめた。

「オヤジ！　もう駄目だ！　荷台を外して馬で逃げよう！　俺らおっ死んじまう！」

後ろから、若い男の悲鳴が飛ぶが男はこう返すのだ。

ふざけるなと。

三台の馬車の積荷には、それは大層なレアメタルを山と積んでいる。汚いルートから仕入れただけあり、これらの買い取り先も表では言えない人間達ばかりだ。これらを手放すなんて、この男にはできない。

自分の命云々より先に、一攫千金《いっかくせんきん》のチャンスをふいにすることなど欲深いこの男には到底できることではないのだ。

「オヤジ！」

「ええい、いいから口を閉じて馬を走らせろ！　魔物どもに積荷を蹴散らかされてみろ！　わしがお前らを殺してやる！」

しかし、馬の走行速度は目に見えて落ちてきている。

そんな事は分かっていて、しかし理解しようとはしない。半ば自分を見失った男の瞳には、銭を稼ぐ事しか頭にないのだから。

「その幌馬車！　荷台を切り離して逃げなさい！」

疾風の如くその隣に現れたのは、セレティナだ。

ユフィの駆る駿馬の後ろで、彼女は帽子を押さえながら男に向かってそう叫ぶ。

「切り離すもんけぇ！　この積荷はな、俺の全てなんだ！」

「命が惜しくないのですか！」

「べらんめぇ！　命なんざ惜しかねぇ！」

駄目だこれは。そう判断したセレティナの意見は、ユフィとて同じだった。

「……セレティナ。この人は駄目」

「そうだな……致し方ない」

そう言って、セレティナは腰の『エリュティニアス』をゆっくりと引き抜いた。

「御免《ごめん》！　強行策をとらせていただきます！　馬に飛び乗ってください！」

「へぇ!?」

男が驚く間もない。

セレティナは馬上で仁王立ちになるや否や、軽やかに飛び上がった。

抜き放たれた『エリュティニアス』は月光を妖しく照り返している。

「いきます！」

群青色の瞳が瞬いた時、男達の肝がぞわりと冷えあがった。

セレティナの剃刀の様な気配に当てられ男達が取った行動は、逃避。一も二も無く馬達に飛びついた、その直後。

鋭利な雷鳴が、轟いた。

月よりも更に真なる銀円を描いて導かれた宝剣『エリュティニアス』は、いとも容易く馬と荷台を切り離した。セレティナは切り離された荷台の上にひらりと舞い降りて、威風堂々と言い放つ。

「逃げなさい！　ここは私達が引き受けます！」

少し離れて、二台の馬車でも同様の事が起きている。リキテルとヨウファがそれぞれの荷台を切り離したのだ。

セレティナは幌の上で仁王立ちになると、腕を組んだまま魔物の軍勢を睨み据えた。

「ここから先へは行かせません」

そう言って。セレティナはひらりと舞い降りる。

黄金の天使は、忽ち魔物の荒波の中へと身を投じた。

◇◇◇

「はああああっ!!」

叫ぶ、叫ぶ、叫ぶ。

宝剣『エリュティニアス』を振り続けて半刻程が過ぎ、それでも尚魔物は尽きることは無い。

隣を行くユフォとヨウファも、消耗が目に見えてきた頃だ。リキテルは依然変わらず狂気を剝き出しに奴らを屠《ほふ》り続けているが、なんと無しに剣の冴えが鈍り始めた様にも感じる。

大陸においても指折りの達人の四人が集結しているとはいえ、視界の通りにくい夜に漆黒の魔物と一戦交えるのは体力的にも精神的にもかなり辛いものがある。

それに、この数だ。レヴァレンス門前での交戦の比ではない。

ここいらに出現した魔物共はウルブドールに行かんと続々とセレティナ達の前に現れ、共鳴し、その数は一向に減りはしない。

「この……ッ！」

忌々しげに切り払いながら、セレティナは毒づいた。ウルブドールに着く前に、これでは消耗どころか潰れかねない。

やがて体力が底をつくのは明白だ。

「セレティナ」

全身を返り血に濡らしたリキテルが横に並び立つ。

浅く呼吸を繰り返すリキテルの瞳に映る感情は心配などではなく、苛立ちだった。

「何をしている？　レヴァレンスでのお前の力はそんなものじゃなかった筈だ」

「……分かっている」

セレティナはリキテルの言わんとしている事をそのままの意味で捉え、苦々しく表情を歪めた。

「……」

あの時の力の鼓動を思い起こし、セレティナは首筋を撫ぜた。僅かに汗ばんだ感触が返ってくるのみで、それ以上のものは感じられない。

「出し惜しみしているのか？　何故手を抜いている」

「少し黙っていろ」

セレティナとリキテルは背中を任せあいながら黒色の屍を積み上げていく。

殺しても、殺しても、殺し足りない。異常なまでの魔物の大量発生。

そう、異常だ。汚染域でもないというのに、ここまで狩りつくして尚発生し続けるこの数は余りにも異常。

(まさか魔女が関係している……？)

レヴァレンスで少年兵カウフゥが言っていた事を思い出す。

あれはまるで『エリュゴールの災禍』の再来であったと。

脳裏に過るのは、ディセントラの影。あの魔女が一枚噛んでいるとすれば説明はつく。

セレティナは首筋を撫ぜると、息を呑んだ。

あの魔女の行動が自分に起因しているのだとすれば、帝国を巻き込んだのは自分の可能性という事になる。

(ディセントラ……)

しかし考えている暇は一切ない。目の前に迫る脅威を、狩り続けるのみだ。

だが、

「セレティナ！　リキテル！　不味い、まだ来る！」

ユフォの余裕の無い声が飛んだ。

遠く、丘の向こう。漆黒のひと塊が、またも丘の上から滑り降りてくるところだった。

その数たるや、目測でも計りきれる量ではない。セレティナの背筋が、ひゅうっと凍りついた。

あの数は、流石に相手取ることはできない。

とはいえ……。

「みんな！　撤退だ！　隙を見てここから離脱する！」

「無理……！　そんな隙なんて……！」

四人は気が付かぬ内に背中合わせとなり、完全に囲まれていた。

逃げるなど、到底不可能だ。

「くそ……っ！　どうすれば……！」

「狩れ！　狩りつくせ！」

「お馬鹿、これは流石に無理……！」

三者三様。しかしそれぞれが焦燥を表しており、しかしただ一人ヨウファのみが冷静に事態を見守っていた。

「みんな、少しだけ時間を稼いで」

「なんとかなるのか？」

「……多分」

目線を配るセレティナに、ヨウファは控えめにそう答えた。多分じゃ困る、と言いたいところだが今はヨウファに頼る他無い。

セレティナ達は変わらず魔物共と切り結びながら、ヨウファの提案したその時を待った。

魔物の波は時が経つにつれ次第に苛烈さを増していく。

「セレティナ！」

リキテルが吠える。その瞳には彼の意思がありありと浮かんでいた。

何故本気を出さない？　と。力がありながらそれを使わないのは怠慢だ。罪である、と。

対するセレティナは、

「分かっている……！」

苦々しくそう答えるしかない。

セレティナは怖れを抱いている。あの力は確かに比類の無い力だった。

だが、その力は使ってはいけないものだと本能が囁《ささや》いている。

自分が自分でなくなると、心のどこかで感じてしまうのだ。あの力に自分の体を明け渡すのは、余りに危険。故にセレティナはリキテルに強く反論できない。

そうこうしている内に、とうとう限界がやってきた。

殺しても殺しても屍を超えてやってくる魔物の津波は、第二陣の到着を以って更に激化する。

「ヨウファ！　まだか！」

リキテルの叫びに、ヨウファは答えない。答える暇もない。

手を草原に押し当てて、意識を集中。呪文を紡ぎながら、そこに魔力を薄く細く注いでいく。

魔術は繊細な技術を要する。僅かな匙《さじ》加減で全てが失敗に終わる事などザラだ。

だからヨウファは周りの地獄を省みない。彼らが必ず守ってくれると信じているから。

「ヨウファ！」

セレティナも堪らず叫んだ。

もう、限界だ。

そして、次の瞬間。

「みんな！　僕に掴まって！」

ヨウファが叫んだ。

セレティナ、ユフォ、リキテルは相手取っていた魔物共を叩き伏せると、ヨウファに駆け寄って、

『次元を分かつ大穴《デーム・オ・レイル》』

草原を魔法陣が走り、四人は白光に包まれた。

◇◇◇

宙に光の魔法陣が浮き出した。

ぽっかりと口を開けたそこから四人は転がる様にして吐き出される。

投げ出されるように草叢の上を転がり、四人は静寂の中、静かに風を感じていた。

「助かった……のか」

むくりと起き上るリキテルはぼやく様に言うと、大きく溜め息を吐いた。

「転移魔法……？」

ユフォは意外そうな顔で兄弟の顔を見た。ヨウファはじっとりとかいた額の汗を拭うと、ゆっくりと首肯する。

「ヨウナシ先生から貰ってた。これ」

そう言って、ヨウファは手の中に納まった小さな水晶を見せた。

「それは……『時渡しのクリスタル』……？」

淡く光る水晶は、彼の手の中で徐々に光を失っていく。

「うん。かなりレアな代物だから使いたくなかったけど、屍をさらすよりはマシ」

ヨウファは溜め息を零すと、それをポケットの中に捻じ込んだ。効果は無くなったがあのヨウナシから賜ったものだ。無下にする事はできない。

セレティナはとくとくと小さく拍動する心臓を押さえ、天を仰いだ。

（危なかった……）

空には、満天の星空が広がっている。

切り立った崖の上から見下ろせる位置には先程の草原が広がっていて、夥しい程の漆黒が今も波打っている。少しでもヨウファが判断を誤れば、本当に死ぬところだっただろう。

セレティナは夜風に汗ばんだ体が冷まされるのを感じて――胸倉を掴まれた。

「お前」

ぐん、と強引に引っ張られて立たされたセレティナの目前には、リキテルの顔が映っている。

眉間に皺《しわ》を寄せ、かつてない真剣な表情でセレティナを真っ直ぐに射貫いていた。

「何故手を抜いた。死にたいのか？」

「手を抜いていた訳では……」

「お前が死のうが生きようが、勝手だ。だがな、強者が爪を隠したまま死ぬなんて事は俺は許さない」

「……リキテル……？」

リキテルの瞳は、憤怒の色で濁っている。

許せない、という隠しもしない感情がセレティナの肌を叩いた。足手纏いになるのが許せないと言っているわけではない。力があるのにそれを使わない……その事に怒りを燃やしている事にセレティナは僅かな違和感を覚えた。

「強いなら勝て。君臨しろ。それが奪う者の義務だ。いいな、次に手を抜いた時、俺がお前を殺してやる」

それだけ言って、リキテルはセレティナの胸倉を乱暴に離した。

「リキテル……君は……」

セレティナにはリキテルの言っている事は余りに不透明で、全てを理解する事はできない。

だが、今燃やしたセレティナへの怒りにこそ彼の本質が潜んでいる。セレティナはそう思わざるを得なかった。

◇◇◇

魔物を狩りつくす事が目的だったわけではない。

件の商団を逃がす事に成功した四人は、魔物の流れに鉢合わせないように迂回したルートを選んでいく。疲労と、先程のやりとりもあってか、道中は言葉少なだった。

休憩を挟みつつ、四時間程馬を走らせたところだろうか。

空が、白んできた。

木の葉は朝露を湛え、森の緑からは小鳥達の小さな囀りが風に運ばれてくる。

「朝だな」

朝の澄んだ静寂に、リキテルの呟きが浮かんで、消える。

その呟きに、誰も反応を示す者はいない。リキテル自身も、別に何かしらの反応が欲しかったわけでもない。

馬が街道の土を蹴る音だけが、淡々と続く。

睡眠も摂らずに、移動だけで四時間だ。

途中、軽めの食事休憩を挟んだとはいえ流石にこれは歴戦の戦士である四人の体に影響を与えていた。

特にセレティナ。脆弱な彼女の体には、特に疲労の色が顕著に出ている。

喘息《ぜんそく》を抑える薬液を流し込み、騙しだましここまで来たが、体は既に鉛だ。

セレティナは岩より重たくなった瞼をなんとかこじ開けると、欠伸をなんとか口の中で押し止めた。人前で大口を開けてはいけない……他ならぬ母《メリア》からの、淑女としての大事な教えなのだから。

ユフォの腰に回した手を緩めて落馬しない様にと、再三……どころではないが、キリッと気を引き締めたところで、リキテルが再び彼女の下へ馬を寄せた。

「よう眠り姫」

「寝てなどいないぞ。なんだリキテル」

並走するリキテルは、大口を開けて欠伸をしている。

正直なところセレティナは先の戦いで叱られた手前、リキテルに対して遠慮がち、というかギクシャクした心持ちで構えていた。しかし当の彼は既になんとも無いらしい。

なんとも心地のよさそうな欠伸に、なんとなくセレティナが苛ついたのは内緒だ。

「到着、もうそろそろじゃないか？」

「そうだな。待て……今地図を」

ポシェットに捻じ込んだ地図を風に飛ばされぬように広げると、セレティナは思考の冴えぬ脳と眼で地図を読み解いていく。

「………」

確かにリキテルの言うとおり、そろそろウルブドールの街並みが見えても良い頃合いだ。

「そうだな。そろそろウルブ――うわっぷっ」

と、顔を上げかけたところで、急に馬が立ち止まった。

慣性に倣って、セレティナの顔がユフォの小さな背に潰れ、続きの台詞は殺された。

「ちょっ……急に止まるなら一言――」

「……なんだ、あれは」

ユフォが、そう小さく呟いた。その声音は、何色に染められているのだろう。

絶望？

諦め？

驚愕？

自分の中で処理できなかったのだろう譫言《うわごと》めいた呟きは、確かにセレティナの耳にも届いていた。

――何があった。

セレティナは上体を傾け、ユフォの背中越しにそれを見た。

そして……彼女もまた言葉を失った。

ギルダム帝国、城塞都市ウルブドール。

夥しい魔物の大群が形成した黒い海に、ぽっかりと小さく浮かぶ浮島の様なそれは、確かに地図が示すようにウルブドールであった。それほどに規模の大きくない都市とはいえ、今まさにそこは黒の渦の中に呑まれそうな程にか細く、頼りない姿だった。

「都市全体を囲む程の魔物……？」

あのリキテルでさえ、神妙な面持ちで、喉を鳴らした。

きっと、目の前の光景を見れば、誰もがそうなるのだから。

セレティナは、唇を噛み、群青色の瞳で黒の大海を睨む。

そして、こう呟いた。

「エリュゴールの、災禍……」

思い起こされるのは、彼女がオルトゥスであった頃の、最後の軍場《いくさば》。

セレティナの指が僅かに震えを覚えた。

太陽は、ようやく地平線を昇り終えた頃だった。
◇◇◇

小気味好く、肉切り包丁がまな板を叩く音が厨房に響く。

切れ味の良い刃に、脂の差したブロック肉は魔法の様に次々と細断されていった。

程無くすると男の腕ほどもあるブロック肉は、ボウルいっぱいのサイコロ肉の山へと姿を変える。

肉の次は葉野菜だ。こちらも何ら遠慮の無い包丁が、ざくざくと音を奏でながら一口大のサイズへと切られていく。

妙齢の女料理人はひとしきり具材を切り終えると、額の汗を拭って竈《かまど》の具合を確かめた。轟々《ごうごう》と赤く猛る火は、厨房どころかカウンター越しにさえその熱波が伝わるようだ。

女料理人はその上にカンカンに熱せられた巨大な鉄のフライパンを被せ、そこに惜しげもなく豚脂《ラード》を流し込む。フライパンに脂が馴染んだころが頃合いなのだろう。女料理人はボウルに山と積まれたサイコロ肉をお玉で一度掬うと、フライパンの中に躊躇無く放り込んだ。

そうすると肉が焼ける高音が、脂が熱で染み出す嬌声《きょうせい》が、わぁっと厨房に広がった。

じゅわじゅわと脂が弾ける香ばしい匂いが、厨房に一斉に充満していく。

「家のメシよりやっぱりこっちだよなぁ」

カウンター席に座るイェーニスは大きく鼻を膨らませながら、垂れる涎をぐいと拭った。

カンカンカン！　とお玉に張り付いた肉をフライパンに落とす女料理人の背中に向けられた彼の視線は、まるで恋する乙女のそれだ。

「お坊ちゃま、斯様な大衆食堂で勝手に食事をされては困ります。腹が膨れてお家での食事を疎かにしてしまってはメリア様がきっと怒りますよ」

「わはは。俺の胃袋を舐めてもらっては困る。これくらいなんともねぇよ。せっかく街に下りてきたんだ。ちょっとくらいハネを伸ばそうぜ」

「し、しかし……」

従者の男は奔放に振る舞うイェーニスに対してたじたじだ。

この後も稽古《けいこ》や勉学のスケジュールが詰まっているというのに……。

しかし彼の気苦労など露知らず、にんにくの香りの湯気を立ち上らせた肉野菜の皿と、葡萄酒《ぶどう》が注がれたゴブレットが、女料理人の手によってイェーニスの前に運ばれた。

「うは、美味そう。いただきます」

「ちょっとお坊ちゃま！　酒は流石に」

「構いやしねぇよ一杯くらい。俺、前に内緒で一回父上のワインボトル一本空けちまった事もあったんだから。飲んだ内にはいらないって」

「お坊ちゃま～～……」

がっくりと項垂れる従者を余所に、イェーニスは景気づけだと言わんばかりに葡萄酒を呷った。

そんな様子を、女料理人はにこにこと見ている。

「イェーニス君、大丈夫？　従者さんもそう言っているけど」

「大丈夫大丈夫。本当に大丈夫じゃない時はちゃんと分かってっからさ、俺」

「ふふ、なら良いけど。あっ、それよりもさぁ……」

と、言いかけたところで。

どやどやと団体客が、この狭い食堂に押し寄せた。

飲んだくれているのか、男達は皆日が高いというのに顔を真っ赤に染めている。

イェーニスの姿を認めると、彼らの表情がパッと華やいだ。

「おお！　イェーニス様じゃないか」

「坊ちゃん今日はどうしたい、また稽古のサボりかい？」

「従者さんも気苦労するよなぁ、こんな悪坊主のお守りをさせられて」

「ええい、寄るな寄るな。お前達酒臭いんだよ」

しっしっと邪険に追い払うイェーニスに、しかし飲兵衛達は群がった。

しかしこの平民達はどうにも貴族《イェーニス》との壁が薄いように見える。

というのも、これはアルデライト領主の夫人がメリアである事と関係が深い。

元々平民であったメリアと、そのメリアに関心が高く、また、平民への理解も深いバルゲッドが治めている土地なのだ。

ともなれば彼らの間の壁が薄いのも頷ける事だろう。

……まあ、街に繰り出したイェーニスがいつも何の分け隔てなく平民達と触れ合っている、というのも大きな要因だろうが。

それに、この飲んだくれ達とこの食堂は彼の顔馴染みだ。酔いの回った飲兵衛達は貴族の子息ということすら忘れ、まるで親戚の子供であるかのようにイェーニスの頭を撫でくりまわした。

「なぁイェーニス坊ちゃん。セレティィナ様は元気か？　社交界に出られたのだろう？　お前みたいに街には出てこれないのか？」

一人の男が、息巻いてイェーニスに言った。

なんだか妙に熱のある質問に、イェーニスは僅かにたじろいだ。

「はぁ？　セレティィナ？」

「屋敷にいたんじゃ分からないだろうが今や街中、いや、アルデライト領中セレティィナ様フィーバーだぞ」

眉根を顰めるイェーニスをよそに。

そうだそうだ！

セレティィナ様のことを教えてくれ！

と、取り巻きの男達も思い出しかのようにイェーニスに詰め寄った。

いずれも妙な熱量のある視線と声音だ。

そう、それを私も聞きたかったの！　と、女料理人まで出て来る始末。

イェーニスは、混乱した。

「は、はぁ？　セレティナ、フィーバー？　なんだってそんな事に」

困惑するイェーニスに、男達は追撃の手を緩めない。

「初社交界で絶世の美を以ってして全ての男達を魅了したとかしてないとか」

「王子達が婚約を迫った、なんて噂も聞いているぞ。本当なのか？」

「俺は窮地を救ってくれた王国騎士団の団長と恋に落ちた、と流れの吟遊詩人が歌っていたのを聞いた」

「なんにせよ誰の噂を聞いても、飛び上がるほどの美人だというのは共通項だよな。おい坊ちゃん、やはりそんなに美人なのか妹さんは」

「セレティナ様が屋敷を出られた、という事は俺らも拝見する機会はあるんだよな？」

「街中どこ行っても、今やセレティナ様の話で持ちきりなんだ。坊ちゃんの口から真相を聞かせてくれ」

イェーニスに降り注いだのは虚構と真実。

それぞれが良い塩梅にコントラストを描く、眉唾な噂の滝であった。

イェーニス本人からすれば知るかよ、の一言なのだが……。

「おいおい……。街中そんな下らない噂ではしゃいでるのか……」

「坊ちゃん下らないなんて事はないですぜ。屋敷から一度も出た事がない……領民が一度も見たことがない深窓のご令嬢が、初の社交界でこれだけ噂になってるんだ。それに、事の次第によっちゃ王妃になるかもしれねぇんだろ」

「まあ……確かにそうかもしれんが本人を差し置いてそんな噂がなぁ……誰が流したんだか……」

頬杖を突くイェーニスだが……。

「俺はバルゲッド様が街で声高らかに話していたのを聞いたぞ」

「俺もそれ見たことがあるな……。あの人街に来てはしょっちゅう娘自慢だからな」

……犯人は、身近にいるものだ。

「あんの髭熊……愛娘に嫌われたって俺知らねーぞ」

息子は溜め息を吐かずにはいられなかった。

「で、で、真相はどうなんだイェーニス坊」

「知らねーよ。セレティナが帰ったら直接聞け」

「なんだよケチだな」

「それより帰ったらってなんだ。セレティナ様はどこかに行かれてるのか？」

先程から男達の顔が近い。イェーニスは鬱陶しそうに顔を押しのけた。

「帝国だよ」

「帝国⁉　まさか国の外へ行かれるたぁ……何をしてるんだ」

「何をしに……そうだなぁ……」

「今、何してるんだろうなセレティナ」

イミティアには、会えたのだろうか。

兄なりに息災である事を願いつつ、イェーニスは群がる男達をどう煙に巻こうかと、ぼんやりと考えた。

——一方その頃セレティィナと言えば、帝国の空をぶっ飛んでいた。

◇◇◇

城塞都市ウルブドール。

ギルダム帝国は魔物が出没する汚染域に近い事もあり、国の端へ行く程その護りは強固なものとなる。比較的国の外側に位置するウルブドールもやはりその例に洩れず、街の周りは巨大な石壁によって二重に囲まれている。

壁には帝国由来の特殊な魔法陣が刻まれ、多少の罅割れや傷ならたちどころに自己修復する堅牢ぶりだ。中級程度の魔物が多少押し寄せたところで、その分厚く強固な壁が揺らぐ事はあり得ないだろう。

——しかしこの日、鉄壁のウルブドールは悲鳴を上げていた。

二重の外。

外壁の南門を突破し、大量の魔物がウルブドールの内へと進撃を始めていた。

「死守だ！　絶対に死守しろ！　ここを通してはウルブドールは終わりだ！」

阿鼻叫喚。黒に侵され始めた戦場の最中、誰かがそう叫んだ。

誰も聞いちゃいない。

誰も聞こえてはいない。

だが、その叫びの意味するところはこの戦場にいる誰もが分かっていた。

幸い外壁の南門から内壁の中へ侵攻する経路は、一本道の橋を渡る他には無い。

人の往来には広く、しかし戦場になるには手狭な橋だ。

外壁が突破されたとは言え、未だに魔物がウルブドールの内壁へと雪崩れこむ事が無い理由がこれだった。

だが、一本道故にここを突破されては全てが終わる。

それは、誰しもが理解しているのだ。

鎧に身を包んだ帝国兵の銀色の波と、魔物達の漆黒の波の鬩《せめ》ぎ合いはまだ始まったばかりだった。

イミティア・ベルベットは忌々しく舌打ちをした。

切っても、焼いても、次から次へと彼女の元へと雪崩れ込んでくる蜘蛛《くも》型の魔物達に辟易《へきえき》を覚え始めたからだ。

イミティアは愛剣を腰に下げた鞘に納めると、小さく呟いた。

「ウッドバック」

「へい」

「時間を稼げ。少しデカイのを奴らにくれてやる」

「へい」

後退する彼女の横を、巨大な何かが通り抜ける。

ウッドバックと呼ばれた巨人族《ギガンティア》は足元に群がる小蜘蛛共を蹴散らすと、巨大な戦斧《いくさおの》の一撃で更に奴らを吹き飛ばしていく。

二階建ての家屋よりも更に巨大な大男の進撃に、尻込みしがちな帝国兵も大いに沸いた。

「すげぇ……なんだあのデカブツ……！」

「ベルベット大旅商団の用心棒、『巨巌のウッドバック』だ！」

「ありがてぇ……！　まさか巨人族《ギガンティア》が味方になろうとは……！」

ウッドバックの猛攻は止まらない。

木の幹よりも更に太く逞しい腕がぎちぎちと軋んで、巨大な戦斧を軽々と振り降ろすと、小蜘蛛共は面白い様に吹き飛んでいく。

その圧倒的な一撃の衝撃は、余波を伴って小蜘蛛共の侵攻ラインを押し下げた。

しかし。

「ウッドバック」

「へい」

「下がれ」

「へい」

少女の様な、瑞々しい声が後ろから飛ぶ。

その声にウッドバックは素直に従い、緩やかに後退した。

代わりに、短杖《ワンド》を携えたイミティアが前に踊り出る。

彼女の灰色のショートヘアは踊る様に弾み、革のロングブーツが石橋を叩く音はやけに軽快だ。

短杖は、その身に蓄えた力を誇示するように淡く明滅を始めている。

イミティアが祈る様にそれを掲げると同時に、ウッドバックがこう叫ぶ。

——伏せろ、と。

「『終焉を歌う焔火《エドゥ・レオ・バリウル》』」

——光が、世界に満ちた。

イミティアの短杖に操られた巨大な火の玉が、強烈な閃光を伴って小蜘蛛の海に呑まれ、そして爆発したのだ。

太陽を側に感じる程の熱波。

神の後光とさえ思える閃光。

彼女の魔法は爆発とともに姿を変えると忽ち小蜘蛛共を飲み込み、眼に映る世界を焼き尽くした。

裁きの炎は外壁の門をけたぐると、外の魔物すら巻き込んで咆哮《ほうこう》を上げる。

魔法を施された石壁すらどろりと溶けて黒を晒し、橋に差し掛かった小蜘蛛型の魔物共は塵の一つも残さずに全て吹き飛んだ。

……一瞬の余白。

帝国兵はその威力に呆気にとられ、沈黙を垂れ流さずにはいられない。

しかし、そこに檄《げき》を飛ばすのはイミティアだ。

「ボサッとするな！　外にどれだけ魔物が控えてると思っている！　魔法士は早く外門を塞げ！」

棘さえ籠《こも》った女の檄に、男達は漸く我に返ると堰を切った様に、門へと走り出した。

チャンスは、今しかない。

帝国の魔法士達は魔法によって土手を作り上げ、即席の門を作り上げていく。

ちゃちな魔法だろうと、時間を稼げればそれで良い。外門と外壁には自動修復の魔法が施されており、時間さえ稼げれば元の堅牢な壁を取り戻せるのだから。

帝国兵達が横を通り抜けていく中、イミティアは短杖を手の内から零すと、呻きながら膝をついた。

「大丈夫カ？　イミティア」

戦斧を肩に担いだウッドバックは、どすどすと土埃《つちぼこり》を上げながら彼女に駆け寄った。

イミティアは挑戦的な笑みを浮かべると、手でそれを制す。

「あたしは平気だよ。なに、ちょいとサボり気味だったからね『戦』ってやつを」

「……魔力ノ使イ過ギダ」

「……上級魔法一発でこのザマなのは、少しあたしも驚いてるところさ」

額に流れる大量の汗を拭うと、イミティアは首に下げたロケットを握り締めた。

「こんなブザマじゃ、あたしがそっちに行くのも時間の問題かもしれないね」

なぁ、オルトゥス。

そう付け加えてイミティアは、ゆっくりと空を仰いだ。

◇◇◇

魔法薬《ポーション》を胃に流し込むと、イミティアは漸く立ち上がった。

「大丈夫カ」

「ああ、クソ。いつ飲んでも忌々しい味がするね魔法薬《ポーション》ってやつは」

そう言って、本当に忌々しそうに小瓶を踏み潰すイミティアの表情に余裕はない。

獣族《ビスティア》たる彼女の頭に生えた狼の耳が、既に次の脅威を教えてくれているからだ。

イミティアは転がる短杖《ワンド》を拾い直すと、手早く腰のベルトに差し込んだ。

「ウッドバック」

「ヘイ」

「あたしを担いで後退しろ。少し様子が見たい」

「……ヘイ」

イミティアの指示に何かを察したウッドバックは小柄な彼女の体を摘まみ上げると右肩に乗せ、視線を門から逸らさずに後ずさる。

「……何カ、クルノカ？」

「……分からない。だが、嫌な『音』がする。これは良くない」

「……ソウカ」

魔法士達が寄ってたかって門を塞ぐ様子に、幾許かの弛緩《しかん》した空気が流れているのは否めない。

しかしこの二人の緊張の糸はまだ、固く張ったままだ。ウッドバックは腰にさげた戦斧をいつでも抜ける様に、それからいつでもこの場を離脱できる様に警戒のレベルを上げていく。

「…………ん」

そして、イミティアの耳がピクリと跳ねた。

狼の耳は、どんな些細《ささい》な音も聞き逃しはしない。

――それは、亀裂《きれつ》。

めりめりと硬い岩盤が悲鳴を上げた時のような鈍く、重たい音が、眼前の大門から俄《にわ》かに発せられている。

(……不味いな。まさか、破られるか？)

冷や汗を流しながら、イミティアはチョークバッグの中を弄った。

予め持ってきた魔法薬《ポーション》の小瓶は、残り三つ。

(まだいけそうか……？　いや、ここは)

……撤退だ。

イミティアが心中で決を下した、その時だった。

――目の前の巨大な石門が、轟音をたてながら砕かれた。

そうして弛緩した空気は、一瞬にして地獄のそれへと舞い戻る。

砕かれた石門に押し潰され、まずは魔法士達の絶叫が鼓膜《こまく》を叩いた。

巨人より大きく、巨木より分厚い石の門が砕かれたのだ。最前に居た兵士達は皆それらの下敷きになり、揺《す》り潰されたトマトの様な屍をすぐさま晒す事になる。

そして間髪容れずに響きわたるのは、恐怖に彩られた兵士達の悲鳴。

壁の無くなった小蜘蛛達は、それこそ雪崩れ込む様に、お互いがお互いの体を乗り越えながら続々と門の内側へと侵略を始めた。

次陣に構えていた兵士達はたちまち蜘蛛の濁流に呑まれ、死の海底へと引きずり込まれていく。

……阿鼻叫喚。

戦場はやはり、地獄の様相を呈していた。

「イミティア！」

ウッドバックの野太い声が飛ぶ。

イミティアは目の前の光景を忌々しく睨むと、周りの喧騒に負けぬ様に指示を飛ばした。

「外門はもう終わりだ！　内門まで下がれ！」

「ココヲ手放シテ、イイノカ⁉」

「どの道もう外門は取り返せない！　冷静になれウッドバック！　あたし達は兵士じゃあないんだぞ！　生きることだけを考えろ！」

ドライで、冷静《クレバー》。

ある種商人らしく、しかし数多の戦場を超えた老兵の様に利己的なイミティアの決断に、ウッドバックは一も二も無く頷いた。

それに、外壁が突破されたからといって完全にウルブドールが堕ちたわけではない。

二重《ふたえ》の内のもう一枚、まだ内壁が残っているのだから。

己を中心に置いて、大局を見る。

戦場に於いて『生き残る』為に、最も重要な事の一つだ。

（……くそ。『船』を出すなら南からと決めていたが、まさかここから突破されるとはな）

大きく揺れるウッドバックの肩に乗るイミティアは、己の打算の甘さに臍を噬んだ。

彼女は旅商団の頭領として守らねばならない団員《かぞく》を大勢抱えている。

たとえこの街が沈もうと、世界が闇に呑まれようと、彼女は団員達だけは生かす腹積もりだ。

イミティアは、戦う為に、もしくは何かを滅ぼす為にその剣を振るう事はない。

ただ自分が護るべき者を、愛すべき者を護る為だけにその力を振るうのだ。

……ただし裏を返せば、赤の他人の命や境遇には興味を示さない、とも取れる。

ウルブドールはどうなっても良い。ただ、彼女が抱えるベルベット大旅商団だけはなんとしても救いたい……その一心だった。

（どうする。南が駄目なら西から抜けるか。……いや、ここは一度レミリア達と相談した方が）

さて、そうしてイミティアがまた思考に耽ろうとした時だった。

一際大きな悲鳴が、打ち破られた外門から響きあがった。

弾かれた様にイミティアもそちらを見やると、歴戦の戦士たる彼女もまた言葉を詰まらせる。

巨人族《ギガンティア》のウッドバックでさえ、ゴクリと喉を鳴らさずにはいられなかった。

黒、黒、黒。

小蜘蛛の波は、濁流は、止まるところを知らない。それらの体長は、小さな子供程度。

牙は鋭いが体は脆《もろ》く、数にさえ目を瞑《つむ》れば兵士一人一人が対処しきれない程でもない下級の魔物だ。

しかし、それらは所詮『小蜘蛛』。

「『母蜘蛛』ガ、キタカ」

ウッドバックのその呟きは、とかく堅い。

体長は、巨人族《ギガンティア》の彼が僅かに見上げる程度。

でっぷりと膨らんだ腹部には毒毒しい斑模様がびっしりと刻まれ、柔らかそうな体と違って八本の足は鋼の様な光沢を放っている。顔にあたる部位には蜘蛛のそれではなく、彫刻から切り取った女神像の様な漆黒の顔《かんばせ》が無機質な異彩を放っている。

『中級第一位』。

名もなき大蜘蛛の魔物が、黒の巨大を揺らしながらゆっくりとウルブドールの大地を蝕《むしば》み始めた。

◇◇◇

鋭利で、されど鈍重な地響きが兵士達の腹の腑《ふ》を叩く。

大蜘蛛の魔物は、その巨体に似合わぬ精巧な絡繰り人形の様な足取りでウルブドールに踏み込んだ。黒曜石を思わせる黒々とした八つ足を器用に操り、大蜘蛛はまるで地を滑る様に這い動く。

強大な大蜘蛛が凡そ目測もつかぬほどの小蜘蛛達を従えて進撃する様子は、いくら屈強な兵士達といえど彼らの平静を刈り取るには十分な光景であった。

――恐怖。

――絶望。

人の波に、隙間なく死の感覚が吹き抜ける。

滑らかに這い回る大蜘蛛の八つ足はまるで死神の鎌のそれだ。

そら、逃げろ、逃げろ、逃げなきゃ死ぬぞ。遅れた者から刈り取るぞ。

怖れを抱いた者から死神の囁きは聞こえるものだ。

それからは、崩壊が始まった。うら若く、死を体感した事のない新兵がまず背を向ける。

拭い難い恐怖は何よりも彼らの体を突き動かし、前線が瓦解していく。

戦う意志のある兵士も多分にいるが、前線の逃げ惑う兵士達の波に押されて思う様に動く事は出来ない。

阿鼻叫喚の最中、小蜘蛛は逃げ怯む兵士達の背中をせせら笑うように刈り取るのみだ。

大蜘蛛は、何もしてはいない。ただひたすらに、女王の様な威容を誇る巨体を僅かに傾ぐだけで、人の心をかき乱す。

ウッドバックは大きく舌打ちをすると、思いがけず腰に差した戦斧を引き抜いた。

「イミティア！　ドウスル！」

「……あれは不味い。小さい奴らには目をくれるな、あのデカブツを討つぞ。あれを自由にさせていたら内門までたちまち崩壊する」

「オウ！」

言うが早いか、イミティアは疾風の様にウッドバックの肩から飛び降りる。

ウッドバックもまた、ぐるぐると肩を回して息巻いた。

「あたしが時間を稼ぐ！　その隙にお前が奴のハラワタを引きずりだしてやれ！」

そう言うや否や、イミティアは駆ける。

逃げ惑う兵士達にも、彼女に襲いかかる小蜘蛛共にも目もくれず。

踏み砕き、擦り抜け、飛び越えて……目指すのは女王の首一つだ。

速く、速く、速く、風よりも速くイミティアは駆け抜けていく。

凡そ人智を超えたその速さは、彼女が狼種の獣人族《ビスティア》の血を引いているからに他ならない。

……しかし、それでも、その速さでさえ彼女の満足の至るところではない。

イミティアは研ぎ澄まされた剣を振るいながら、大きく牙を剥いた。グルグルと喉奥を鈍く震わせ、口の端から熱い吐息を漏らす。

(力を、もっと力を)

そうして、イミティアは吠える。力に焦がれた慟哭は戦場を鋭く裂いた。

……するとどうだ。

彼女の白い柔肌は、たちどころに灰色の硬い体毛に覆われていく。

爪は鋭利に伸び始め、鼻の頭は僅かに隆起し、体はしなやかな筋肉を帯び始める。

幾らかの時を置いて、とうとうイミティアの体はより狼に近しい形へと姿を変えた。

言うなれば、人間から二足歩行の狼へと変態を遂げたと表現したほうが分かりやすいだろう。

これを、『半獣変態』と呼ぶ。

獣人族《ビスティア》が有する、野性を解放する為の力。

力も速さも恐ろしく発達し、あらゆる感覚が鋭利に研ぎ澄まされる離れ業だ。

狼の力を得たイミティアは、先程まで自分が身を置いていた世界の速度を置き去りにして大蜘蛛に迫る。

――一閃《いっせん》。

イミティアに操られた銀色の剣閃は、悍ましい速度で直線を描き、大蜘蛛の一本の足を捉えた。

硬質な音。

イミティアの握る剣の柄からは、鈍い感触が返ってきた。

黒曜石《こくようせき》の様な大蜘蛛の足は、予想を上回る硬さを以てイミティアの剣を弾き返す。

いや、弾き返そうとして、更にそこに二撃三撃とイミティアは剣を叩き込んだ。

圧倒的な力をもろに受け、大蜘蛛の足はやにわに悲鳴を上げ始める。

堅牢な足に亀裂《きれつ》が入り始めたのだ。今まで静観を決めていた大蜘蛛自身も、これには堪らず悲鳴を上げる。

恐らく、予想外の破壊力だったのだろう。

大蜘蛛は巨体を振り回して足元に群がるイミティアを振り払うと、辺りにところ構わず糸を吐き散らした。

粘質な糸は兵士達や小蜘蛛さえも巻き込んでその場に押し潰し、辺りを象牙色に染めていく。

イミティアは飛来する糸の群体を易々と躱しながら、その時を待つ。

狼の速度に、蜘蛛は決して追い付けない。

橋を汚す糸に着地しない様に努めて冷静にステップを踏み、彼女は自分の何倍もの巨体を誇る大蜘蛛を翻弄していく。

そして、頃合いを見計ってこう叫ぶのだ。

「ウッドバック！」

大蜘蛛の、更に上。

太陽に重なった大柄な巨人が、斧を上段に構えて今まさに落ちてくるところだ。

「バアアアアアアアアアッ！」

銅鑼《どら》をかなぐり鳴らした様な叫びが、ウルブドール南門の橋を縦に揺らした。

巨人族《ギガンテイア》のウッドバックが渾身の力を両の腕に溜め、今まさに斧を振り下ろそうとしているところだ。

「いけ！」

蚤《のみ》の様に大蜘蛛の足元を飛び回るイミティアは叫ぶと、直線上にその場を離脱する。

その様子を認めたウッドバックに躊躇の文字は既にない。

ぎらりと陽光を跳ね返す戦斧は、遂に振り下ろされた。

空を裂き、暴風さえ伴う強烈な一撃が炸裂する。

岩盤さえ容易く砕き割る一撃は、大蜘蛛の脳天に直撃しようとして――。

「ウゥッ!?」

ウッドバックの体が、黒々とした大蜘蛛の脚で叩き落された。

「ウッドバック！」

イミティアの絹を裂いたような叫び。

大蜘蛛はグルリと頭をもたげると、地にのたうつウッドバックへと目標を変える。

八本の脚が絡繰りの様に這い動き、地を滑る大蜘蛛は驚くべき速度でウッドバックへと迫った。

「チクショウ……！」

ウッドバックは思いがけず毒を吐いた。辺りには既に大蜘蛛が吐いた粘性の糸がそこかしこにへばりついている。故にウッドバックの巨体は辺りの粘糸を巻きこんでしまって思う様に動かない。

腕をあげようとしても、強力な糸の粘りによって釘づけだ。

しかし大蜘蛛の脅威はすぐそこまで迫っている。

二本の鋭利な脚が振り上げられ、今まさにウッドバックの体を貫こうとしていた。

弱音を上げている間も、神に祈りを捧げる時間も既に無い。

「グウウウウウウウウッ！」

ウッドバックは唸りを上げながら渾身の力で腕を糸から引きはがした。

べりべりと腕の皮は引き千切れ、血を吹きながらもからがら腕の自由を取り戻した。

生きる意志と戦士の底力を瞳の奥で燃やし、ウッドバックは振り下ろされた二本の脚を既の所で捕まえる。

「……ッグヌゥ……！」

力は、やや大蜘蛛が勝るか。

大蜘蛛の鋭利な脚が、徐々に徐々にウッドバックの両の肩口に迫りつつある。

ウッドバックの壮健な筋肉はぶるぶると悲鳴を上げ、大蜘蛛の余りの力に腕の筋細胞が破壊される様だった。

そして、顔面が真っ赤に染まったウッドバックはなんとか声を絞り出す。

「速ク……シロ……イミティア……！」

灰色の狼が彼の視界を横切ったのは、その声のすぐ後だ。

大蜘蛛と巨人の間に躍り出たイミティアは、蛍火の様に明滅する短杖を突きつけこう叫ぶ。

「『冬を疾く焦がす大蛇《ギーンボルグ・デオ・ベフラス》』」

瞬間。

イミティアの振るう短杖から蒼炎の大蛇がずるりと飛びだした。

強大で、長大。鱗の一枚一枚が蒼く燃え盛り、天に向かって高く猛る。

大蛇は煌煌《こうこう》と燃える深紅の瞳で獲物を捉えるや否や、轟々と周囲の酸素を食い散らかし、強烈な熱波を伴って大蜘蛛の体を這い回って締め上げ、そして――。

――爆発。

蒼く、剛健な火柱が天と地を焼き焦がす。

嵐の様な熱風は辺りに散らばった粘糸を蕩かし、吹き飛ばした。

その爆発に巻き込まれたのは彼らも例外ではない。

転がるウッドバックは吹き飛ぶイミティアの体をなんとか掴まえると、傷が付かぬように手で掬って彼女の体を守った。

蒼炎の大蛇に焼かれた大蜘蛛は、堪らず悲鳴を上げる。呪詛に取りつかれた女の様な、悍ましい叫びだ。

神経を逆撫でにかき鳴らす様な不快な叫びに、ウルブドールの兵士達は勿論、周りの小蜘蛛達もその場に釘付けになった。

イミティアによる、二度目の『上級魔法』。

日に二度も『上級魔法』が使える魔法士は、はっきり言って規格外と言って良い。

先程魔法薬《ポーション》を服用したが、あれは外傷や疲労を癒せるが魔力の回復を促せる効果はない。

イミティアはウッドバックの手の中で蹲りながら、強烈な消耗感と吐き気に苛まれていた。

彼女を守るウッドバックもまた、彼女の様子が気になって気が気でない。

……蒼炎《そうえん》の火柱はやがて空に溶けはじめ、霧散した。

炙られた空気が春風に押され、辺りに涼しさが戻り始める。

焼き焦がされた大蜘蛛は、その場に立ち尽くしていた。

元から体が黒い為、炎によるダメージがどれほどあるのかは見た目では分かりにくい。

ウッドバックは僅かに身じろいで手を解くと、手の中で未だに蹲るイミティアを地に下ろした。

「オイ、イミティア……大丈夫カ？」

「……あたしなら、平気さ。……へへ、それより見ろよ。奴の丸焦げの哀れな姿をさ。やっぱりあたしの魔法は天下一品だ」

「……アイツハ元々真っ黒ダガ」

「それもそうか……っくぅ……！」

苦し紛れに強がってみせたが、イミティアは既に立ち上がれない。

膝から崩れ落ちると、彼女は魔力の枯渇による嘔吐感に抗えず、その場で吐瀉した。

喉が炙られ、胃はきりきりと痛み……それから頭蓋の中身をカクテルシェイクした様な嫌悪感がイミティアを苛んだ。

「オ、オイ」

堪らずウッドバックが不安気な声を上げるが、それをイミティアのか細い声が制する。

「ウッドバック。あたしを担いで後退しろ……早く」

「ナンダッテ」

「あいつは、まだ……生きている」

「ナニ……？」

直後。

大蜘蛛は蒸気機関の様に口から煙を吐き出すと、瞳に深い赤を灯した。

『お前達は必ず殺す』

そんな憎悪が、聞こえてくるようだ。

◇◇◇

――撤退だ。

誰かが、そう叫んだ。

上級魔法を耐える魔物がいるなど、もうどうしようもない。

裏返った悲鳴混じりのその声は、ウッドバックには遠く、残響のようなものに思えた。

そして、皮肉気に鼻で笑うのだ。

——どこへ撤退するつもりなのだ、と。

そう、最早逃げ場などない。ここを落とされては大量の魔物どもの侵入を許すこととなり、ウルブドールは文字通り陥落する。

小蜘蛛どもだけならまだ良かった。だが、あの大蜘蛛ならば内門をきっと破壊するだろう。

そうなれば家も、家族も、友人も、思い出さえ、ウルブドールの全てが焼き尽くされる。

魔物どもは、全てを平らげる。

それを『巨巌のウッドバック』は身に沁みて分かっているから、だから。

「イミティア」

「……なんだ」

「コイツハ、貰ウゾ」

ウッドバックはイミティアのチョークバッグを半ば強引にふんだくった。

「おい……何を……」

ふらふらと頭を押さえながらイミティアは問う。

彼女は、ウッドバックの行動が何を意味しているか分からない。

ウッドバックは魔法薬《ポーション》の小瓶を一つ呷ると、指の腹で空き瓶をくしゃりと押し潰す。

そして、溜め息を吐いた。

太く、長い溜め息を、だ。

それは彼のガラス玉のような瞳に、静かに決意が宿った瞬間だった。

ウッドバックはイミティアの首根っこを摘まみあげると近くにいた手頃な兵士に彼女を放り投げる。

「オ前！　ソノ犬コロヲ内門マデ連レテイケ！」

「は……？」

ウッドバックのその台詞は、イミティアの思考の外のものだった。

若い兵士に抱えられながら、彼女は弱弱しくもがいて巨人の背中に縋ろうとする。

「おい！　お前も下がるんだ！　何をしようとしている！　ウッドバック！　お前もこい！」

声音に、思いがけず悲愴めいた色が宿る。

ウッドバックは、それを調子よくせせら笑った。

「ドコニ俺ヲ下ゲルツモリダ？」

「ウッドバック！　あたしの命令を聞け！」

「オ前モ分カッテイルダロウ」

「聞け！　聞けったら！　頼むから……！」

「イミティア。後ハ……団員達《かぞく》ハ、任セタ」

「ウッドバック！」

行ケ！

鬼気迫る巨人の発破を受け、イミティアを担いだ兵士は逃げる様にその場を後にする。

ウッドバックを呼ぶイミティアの悲痛な叫びが、ウルブドール南門の架け橋に痛く木霊する。

イミティアを見送るウッドバックは、胸の内がじくじくと痛む感覚を覚えた。

残される者の辛さが、彼には分かるから。

……感傷なんかに浸っている場合ではない。

彼は何千、何万回と振るってきた得物の柄の感触をにわかに確かめると、目をしかと見開いた。

今から目に映るその全てを、破壊し尽さなければならないのだから。

「グウウウウウウウウオオオオオオオオオオオ！」

巨人の雄叫びは、大花火のように聞く者の腹の底まで轟く。

ウッドバックは咆哮を上げると、斧を片手に走り始めた。大質量の巨人が走れば、橋の石畳は割れ、撓《たわ》み、バキバキと悲鳴が上がる。

ウッドバックの戦斧が、半円を描いた。足元の小蜘蛛共が捲れあがった石畳ごと一挙に吹き飛ばされ、彼の前に大きく道が開けた。

そこで女王は待っている。まるで、ウッドバックとの一対一《サシ》の勝負を望んでいるかの様に。

にやりと口角を上げたのはウッドバックだ。

――上等ダ。

腰を落とし、戦斧を中段に、地と水平に構える。

戦斧が届く距離まで、後僅か。力を溜めるや否や、ウッドバックのパンパンに膨れ上がった上腕筋が、更に膨れ上がる。

力強く握られた戦斧の柄がぎちぎちと嬌声を上げ、そして、横薙ぎに振るわれた。

キィィィン……！　と、鼓膜を刺すような高音。

ウッドバックの一撃は、やはり大蜘蛛の脚に阻まれた。

だが、それは想定内。

ウッドバックは何の未練も躊躇もなく戦斧を手放すと、巨腕を広げて大蜘蛛の体にしがみついた。

「オオオオオオオオオオオオ！」

そして咆哮の末、大蜘蛛の巨体が持ち上がる。

ウッドバックが見つめる先は橋の外。

奈落とさえ思われる崖の底だ。

「オ前ヲ、突キ落トシテヤル……！」

絶対にここで殺す。

必殺の決意が、巨人の瞳に燃え上がった。全ては、団員《かぞく》を守る為に。

しかし。

「ウグ……ッ！」

大蜘蛛の八本の脚が、ウッドバックの背中を容易く貫いた。

だが、それも彼の想定の範囲内。内臓が破れ、肉体を引き裂かれようとも。

「アアアアアアアアッ！！」

オマエハ、ココデ仕留メル。

ウッドバックは全ての力を振り絞り、更に猛った。

命が燃え、ちりちりと焦げはじめる感覚が巨体の内を走り回る。

そうしている間に足元には既に小蜘蛛共が群がり始め、ウッドバックの脚の肉を食い散らかし始めていた。

それらは腰に及び、肩、首、顔まで小蜘蛛が這いまわり……しかし彼は大蜘蛛を抱いて離しはしない。

ウッドバックは小蜘蛛共に全身を食い千切られ、背中に八つの風穴を開けられながらも、とうとう大蜘蛛を放り投げた。

奈落の底へ、大蜘蛛が落ちていく。

どこまでも、どこまでも、果ての無い底の底へと。

遠巻きに見ていた兵士達は、歓喜に沸いた。まさか、捨て身とはいえあの大蜘蛛を退治するなど誰が思おうか。

兵士に担がれたイミティアも、彼の勇姿に涙が滲み出た。

「ウッドバック……！　お前……！」

ウッドバックの巨体には既にびっしりと小蜘蛛共が群がり、彼の精悍だった姿は見る影もない。

しかしそれでも彼は、動いている。

斧を拾い直し、更に群がってくる小蜘蛛を蹴散らしながら、よろよろと門の方へと歩み続ける。

「マ……ダ……ダ……」

痛覚は、とうに失せた。

生きているのか、死んでいるのかさえ、彼自身自覚は無い。

それでも亡者の様に歩き続ける。

唯、一点を目指して。

「お、おい……まさかあの巨人……門を……」

誰かがそう、呟いた。

自動修復魔法は、まだ機能している。

砕かれた石門は開いてはいるものの、既に元通りに修復されつつある。

――あれを閉じることができれば。

誰もがそう思って、誰もが期待する。

あの死に体のウッドバックが、あの石門を固く閉ざす事を。

「が、頑張れ……頑張れ！　巨人！」

若い兵士が、そう叫ぶ。

祈りの様な叫びは、すぐさま伝播した。

「頑張れ！　頑張れ巨人！　あと少しだ！」

「頼む！　お前しかいない！　門を閉じてくれ！」

「行け！　行けぇ！」

半ば懇願するような半泣きの応援に、イミティアは苛立ちを隠せない。

ここは、お前達が守るべき都市なのだろう、と。

尻尾を巻いて逃げ惑っているくせに、あたしの家族に何を甘えたことを言っているのだと、心底腹が立った。

……だが、彼らは直ぐに黙る事になる。

「……あ……」

奈落に落とされた大蜘蛛が、吐いた糸を辿って易々と橋をよじ登っているのを目撃してしまったのだから。

◇◇◇

肌を、不快な感覚が這い回る。

痛みの信号は無く、己の血肉を食い破られる感覚がまるで他人事のようにさえ思えた。

ウッドバックは、前進する。

鈍重な足取りで、己の後に血の川を引きながらも、小蜘蛛に群がられた巨人は歩み続ける。

門を閉じろ、家族を守れと。

その強烈な意思が、死に体をどうしようもなく突き動かすのだ。

「ウルゥアアアアアアアアア！！！」

ウッドバックは気が狂った様に斧を振り回した。足元を蹴散らかし、全身を掻き乱して集る小蜘蛛を振り解く。

彼は巡らぬ脳と震える指先に鞭《むち》打って、イミティアからふんだくった魔法薬《ポーション》の小瓶二本をそのまま口に放り込んだ。

ガラスごとバキバキと噛み潰して飲み下すと、淡い光が体に灯る。

体は再生を始め、巡らぬ脳と霞がかった視界が開けていく感覚が返ってくる……が。

——追いつかない。

魔法薬《ポーション》の回復量は、彼を襲う小蜘蛛共のダメージに追いつく事はない。取り戻した英気と肉体は、再び小蜘蛛共の餌になるだけだった。

……だが、時間は稼げる。

ウッドバックは既に門を閉じる事しか頭にない。

自分が死に、朽ちようとも、あの巨大な石門を閉じる事ができるのなら、彼は満足だ。

ウッドバックは僅かに蘇った肉体と英気を振り絞る。

滴る血液と爛《ただ》れ落ちる肉を零しながら、己を鼓舞するように高らかに吠え、力強く一歩を踏み出し、そして——彼の前に、大蜘蛛が現れる。

ズンと巨体が降りかかると、橋が僅かに撓んだ様だった。

ウッドバックの喉が思いがけず干上がり、それと同時に苦々しく呻く。

黒の巨体が、巨人の彼のそれより大きく、聳え立つ。

「……クッソォア…………!!」

精神が一気に磨耗し、胃の腑からボコボコと熱いものがせり上がった。

犬死……絶望……そんな後ろめたいイメージが、彼の手足を搦めとる。

万事休す……彼だけではない。後ろに控えている兵士達も、イミティアでさえ、理不尽な現実に鳥肌が立った。

よろよろと足を挫くウッドバック。そんな彼を見るにつけ、大蜘蛛はせせら笑うように脚を擦り合わせ、しゃきしゃきしゃきと鋭利な音を奏でた。

しゃきしゃき。

不快なその音と、自身の心臓の拍動の音だけが、ウッドバックにはやけに大きく聞こえていた。

己の死と、それからここを突破される恐怖……自身の腑甲斐なさ……ぐるぐると脳裏を駆け巡り、それらを処理できないでいる。

「……ハァ……ハァ……ッ……!」

大蜘蛛が、前脚を振り上げた。

細く尖る先端は、万物を貫く威力を秘めている。

大蜘蛛はそれを、容赦なく振り下ろした。

ウッドバックの眼前に、恐ろしい速度でそれが迫る。

「ウッドバック!」

遠巻きに見ていたイミティアは、堪らず悲鳴をあげた。

もう、助からない。

誰もが巨人の死を悟ったその時——空から降った赤い閃光が、両者の間に割って入った。

耳を劈き脳を刺す、恐ろしい響音。研ぎ澄まされた剣の残光が二つ閃いたその瞬間、大蜘蛛の二本の脚は容易くいなされる。

何が、起きた。

誰もがそう思って、誰の思考も待たずに展開は先へと進んでいく。

バランスを失った大蜘蛛の巨体は後ろにのめり込み、埃と砂を巻き上げながらひっくり返った。

その光景を、誰もが疑った。図らずも、戦場に一拍の静寂が訪れる。

ウッドバックは目を見開き、赤い閃光を——目の前に佇むその男を見た。

男は、笑っていた。

犬歯を剥き出しにして、琥珀色の瞳は瞳孔が開き、獣の様な笑みを浮かべているのだ。

赤色の猫っ毛は僅かにそよぎ、握られた一対のククリナイフはくるくると軽快に風を切っている。

男は——リキテルは、心臓の高鳴りを抑えられない。

強者との、魔物との対峙は、如何ともし難く彼を高揚させてしまうのだから。

退屈してたんだ、という彼の独り言は、余りにも軽く、余りにも野性味に溢れている。

「さぁ、始めようか」

べろりと長い舌を舐めずって、リキテルは狙いを定める黒豹のように腰を低く低く……彼が最も獲物を狩りやすい姿勢をとった。

◇◇◇

「なんだあれは！」

兵士の一人が、空を指して高らかに叫ぶ。

高く、高く、遥か高み……兵士の指した天空の頂《いただき》に、それは鎮座していた。

それは、人型をとっている。

黄金の髪は肩程までに流れ、群青色の瞳は憂いの色に満ちていた。

背の丈の倍はある純白の翼が二対背中から伸びており、揺蕩う様に空の蒼に純白を浸している。

それは、美しかった。

見る者の誰もが見惚れる程の美貌を、その顔《かんばせ》に湛えている。

短く切り取られた黄金の髪のせいもあってか、少年とも少女とも言える中性的な顔立ちは、だからこそ何か侵してはならない神聖ささえ感じられた。

人は、それを敢えて人とは認識しない。

その美貌。背から伸びる二対の美しい白翼。

この絶望に瀕した戦場に現れたそれを指す存在となれば、誰もがそれを、こう認めてしまう。

「天使だ！」

誰かがそう言って、誰もがそれに共鳴し、天使だと叫んだ。その共鳴は連鎖爆発の様に全軍を満たし、渦を巻く。

盲目的な期待と安堵。

信じられない感動と絵画の様な光景に、誰もが膝を折り、涙を流した。

感謝と祈りを彼らは自分達の主と天使に捧げ始める。

主は、私達を見てくださっている、と。絶望的な現状に、天使様は手を差し伸べてくれたのだ、と。

誰もが己の内に震えるこの感動と感謝を、あの天使に捧げずにはいられない。

天使は純白の翼を一つ翻すと、ゆっくりと降下を始めた。

血煙が舞う、戦場の最中へと。

◇◇◇

「どうする」

漠然とした質問を転がしたのはリキテルだ。

遠く丘の下に見えるのは夥しい数の魔物達で形成された黒の海。

戦いに飢えていようと、歴戦の戦士であろうと、あそこに飛び込むのは余りにも無謀だ。

ぽつんと頼りなく黒の海に浮かぶ城塞都市ウルブドールを前に、リキテルは嘆息を漏らした。

「大丈夫だ。以前にも言ったが、侵入経路に関しては奥の手がある」

セレティナは下馬しながらそう言うと、痛む節々をほぐし始めた。

ユフォとヨウファ、二人は無機質な瞳を保ったままセレティナの前へと進み出る。

「待って。不可能。どう考えてもウルブドールには辿り着けない」

「ユフォに同意。正気とは思えない。見て、あの魔物の数」

詰め寄る二人に、しかしセレティナは動じない。

肩をぐるりと回し、ほうと息を吐くと、セレティナは徐《おもむろ》に空を指差した。

「陸は行かない。私達は、空を行く」

「……空？」

思わずリキテルから素頓狂な声がついて出た。

「どう足掻いても陸路からではウルブドールには入れない。なら空路から行けば問題無いだろう」

「……眠気で頭がやられたか？　龍族じゃあるまいし空からなんて」

「後ろを向け」

「え？」

「いいから後ろを向け。今すぐだ」

セレティナはリキテルをせっついて後ろを向かせると「お前達もだ」と、ユフォとヨウファにも後ろを向かせた。

何がなんだかといった男三人だが、早くしろと捲し立てる彼女に渋々納得せざるを得ない。

いいか、絶対に振り向くなと釘を刺し、セレティナは自身が穿いている男物のパンツに手をかけた。ずり下ろすと、露わになるのは彼女の白い太腿と純白の下着……そして下着の紐に括られた一枚の小さな羊皮紙だ。

セレティナは羊皮紙を掴むと、手早くパンツを引き上げて革のベルトを締め直した。

「なんだ、ションベンか？」

にべもなく言い放つリキテルの後頭部に、遠慮の無い鋭いチョップが落ちる。

「馬鹿者め……。トイレならもっと遠く離れてするに決まっているだろう」

「痛……くはないけど、なんだそりゃ」

余りに軽すぎる手刀はダメージになるどころかセレティナの打ち損だ。

ひりひりと痛む手を摩るセレティナに握られたそれを、三人は興味深げに覗き込んだ。

「それ。もしかして……」

何かに気付いたのは、ユフォとヨウファだった。

平坦な彼らの声音が、僅かに抑揚を得たのは気のせいではないだろう。

そこには驚きと、僅かの興奮が滲み出ている。セレティナは彼らの反応を確かめると、頷いた。

「これは飛翔魔法が込められた魔法巻書《スクロール》だ。こいつを使って、空から行くぞ」

「魔法巻書《スクロール》？　飛翔魔法か……？」

セレティナの言葉に、流石にリキテルも驚愕を隠すことなどできなかった。

魔法巻書《スクロール》。

羊皮紙に描かれた緻密な式に、気の遠くなる程の繊細な魔力を織り込ませた、謂わば携帯型魔法陣。

魔法士でなくとも僅かな魔力をそれに流し込めば、込められた魔法を発動できるという優れものだ。

しかし聞こえはいいがまだ未開発の技術に近い為に、精巧な魔法巻書《スクロール》を作れる魔法士は少なく、
これを手にしようと思えば多少の財など簡単に消し飛ぶ程の貴重品だ。掛かるコストも半端ではな

く、どちらかと言えば使用するものというよりは芸術品……観賞が主な用途になってくるだろう。

先にヨウファが使用した『時渡しのクリスタル』も魔法巻書《スクロール》と用途は重なるが、あのクリスタルは魔法士のみにしか扱えない為、その希少性や価値は数段劣る。

そんな貴重なものをセレティナはあろうことか下着に括りつけていたのだ。

その豪胆さとアルデライト家の計り知れぬ財力に、三人は外れる顎を直すことができない。

「おいおい、何だってそんな貴重なものをそんなところに仕舞ってんだ……」

「貴重故だ。こうしておけば肌身離さず持っていられるからな。女性は男性と違ってプライベートゾーンに物を仕舞いやすいから助かる」

「魔法巻書《スクロール》だぞ……信じられねぇ」

これは万が一にと母《メリア》がセレティナに握らせたものだ。

セレティナ自身、まさかこうして使用する機会が訪れようとは思ってもいなかったが。

「ちょっと待って。飛翔魔法？　それ、本当？」

少し慌てて、ユフォが問いただす。

セレティナは、それに曖昧に首を縦に振った。

「……多分。飛翔魔法が込められているとは聞いているけど、魔法巻書《スクロール》を使うのは今日が初めてだから、使ってみるまでどうなるかは分からない」

「……衝撃。飛翔魔法が込められた魔法巻書《スクロール》だなんて……」

草原に魔法巻書《スクロール》を広げるセレティナを、ユフォはやはり目を丸くして見ていた。

魔法に精通している彼だからこそ分かる。

飛翔魔法……空を飛べる魔法とは、それだけでも、どれだけ簡素な式であろうともその位《くらい》は上級魔法に位置する。空を飛べる魔法が使えると言うだけでその魔法士はどこの国にも筆頭戦力として、あるいは魔法士を導く魔導師として迎えられる事だろう。

だから、驚愕するのだ。

飛翔魔法が織り込まれた魔法巻書《スクロール》など、存在する事自体が破格。

ユフォは、草原の上に広げられたそれを眺めながら、少しばかり興奮を覚えた。

「なぁ。そんな便利なものがあるならレヴァレンスで使っても良かったんじゃないか？」

訝しげに言うリキテルに、セレティナは首を横に振る。

「弓兵に落とされたらどうする。あの状況下では使えなかった」

「なるほどね……確かに有翼種の魔物も見えないし、今なら使っても問題なさそうだ」

「そういう事だ」

魔法巻書《スクロール》を広げ、その中央にセレティナの絹の様な手が置かれた。

そうすると、羊皮紙に描かれた魔法陣が黄金に淡く光り、短く鼓動し始める。

今、そこに込められた力が、外に飛び出そうともがいているかの様に。

「みんな、近くに寄ってくれ」

短くセレティナが告げ、三人が彼女の近くに固まった。

小さく空気を肺に溜め、小さくそれを吐き出した。

「みんな、引き返すなら今だ。私はそれを止めはしない。止める権利も、拘束する力もないのだから」

セレティナの言葉に、しかし誰も言葉を発しはしない。

良いから早くしろと言わんばかりに、三人の手が彼女の背に置かれた。

「……わかった」

セレティナはふっと笑みを零し、意を決すると、小さく合言葉の呪文を紡いだ。

言の葉は風に乗って魔法巻書《スクロール》に滑り込み、そして——セレティナの視界が、白光に包まれた。

◇◇◇

眼下では、既にリキテルが暴れ狂っている。

一対のククリナイフを縦横無尽に戦場を走らせ、小蜘蛛共を屠りつつも大蜘蛛を翻弄している。

獣のような野性的で奔放な彼の剣術は、どちらかと言えば一対多数でその本領を発揮できると言える。五感を尖らせ、目に見えないものを捉え、恐ろしく鋭利な本能で数多の血肉を掻っ食らう様は、あのセレティナとて驚嘆するほどだ。

セレティナは純白の翼をぎこちなく操ると、ゆっくりと降下を始める。

慣れぬ浮遊感と揚力に違和感を覚えながら、彼女は柔らかくそこへと降り立った。

地に足が付く安心感に胸を撫で下ろすと、背中の羽はやがて明滅を始め、光の粒子となって空に溶け込んだ。

喧騒の最中、セレティナは伏せた目をゆっくりと上げて、美しい下唇を噛んだ。

「……ウッドバック」

転がしたその言葉は、虚空に渦を巻いて消えていく。

セレティナは自身が大きく見上げるその巨人の名を、知っている。

今では遠い前世の記憶……彼女がまだオルトゥスであった頃、彼女は彼と何度か言葉を交わしたことがあった。

……あれは、酒の席だった。

イミティアが催した酒宴でたまたま隣り合った二人は、当時エールを酌み交わした。

彼は奔放でお転婆なイミティアが迷惑をかけていないかと、いつもオルトゥスを気にかけていたそうだ。

当時のセレティナは彼女が寡黙な男だと思っていたが、意外にも酒が進むとまあ舌が回る愉快な男だと知った。

剣と斧……お互いの得物は違うが武器に対する価値観も似通っており、彼らはその時お互いを友だと認め合った。

記憶が確かであるならば、最後にオルトゥスが彼と会ったのは、『エリュゴールの災禍』が起きるひと月前だったはず。

『また会おう』

そう言って、笑顔で別れたのをセレティナは覚えている。

愚図るイミティアを担いで、ウッドバックは彼女を『船』に放り込んでいた。

「……ウッドバック」

セレティナは、再度その名を口にする。

群青色の眼《まなこ》に映る巨大な友は、大量の小蜘蛛に群がられて血の溜池を作っていた。

肩で呼吸し、全身の肉が爛れた旧友の姿に、セレティナの小さな胸はきつく締め上げられる様だった。

「ユフォ……ヨウファ、頼む」

セレティナが小さく告げると、足元に伸びた影から二つ黒い影が飛びだした。

藍緑色のポニーテールを従えた双子の踊り子は、フェイスベールを靡《なび》かせながら巨人の足元を滑る様に駆ける。

ユフォとヨウファはベールの下でぼそりぼそりと呪文を唱え、小瓶から淡く光る聖水を垂らしてウッドバックの足元に魔法陣を描いた。彼らの元にも小蜘蛛共は追い縋るが、歯牙にもかけずに淡々と仕事をこなしていく。

速い。余りにも彼らの動きは速い。

小蜘蛛共が生きる速度の世界では、彼らに追い付くはずもない。

「ユフォ」

「ヨウファ」

容姿も声音も、掛け声のタイミングも全て一致している。

ユフォとヨウファは互いに頷き合うと、二人で作りあげた巨大な魔法陣の上に勢いよく両手を突いた。

そして、高らかに魔法名を唱えるのだ。

『穢れを穿つ銀薔薇《バティーニア・ゲル・ツィニカ》』

ソプラノの声が重なり、大気が震える。

彼らの置かれた手に呼応するように、魔法陣が鋭く瞬きだした。

鋼を思わせる冷たい銀色の光だ。光はやがて膨張、拡散していき、次の瞬間にはバチバチと火花のように爆ぜはじめた。

霰の様に、或いは炭酸が弾ける様に、微細な光の泡沫がウッドバックを包んでは弾けている。するとひとつ、またひとつと小蜘蛛達は弾かれた様にウッドバックの体から引きはがされた。引きはがされた小蜘蛛は太陽に炙られる吸血鬼と同じように、しゅわしゅわと泡《あぶく》を吐いて溶け始めた。

これは退魔の陣、ともいえる範囲魔法。

低級の魔物であれば、その一切を寄せ付けなくなる魔術だ。

使い勝手も効果も高いが、戦場の最中でこうして精巧な陣を描けるのは驚異的な技術と言っても良い。

ユフォとヨウファ……それからセレティナは、銀色の陣の中に足を踏み込んだ。

陣の外にはまだ吐き気を催すほどの小蜘蛛がいるものの、ウッドバックに群がる魔物は既に全滅している。

ウッドバックは爛れた体と、既にひしゃげて光を失った眼窩《がんか》をからがら動かして事態の様子を探っていた。

「コレハ……俺ハ……ドウナッテ……オ前達ハ……」

肺に溜まった血を吐きながら、ウッドバックはしゃがれた声をなんとかひり出した。

それに答え、セレティナが一歩、前へ出る。

「教えてくれ、ウッドバック」

「……オ前……俺ノ名ヲ知ッテ……？」

腰の鞘から宝剣『エリュティニアス』の美しい刃が、雅《みやび》に姿を現した。

キン、と涼しげに鳴きながら。

そして、再びセレティナは問う。

「……教えてくれ、ウッドバック。私は、何をすればいい」

美しい少女の背中からは、悲壮な剣気が滲み出ている。

群青色の瞳は、涙色に揺れていた。

もう、その手から大事なものを取りこぼしたりはしない。

◇◇◇

何をすればいい。

そう問われたウッドバックは、僅かに狼狽を覚える。

突如彗星《すいせい》の如く目の前に現れた少女のその声は、悲しみと、怒りと、決意に満ちていた。語気が強いわけではない。

だが確かにその声には生半可では片付けられぬ強い意志を孕《はら》んでいる。

ウッドバックは、両目を潰されている。既に光を失い、回復の手立ては無く、少女の姿を認める事はできない。

だが彼は少女に対して、えも言われぬ懐かしさと安心感を覚えた。

まるで鍛冶屋で打ち直した得物が手元に返ってきたかの様に、まるで故郷の風を腹いっぱいに蓄えた時の様に、名も知らぬその少女に対して何故だか只ならぬ信頼を置かずにはいられない。

「……協力シテクレ」

からがら絞り出したウッドバックの言葉に、セレティナはただただ耳を傾けた。

遠くからは、リキテルと大蜘蛛が大暴れしている音が絶え間なく轟いている。

ウッドバックはよろよろと立ちあがると、血錆に塗れた斧を担ぎ直した。

「名モ分カラヌ小サキ強者ヨ……。アノ門ヲ閉ジタイ。光ヲ失ッタ俺ヲ、ドウカ導イテクレ」

セレティナは、振り返る。

確かに、あの堅牢で巨大な石門を強引に閉じるのは巨人《ウッドバック》の力が必要だと理解した。

「……了解した。私達が先陣を切る。貴方は私達の後を付いてきてくれ」

「……感謝スル」

「歩けるか？」

「無論ダ。巨人族《ギガンティア》ノ『タフ』サハ折リ紙ツキダ」

「……そうか、分かった。無茶はするな」

そう言ってセレティナは宝剣『エリュティニアス』を、鋭く鳴かせた。

この剣の導きに付いてこい、と。

そう示すように……そして。

「リキテル！」

セレティナの美しい声が、戦場に轟いた。

リキテルはそれを聞いてはいるが、反応のひとつもくれはしない。

大蜘蛛の足元を這い回る獣は、虎視眈々と必殺の瞬間を狙っている。

「そいつは任せた！　引き留めておいてくれ！」

返事の代わりに、彼の手繰るククリナイフが堅牢な黒脚を一本斬り飛ばした。

妖しく黒光りするそれは、くるくると円を描きながら奈落の底へと落ちていく。

任せろ。

言葉ではなく、その一撃をもって返事とするのがどこか彼らしくもあり、セレティナは薄く笑みを零した。

「ユフォ。ヨウファ」

右から左へ。

見た目の変わらぬ左右の踊り子に視線を配ると、彼らは静かに頷いた。

それと同時にウッドバックと周囲を包んでいた銀色の光が、淡く弾けはじめる。

魔法陣は光の粒となり、空の蒼に溶けていった。

「行こう。……ウッドバック、必ず生きて帰るぞ」

セレティナの冷たい呟きが僅かにウッドバックの鼓膜を揺らした時、阻む壁が無くなった小蜘蛛共は、雪崩れる様に彼らの元に殺到した。

◇◇◇

金色《こんじき》の天使。

緋色の狂戦士。

濃黒の双子。

……四人だ。

たったの四人が現れただけで、その戦場の盤面は裏返った。

──金色は、まるで芸術だ。

社交界の一幕を切り取ったかのような軽やかなステップには、力みというものが感じられない。

流れにただ身を委ねて振るわれる宝剣の閃きは、見ている者を心地よくすら感じさせ、全ての思考を放棄してその姿に魅入る者すら現れた。

黄金は魔物の脅威のただ中を霧の様に擦り抜けて、瞬く間に鮮血の火花を散らした。

──緋色は濁流だ。

剣術に囚われず、戦術に囚われず、本能がしたい様に、したいままに双対のククリナイフが嬌声を上げている。

黄金をクラシカルなオーケストラと例えるなら、こちらは陽気なラテン音楽だろう。エネルギーが充実していて、力があり、それでいて自由。

驚異的な身体能力は緋色を虎狼たらしめ、獰猛な牙は自分の十倍以上もある大蜘蛛の体を何度も穿《うが》ち抉る。

技とも言えぬ技で剛を制し、小蜘蛛を蹴散らしながら何度も大蜘蛛をひっくり返す様は痛快だ。

――濃黒は妖艶だ。

黄金よりも更に先を行く疾さを得る彼らは、戦場を舞い踊る。

ステップの後には、光り輝く葵色の軌跡が描かれ、彼らの舞に呼応するように魔法を呼んだ。

口元を覆うフェイスベールのその下では何かの呪文を紡いでいるのだろうが、低く、女性的な色艶のあるその音色は聞くものを魅了する。

彼らの手にはナイフが握られ、光の魔法で攪乱している瞬間を逃さずに次々と命を奪い去っていく。その手法は殺すというよりも、命を盗み取る、という表現のほうが呆気なくて的を射ているだろう。

セレティィナ・ウル・ゴールド・アルデライト。

リキテル・ウィルゲイム。

ユフォ、ヨウファ。

彼らにとって、この程度の戦場を一時凌ぐことなど造作ない。

大英雄の魂を継ぐ少女と、次期英雄級の才能を持つ騎士。それからこの世界に於いて最高クラスの傭兵たる金級冒険者が手を組んでいるのだから。

そんなことは知らないウルブドールの兵士達は、唖然とするばかりだ。

まるで夢でも見ているのかと、本当に天使はいたんだと、彼らの脳裏には現実と救いと虚構が入り乱れていた。

◇◇◇

目まぐるしく、戦場が変異していく。

希望を得たウルブドールの兵達は鬨を上げ、再び戦火の中に飛び込んだ。

彼らの戦意は、先程までとはうって変って燃え上がる。

外には何万と魔物が控えているが、それが雪崩れこめるほど門の幅は広くはない。

セレティナを筆頭とした四人の参加もあり、押し込まれていた前線は、次は人間側が押し返していた。

あの大蜘蛛をリキテル一人が相手取っているのが大きいだろう。

力強い護衛を得た満身創痍のウッドバックは、よろよろとした足取りだが、しっかりと門を目指して歩いていく。

「はあああああ！」

先陣を切るセレティナが、大きく吠えた。

横一閃に残光を従えたその一振りは、小蜘蛛共を一挙に五体も巻き込んで蹴散らした。

その一振りだけでは彼女の満足は及ばない。

革のブーツで石畳を軽快に叩くと、セレティナは小蜘蛛の密集地帯に自ら躍り出ていく。

宝剣『エリュティニアス』は淀みなく真円を描くと、彼女に群がる脅威の一切を払いのけた。セレティナを中心に、鮮血の花が咲き誇る。

「こっちだ！　ウッドバック！」

美しいセレティナの声と研ぎ澄まされた『エリュティニアス』の音を頼りにウッドバックは迷うことなく前へ出る。手負いの彼に降りかかる火の粉はない。

ウッドバックの足取りは確かに重たかったが、それでも奇妙な安心感に包まれた彼は臆する事なく一歩、また一歩と踏み出していく。

着実に歩みを重ねて、気が付けば既に彼らは門の前まで迫っていた。

　彼らが背に負う帝国兵達が自然と沸き立ち、興奮に満ちた怒号と歓声がウッドバックの鼓膜を揺らすことで、目の見えぬウッドバックは自身が既に門の直ぐ目の前にいることを理解した。

（ここか）

ウッドバックの大木の幹より更に壮健な両腕が、導かれるように自然と伸びた。

堅く冷たい感触が彼の野太い指を伝う。

それが石門だと、ウッドバックは直ぐに理解できた。

……ならば、後はやるだけだ。

「グウウウウウウオオオオオオオオオオ！！！！！」

全身に力を溜め、全身の傷口から血を吐き出しながらも巨人は吠えた。

人の胴回りよりも太い声帯が重たく震え、戦場の空気をウッドバックの気合いが大きく叩く。

門は、想定を超えて重たく、堅牢だった。

巨人族《ギガンティア》の中に於いても頭一つ抜けて力自慢な彼であっても、巨大な石門はごりごりと呻いて少しずつしか動かない。

しかし、動いている。

巨大な門は、ウルブドールに続く道を閉ざそうと確かに声を上げている。

ウッドバックが門に手を掛けたとき、背後からはより一層の歓声が沸き起こった。

いけ。

やれ。

閉ざせ、と。

決して少なくない男達の興奮を孕んだその歓声は、しかしウッドバックには届かない。

その歓声を聞く事さえ、彼には惜しい。

奥歯を砕けんばかりに噛み締め、足りない血が全て頭頂に登り、全身の毛穴から汗を噴き、ウッドバックは唸り声を上げながら全身全霊を持って両腕に力を込める。

ゴリゴリと土埃を上げながら閉じ始めているその扉は、本来限られた魔法士で無ければ制御できない代物だ。

「驚愕。これが巨人族《ギガンティア》の力なの」

「同意。なんて馬鹿力」

影を這い回る双子も、フェイスベールの下でいつものポーカーフェイスに亀裂が入る。

他者からの干渉を許そうとしない石門の魔法陣が、単なる腕力のみでバキバキと歪に割れていく様は見ていて不安になるほどだ。

手負いであれど、死に体であろうと、『巨巌のウッドバック』の力は腐りはしない。

頭蓋が割れる程の力を込め、筋繊維をぶちぶちと千切りながらも、圧倒的な力で石門を閉じていく。

だが、そこは万単位の魔物が流れ込む唯一の風穴。

防衛戦は、苛烈を極めた。

殺しても殺しても、殺戮の限りを尽くしたところで後ろには腐るほどの小蜘蛛が控えている。

セレティナの剣が如何に冴え渡ろうと、折れぬ鋼の闘志が宿ろうと、圧倒的な数には抗う事などできはしない。

そも、セレティナには限界《リミット》がある。

誰よりも、何よりも分かりやすい限界だ。虚弱体質は熾烈な戦闘に耐えられず、肺は破れ、なけなしの体力は底を突き、へばり、倒れ臥す。

生来『弱者』であるセレティナが背負う枷の重さは彼女自身が痛いほどに分かっている。

ビルドゥアの街でギィルという刀使いの男と剣を交えた時。

初社交界の道中、『中級』の魔物からケッパーを庇う盾となった時。

『誇りと英知を穢す者《エスト・ティトゥ・セクタス》』との一戦。

『レヴァレンス』門前でリキテルと共に魔物の群れを掃討した時。

セレティナはいつだって最後には枯渇し、倒れ臥した。

全身で挑むからこそ、全霊を賭けるからこそ……己の極限に至る戦いを重ねてきたセレティナは、その都度空っぽになるのだ。

だから今回も、限界はやってくる。

レヴァレンスを発ってからウルブドールに来るまで不眠不休の旅路でもあったのだ。

十全なコンディションでもないセレティナが、ただ一拍程の息も付けぬ防衛戦などそう長くは持たない。

——セレティナでさえ、そうなると思っていた。

しかし軽い。軽やかだ。

セレティナの踏むステップは、剣の冴えは、その表情さえ、軽い。

淀みも濁りも無く、彼女から弾ける汗はどこまでも爽やかだ。

切迫した気配はまるで無く、快調そのものと言っても良い。

『エリュティニアス』が従える残光も、いつになく澄み渡り見ていて心地が良い。

セレティナは今、不思議な万能感に包まれていた。

今なら何体でも何百体でも何万体でも、捌《さば》きされるという自信。どこまでも、どこまでも、高みに昇っていけるという確信。

あのリキテルまでもが気後れする程にセレティナは今まさに冴え渡っていた。

楽しい、というセレティナの心に僅かに滲み出た感情に、彼女は嘘がつけなかった。

無論楽しんでいる状況でもなく、そんな余裕はない。

だが己の思うままに体が動き続けてくれる現実というのは、枷を嵌め続けてきた彼女にとってどれほどの事であるか想像に難くない。

もしかしたら。

もしかしたら、このまま高みへ昇り続ければいつか届くかもしれない。

そんな思いが、セレティナの脳裏を過る。

(私は、オルトゥスに届くかもしれない)

――セレティナはまだ、首筋の『薔薇に絡みつく蛇』の紋章が淡く光を宿している事には気づいていない。

それは、『覚醒』の時を予感させている。

◇◇◇

ユフォは、身も凍る様な戦慄を覚えた。

……いや、果たしてそれは戦慄という表現が正しいのだろうか。

背筋を這い回る冷たい感覚は、やがて血管を巡って全身を満たし始める。

その震えは、腑に落ちる芸術を視覚した時の感動とも取れ、余りに強大な存在を前にした時の畏れとも取れ……目の前に神が顕現した時の悦びとさえも取れるだろう。

ユフォは形状し難いその震えを受け入れ、大きく喉を鳴らした。

——セレティナの進化が、止まらない。

鼓膜を鋭く揺らす剣鳴は何よりも研ぎ澄まされ、湖に薄く張った氷の様に美しい。

その剣先はユフォの目にも留まる事は無く、宝剣の煌めきは精霊がセレティナの周りで戯れている様にしか見えない。

美しく、華麗で、力強く、そして何よりも速く、早く、疾く。

セレティナは、殻を破り続けていく。

一秒前の己を、彼女は遥か後ろに置き去りにする。

瞬きの内に、壁を何度でも壊していく。

——それは進化であり、解放だ。

セレティナとしての昇華……彼女の内に眠る英雄《オルトゥス》の解放。

原石は磨かれ、本来あるべき光を取り戻し始めている。

セレティナの首に刻まれた『薔薇に絡みつく蛇』は、彼女の無意識の下で更なる煌めきに鳴動するように妖しい光を波打った。レヴァレンスの時以上の、強い光だ。

その光が強く波打つ度に、セレティナは更に磨かれていく。

（……どこまで、速くなる）

ユフォは、舌を巻かずにはいられない。

レヴァレンスで一度セレティナと命の獲り合いをしたのは誰有あろう彼だ。

だからこそその進化は、ユフォには異常に見えた。

レヴァレンスでセレティナが手を抜いていたとはどうにも思えない。

お互いが全力を出し切り、あの狭い戦場では少なからず自分に分があったとさえ、思っていた。

だが今の彼は、既にセレティナと対等に戦える自信は喪失している。

（……どこまで……どこまで……）

たっぷりと睫毛を蓄えたユフォの瞼が落ち、次に開くとき、そこに先程までのセレティナはもういなかった。黄金の残光を従えて、セレティナは小蜘蛛共をひたすらに屠り続けていく。

◇◇◇

重たく、鈍い音が響き渡った。

強引に閉じられた石門は左右の扉に刻まれた魔法陣が再び一致し、一枚の強固な防壁魔法が展開される。

石門に刻まれた魔法陣の上を温かな光が滑り、蛍火のように明滅を繰り返した後に静寂を取り戻す。

力の限りを尽くしたウッドバックはそのまま門にしなだれかかる様に巨体を委ねると、ずるずると地に臥した。

沸きおこる歓声は、留めどなく戦場を縦に揺らした。

その喜びをぶつける様に、或いは削がれた気勢に再び火が付いた兵士達は、辺りの小蜘蛛共を蹴散らかしていく。

全軍の士気は目に見えて上がり、帝国兵はまさに息を吹き返した。

盤面が返り、形勢が変わる。

絶望を表したように重たかった空気は、今や吸い込めばするりと肺まで落ちる軽やかなものとなった。

子蜘蛛達は、もう暫くはこの橋を渡ることは無いだろう。

孤軍の将と化した大蜘蛛は、足元を飛び回るリキテルを躍起になって追い払おうとするも、一撃たりとも致命傷を与えられてはいない。

その間、小蜘蛛らはみるみる数を減らしていく。

……だから、その時が来るのもそう遠くはなかった。

リキテルが、吠える。

両手にそれぞれ握られたククリナイフが獰猛な直線を描き、大蜘蛛の最後の黒脚を切り飛ばした。

それと同時に、彼の横をセレティナが擦り抜けていく。

群青色の瞳は一縷の淀みも無く、高潔と誇りに満ち満ちて、大蜘蛛の一点を睨み据えた。

大蜘蛛から、粘糸が噴き零された。セレティナはそれの更に下に潜る様に滑り、宝剣『エリュテイニアス』を下段に構える。

ちき、と鍔《つば》が小さく鳴り、嫋《たお》やかに空を滑る剣身が鋭く日光を跳ね返した。

肺に溜めた空気は、セレティナの叫びと共に押し出され、『エリュティニアス』が下から上へ、一文字を切り結ぶ。

銀色の尾を引く一撃は、何ら抵抗なく大蜘蛛の腹を裂き、頭蓋を破り、青空に赤を描いた。

至高の一撃は、大蜘蛛に死を予期させる事も感じさせる間もなく絶命に至らせ、力を失った巨体は崩れる様にその場に落ちた。

……一瞬の静寂。

セレティナは『エリュティニアス』に付着した血を振り払うと、大蜘蛛の体に足を掛けた。

その様子を、兵士達はただ静かに見守っている。

今や動かぬ骸の上をセレティナは敢えて登り、そして振り返る。

視界には、沢山の兵士達の姿。

セレティナは空気を目一杯に吸い、そして。

「おおおおおおおおおおお！！！！」

宝剣を高らかに掲げ、勝鬨《かちどき》を上げた。

帝国兵も、それを待っていたとばかりに鬨を上げる。

空を押し上げんばかりの兵達の咆哮は、勝利の味を噛みしめる様に、生きている悦びを味わう様に、暫くの間続いていた。ウルブドール南門、絶体絶命の防衛戦。

未だ危機は続いているが、『天使』が『蜘蛛』を下した事で、人類は辛くもひとまずの勝利を収めた。

「ふふふ、セレティナとってても嬉しそう」

ウルブドールを遥かに見下ろせる上空。

漆黒のボールガウンを纏う魔女は、至極嬉しそうに笑んだ。紅色の瞳は愉悦に満ち、しかしどこか不満を抱えている。火照る体は、次を求めているのだ。

魔女の両手には糸が垂れ、二体のマリオネットが操られている。

金髪の娘と、黒髪の娘。

二人は魔女の手によって仲睦まじくダンスを踊っていた。陽気で、少し子供らしい、愉快なダンスを。魔女の軽快な鼻歌に乗せて、それは楽しそうに。

「でも気を付けてセレティナ。幕が下りるのはまだよ。貴女が舞台で輝くのはこれからなんだから」

マリオネットは陽気に踊る。彼女らの意思は無く、魔女の意のままに。

◇◇◇

異変は、直ぐに生じた。

屍を晒した大蜘蛛から、ぼこぼこと沸き立つような熱と異臭が発せられたからだ。

異変に逸早く気づいたのはセレティナだったが、それは誰しもが直ぐに気づく程の変化だった。

勝鬨は冷や水が浴びせられ、ざわめきが伝播していく。

（なんだ……？）

セレティナはその変化を知らない。だが、確実によからぬものである事は察知できた。

「皆さん！　とにかくこの大蜘蛛から離れ――」

――言うが早いか。変化は急激に加速した。

火柱が打ち上がった。大蜘蛛に蓄えられた熱が、焔となって一気に噴出したのだ。

蒼炎の火柱は空気を大量に食らって熱波を放射状に放った。

石畳は焼けただれ、人の身を焦がし、突風を伴ってその場を席巻する。

「セレティナ！」

視界の端から影が現れて、セレティナの体を攫ったのはユフォだ。その表情に一切の余裕は無い。

セレティナを小脇に抱えたまま手を地に着けると、フェイスベールの下で何事かを囁いた。

そうすると忽ち蛍色の淡い障壁が彼らの体を円状に包み込み、爆発的な熱波をかろうじて防いだ。

それと同じ光景がすぐ傍……リキテルを護る形でヨウファが障壁を展開している。

津波を思わせる熱波の奔流……雷鳴を思い起こす力の産声は、暫しの間続いた。

「……っく‼」

表情を歪ませるユフォとヨウファ。円状の障壁は、一秒毎に罅《ひび》が走った。

「ユフォ！　大丈夫か！」

「……少し黙ってて。集中できない……！」

苦々しげに呟いて、しかし限界は訪れた。蒼炎の熱波に耐え切れず、障壁は砕かれたガラスの様に粉々に割れた。突風に当てられ、セレティナとユフォ、リキテルとヨウファはお互いが折り重なるようにして吹き飛ばされる。

それと同時に、蒼炎の火柱は空へと溶けていく。

数メートルは吹き飛ばされたセレティナだったが、身を起こす前にぞくりと背中に悪寒が走った。

——誕生した。

頭よりも、本能でそれが理解できる。できてしまった。

「……くそ」

蒼天の空を仰いで、セレティナは毒を吐く。それと同時に、鳥肌が全身を走った。

名を『八ツ手に絶望を握る者《レバ・エサ・メルエス》』

腕が八本。漆黒の顔に、紅色の瞳が四つ。黒よりも更に黒い毛髪を従えて、それは地上に降り立った。

一見女性の様にも見えるそれは、しかし吐き気を催す程の歪な異形に他ならない。

シルエットは人間に近くとも、その本質は蜘蛛。女蜘蛛《めぐも》はぶるぶると震えると、横に裂いた様な大口をにんまりと開け放った。

中には乱杙歯がびっしりと生え、腐臭を放っている。

「アアアアアアアアアアアアアアアアアアアアアアアアハハハハハハ！！！！！！！」

雄叫びか、産声か、愉悦の笑い声か。

神経を逆なでる不快なその声は、遠く、遠く、轟いた。

八本の腕をだらりと垂れ下げて、女蜘蛛は嗤う。

「……ウッドバック！　下がりなさい！」

セレティナは叫んだ。宝剣『エリュティニアス』を握り込み、身を起こすとその異形と対峙する。

全てを超越する『上級』の魔物が、現れた。

大蜘蛛の腹を破って現れた様にも見えるが、それは進化だ。

食らい込んだ数多の魂を腹に溜め込んだ魔物の中には、稀に進化する個体も現れる。

『下級』から『中級』へ。『中級』から『上級』へと。

魔物の殆どは先天的に強さが決まるが、例外もあるという事だ。

セレティナとて魔物の進化を見るのは初めてだ。

「ユフォ！　ヨウファ！　リキテル！」

それぞれの名を叫んで、しかしセレティナはそれ以上何も言わずに駆けだした。

彼らも、セレティナが何を言わんとしているかは分かっている。雄叫びを上げ、または魔法を唱えながらセレティナの後に続いた。

四方から、達人の剣が迫りくる。が、女蜘蛛は嗤った。

「アアアアアアアアアアハハハハハハハハハハハハ！！！！！」

その八つの腕には、いつの間にか黒剣が握られていた。掌から吐き出す様に産まれ出たそれは光を妖しく弾き返している。

セレティナの一撃は容易く弾かれた。

ユフォ、ヨウファ、リキテルも三方から仕掛けたが八つの腕は艶めかしく這い回り、それぞれの攻撃をいとも簡単に受け止める。

そして、咆哮。衝撃波を伴った爆発は、まるで四人を紙きれの様に吹き飛ばした。

『天使』たるセレティアが吹き飛ばされ、激昂するのは周りにいた屈強な兵士達だ。

「お前達！　天使様に任せておくな！　俺達もいくぞ！」

一人誰かしらの号令が飛び、男達は叫びを上げながらに殺到した。

「やめなさい！」

セレティナの静止は、怒号に押し潰される。

確かに巨大な大蜘蛛と比べれば、迫力という意味では小さいだろう。だが、先程までの形態と比べたらその脅威性、凶悪性は格段に増している。

逸脱者……英雄の領域に踏み込んだ者で漸く勝負になる『上級』を相手に、人間の域を出ない男達がどうして戦えようか。

折り重なる男達の合間を、死神の鎌が擦り抜けた。

細く、細く、研ぎ澄まされた剣鳴は遅れてやってくる。

女蜘蛛に操られる八つの剣は、薄く、鋭く、群がる男達を細切れにした。切った、というよりは肉が解けた、と表現するのが近いだろう。

そこに残虐性や嗜虐性は感じられない。脂の上を肉が滑る様に、ずるりと肉が解けて落ちていくのだ。

その、切れ味たるや。

「……くそ……ッ！」

セレティナは血の霧雨が降りしきる中、『エリュティニアス』を握り締めて猛進する。

女蜘蛛は肉塊の中で嘲け嗤い、諸手を広げてセレティナを迎え撃つ。

「……はぁっ！」

セレティナの軽身が、宙を舞う。独楽の様に回転、黄金の乱気流を振り乱しながら漆黒の女蜘蛛に襲い掛かり――。

――キィィィ……ン……!!

硬質な音が、鳴り響く。

耳を鋭く突く様な音は、セレティナの攻撃の失敗を如実に証明している。

宝剣『エリュティニアス』の美しい剣身は、二本の黒剣に阻まれた。

女蜘蛛の口が三日月に裂け、宙に静止したセレティナの体に向けて六本の剣が飛び出した。

「……シッ！」

肺に溜めた空気を鋭く吐き出し、セレティナは瞬きの一つすらなく『エリュティニアス』を操った。六本の剣が飛び出したのは、同時。しかしセレティナの神速を超える宝剣はその一つ一つを丁寧に捌き、それらを弾く反動で錐揉み回転しながらそこから逃れた。

素人目に見れば、セレティナの体が不自然に宙から弾かれた様にも見えるだろう。

「退けオラ！」

双対のククリナイフが地を這った。

セレティナの横をリキテルが擦り抜けていく。歯を剥き、地を蹴り、弾丸と化したリキテルは一瞬の内に女蜘蛛の懐に潜り込んだ。

「リキテル！」

セレティナが叫ぶよりも早く、ククリナイフが閃いた。

「猪突猛進」

「油断大敵」

重ねて先駆けるリキテルの影からぬるりとユフォとヨウファが飛び出した。

三人同時攻撃――しかし。

「アアアアアハハハハハハ！！！！」

弾かれる。空を自在に這い回る八つの黒剣は変幻自在だ。

三人は無様に吹き飛ばされ、石畳の上を受け身すら取れずに墜落した。

「リキテル！　ユフォ！　ヨウファ！」

叫ぶが、レスポンスが遅い。いや……違う。今の衝撃で、三人はほぼ完全に無力化した。

セレティナの小柄な体躯が追撃を許すまいと、女蜘蛛の眼前へと迫る。

セレティナの太刀筋は見切られている。まるで児戯だと言わんばかりに宝剣を往《い》なし、嘲る。

実力差は、火を見るよりも明らかだ。

セレティナの神速を超えた絶技も、八つの脚ならば搦め捕られる。

絶え間の無い甲高い剣戟の連続は、セレティィナの劣勢を以って終わりを告げる。

「ぐ……！」

ともすれば絶命に至る刃が、セレティィナの皮膚の薄皮を抉っては通り過ぎていく。

頬や肩、横腹など、擦り切れた傷から鋭く血が跳ねる。

セレティィナの防御も、完璧ではない。一瞬の油断、瞬き一つで死を招く綱渡りを何とか凌ぎ、セレティィナは後方へと飛び下がる。軽快に見えるステップも、彼女にとっては既に鈍重だ。

「下ガレ！」

己の疲労を痛く感じ始めたのと、同時だった。

くぐもった巨人の太い声が飛び、重量のある足音を立てながらそれはセレティィナの横を通り過ぎていく。

セレティィナの手が止めようと伸びるも、それよりも早くウッドバックは女蜘蛛の元へと到達する。

「ウッドバック！」

「ヌウウウウウウウウン!!」

太い声帯が一際大きく震え、ウッドバックの斧が重たく唸った。

まるで雷鳴だ。戦斧は爆風を連れながら上段から下段へと振り下ろされる。

その威力たるや、王国最強の名を冠するロギンスに並び立つほどのものだ。

女蜘蛛は、それに付き合わない。この時初めて〝回避〟の行動を取ったのだ。故にそれはウッドバックの想定を外れ――。

「ウッドバック！」

セレティナの悲痛な叫びが飛んだ。

ウッドバックの斧は石橋を大きく穿ち、突き立った。巨大な罅割れを形成する決死の一撃を躱された、無防備を晒した巨人の眼前には、にんまりと笑みを浮かべた女蜘蛛。

八つの黒剣が閃いたのは、一瞬だった。

「グワアアアアアアアアア！！！」

大きくぶつ切りにされた巨人の腕が宙を舞う。筋繊維をたっぷり蓄えた屈強な右腕は、しかしいとも容易く切り飛んだ。

急所を抉られなかったのはウッドバックの反射の行動が結んだ結果だ。

咄嗟に構えた腕だったが、肩口からごっそりと失ってしまった。

すっぱりと切られた肩の断面からどぼどぼと血が吐かれ、宙を舞っていた肉塊が遅れて石橋に降り注ぐ。

「アハァ……！」

女蜘蛛は愉悦に顔を歪め、血の雨に打たれていた。

脂汗を額に滲ませたウッドバックは、堪らずその場に膝を突く。

「おのれ……！」

鋼の様な理性を持つセレティナの頭に、静かに血が上る。

彼女は自身を叱咤すると、再び駆け出した。

「セレティナ……！　駄目……！」

ユフォの声が飛ぶ。セレティナはそれが聞こえておらず、そして気づいていない。

気づくときには、もう遅い。

「な……っ！」

辺りに散らばっていた粘糸が、セレティナのブーツを搦め捕ったのだ。

（いつの間に……！）

一瞬の油断、思考の停止が生死を分かつ。

セレティナの体は前につんのめる形で転倒した。石畳に擦れて腕が擦り剝け、更に粘糸を巻き込んだ。有り体に言えば最悪だ。まんまと蜘蛛の巣に搦め捕られた。

それを女蜘蛛が逃す筈も無い。

「しまった……！」

もがいても、強力な粘糸がセレティナの貧しい力でどうにかなるはずもない。

女蜘蛛はもうすぐそこまで迫って来ている。

黒色の剣身に、血を滴らせて、女蜘蛛は血を滑るようにやってきて——セレティナの腹に、黒剣が突き立った。

◇◇◇

遠く、まるで残響の様な人々の悲鳴が耳を突く。

セレティナはぼんやりと、体から熱が抜けていくのを感じていた。

その感覚は彼女にとって酷く懐かしいものだった。

――死。

オルトゥスであったときの、最後の記憶。感覚。

腹に突き立った黒色の剣は、酷く冷たい。まるでこの世のものとは思えないほどの冷たさを纏っていた。

ハラワタが裂け、血は脈動に合せて外へと吐き出されていく。

女蜘蛛は相変わらず暴れ狂っている。帝国兵を恐怖のどん底に陥れ、食らうままに食らい、暴虐の限りを尽くしている。耳に残る人々の悲鳴で、それだけはなんとなく分かった。

（ユフォは……リキテルはどうしている……？　ヨウファは……ウッドバックは……）

自分は、死ぬ。それだけはわかっているから、彼らが心配だった。

二度目の死は、呆気ない。戦場とはかくあるものだ。

覚悟は、できていた。

（……覚悟は……）

その言葉を転がして、その直後だった。

ズン、と重たい何かがセレティナの直ぐ傍に落下した。

初めは岩塊か、とぼんやりと思ったが、違う。それは、血に塗れている。ぼさぼさとした頭髪は垢と汗に濡れて、くったりとしていた。セレティナの背丈よりも大きく、岩肌の様にゴツゴツとし

たそれは、

「ウッドバック……」

嘗ての友の顔だった。血走った眼。弛緩した口からは涎が垣間見えて、その表情は苦悶に満ちている。

見るも無残な友の姿に、セレティナは言葉を失った。

苦しかったろう、悔しかったろう……その安らかとは程遠い友の死に顔に、セレティナは胸をどうしようもなく締め付けられた。

この世界は、残酷だ。余りにも理不尽だ。

(神よ……何故貴方はこの世界をこんな事がまかり通るものにしてしまったのですか……？　何故貴方は、人間をこれほどまでに弱く作られたのですか……)

セレティナの瞳からは、やがて涙が零れはじめた。

——望みなさい。力を。

英雄の魂が宿った少女は、瞼を落として願う。

欲するのは、力。全ての〝悪〟を滅ぼしうる力だ。

◇◇◇

「なんだ……？　あれは……？」

誰かが、そう言った。

ウルブドールに繋がる石橋を彩るのは、魔物が彩る死の宴。

血肉が舞い、阿鼻叫喚が広がる地獄そのものの光景。人々は蹂躙され、屍の山を晒し、ただただ死から逃げ惑う。

その中に於いて、ひとつ、異彩な美を誇る蕾が背を伸ばしている。どこまでも、何よりも黒い花弁はやがてゆっくりと開き、見事に咲き誇った。

それは、薔薇の花だ。戦場に、漆黒の薔薇が咲き誇った。

花弁は揺れて、やがて散る。散花は光の粒子となって空へと溶け、異質な美を演出している。

見るものを釘付けにする様な、異彩な美だ。

「あれは……『天使』様……？　いや……」

ゆっくりと花開いた花弁の中よりいずるのはセレティィナ・ウル・ゴールド・アルデライト。

群青色の瞳は妖しい紅色に侵されて、淡く光を放っている。

首筋の黒蛇は左腕の肌を所狭しと這い回り、彼女に異形の力を齎した。

セレティィナは願った。全てを退ける力を。

ならばそれを叶えるのは神ではない。『魔女』だ。

全身を巡る波動を感じ、セレティィナは首の紋章がなんたるかを理解した。これがどういうもので、ディセントラがセレティィナに何を施したのかを。

これが何を齎す者で、『セレティィナ』を何へと変えてしまうのかを。

……だが、今はそれで良い。今は、これが良い。

セレティナを包んでいた黒薔薇の花弁がやがて溶けると、

「……フッ……！」

息を細く吐き出して、石畳を軽く蹴った。

それだけで、セレティナの体は女蜘蛛の目前へと迫った。

それは、ほんの瞬きの間だ。まるでコマ飛ばしでもしたかの様に、セレティナの体が移動したという結果だけが残る。

セレティナは、面白かった。力が滾々と湧き出してくる己に溺れそうなくらいだ。

目まぐるしい力の奔流と破壊衝動に身がバラバラに砕けそうだった。

女蜘蛛に余裕は無くなった。自分より上位の存在を目の当たりにしたかの様に、恐れさえ抱いている。

本能は警鐘をかき鳴らし、目の前に映るその小さな少女に戦いた。

セレティナは、笑む。凡そ少女と思えないほどの妖艶な笑みを浮かべた。

紅色の瞳はゆっくりと煌めいて、その瞳の輝きを受けた女蜘蛛は僅かに後ずさる。

一歩セレティナが踏み出すと、女蜘蛛は堪らず、といった様子で剣を一振りした。

セレティナはそれを、ついと躱す。微笑みは浮かべたままだ。

まるで子供をあやすような視線は、ねっとりと女蜘蛛の体を舐め回した。

「アアアアアアアアアアアアアアアアアアアアアアア！！！」

女蜘蛛は、堪らず絶叫。八つの黒剣が今度は容赦なくセレティナを襲う。が、セレティナはゆったりと前進。鼻歌でも交えそうな優雅な前進は、何者にも止められはしない。

セレティナはその一切を『エリュティニアス』で弾いてみせた。

神域の更に上を行くセレティナの剣速は、英雄《オルトウス》の横に並び立ったと言って良い。

余りの速度に『エリュティニアス』が空を走る度に、空気が擦れて火花を噴いた。

耳を裂くような甲高い音も、その剣の速さについてこれてはいない。

セレティナは前進する。あくまでも優美に。赤絨毯《あかじゅうたん》の上を歩く女王の様に。

君臨する女王の操る断罪の剣は、軽く、重く、不可侵だ。

女蜘蛛は何事かを捲し立て、セレティナを熾烈に攻めたてるが、見えない障壁に阻まれるように
その攻撃の一切が通らない。

セレティナは前進する。己の剣が、届く距離にまで。

そうしたなら、微笑んで。

――一閃。

容赦の無い一太刀は、閃光だ。

女性の甲高い悲鳴の様な剣鳴は、鋭く空を切り裂いた。

余りにも鮮烈なその一撃は、女蜘蛛にさえ死を悟られない。やがてずるりと二つに分断される己の肉体に気づいて、死を認めるのだ。

最後は、余りにも呆気なく、そして鮮烈だった。

役目を終えた。そう言わんばかりにセレティナの群青を穢した瞳の紅はやがて晴れ、右腕を這い

回る蛇が首の紋章へと還っていく。

セレティナは、そうして空を仰いだ。静かに。アルデライトの屋敷で朝、そうしている様に。

ウルブドール南門の防衛戦。二度目の勝利は、余りにも静かなものだった。

◇◇◇

浅く、胸が上下する。

セレティナは『エリュティニアス』を鞘に収めると、薄く滲んだ額の汗を拭った。

疲労感は、ある。しかし体を焦がす様な熱量も、鉛の様な重さも、今のセレティナには無い。

「……」

彼女は、自分の掌を見やった。白磁器の様に美しい掌は血色が良く、震えは無い。

それだけで、彼女の体が健康である事を示すには十分だ。

セレティナは拳を握りこむと、首筋にそっと指を這わせた。

そこに感触は無い……が、確かに彼女の心は俄かに粟立った。

「ディセントラ……」

思い出されるは『黒白の魔女』のシルエット。

『エリュティニアス』を腰のベルトに差し込み、人々の波をかき分けていく。

石門の前には大きな人だかりができていた。

横たわるウッドバックを魔法士と衛生兵が取り囲み、そしてそれを見守る人間が大勢いるからだ。

ウッドバックが挙げた戦果は、筆舌に尽し難いものだった。

彼が門を閉じなければ、きっとこのウルブドールは堕ちていただろう。

獣人や巨人と言われる亜人種は、一般的には獣や魔と交じり合った穢れた混血種と認識され、純粋な人間からは忌避されるのが常だ。

だが、横たわるウッドバックを見る彼ら人間の目は、温かい。

本物の英雄を見るに値する尊敬の眼差しだ。

見る者の誰もが彼の状態を案じている。

しかし血の池に横たわるウッドバックに呼吸はない。

見るまでもなく彼は傷を背負い過ぎた……致命傷だ。

魔法士が灯す淡い緑色の光はウッドバックの傷に吸い込まれてはいくものの、彼の傷は次々と血を吐き出していく。バケツに並々注がれた止血薬を衛生兵がぶちまけるも、それも意味を為さない。

そう……本当にそれらが意味を為していないのだ。

「……まさか」

その状況を見たセレティナは思わず息を呑んだ。

そして、直感する。

彼女の予感が正確であるなら、ウッドバックの体はもう……。

青ざめるセレティナは人ごみをかき分けて、ウッドバックの前に立った。

『天使』がそこに立つ事で、兵士達の喧騒はやにわに静まりかえる。

きっと、何か奇跡を起こしてくれるに違いないと、そんな浅はかな期待を持っているからだ。

魔法士達の回復魔法は、やはり機能していない。

片膝を突き、その様子を見ていたセレティナの口が真一文字に引き結ばれた。

悪い予感は、的中するものだ。

今、ウッドバックを苛んでいる彼の体の状態を彼女は知っていた。

「ユフォ、ヨウファ」

セレティナが囁くように呼ぶと、影の中から陽炎のように揺らめいて、二人は姿を現した。

「なんとか……できないか？」

祈る様なセレティナの言葉に、二人は無機質な表情を保ったままに首を横に振った。

セレティナは浅く息を吐くと、小さく「そうか」とだけ言葉を零す。

その反応は、やはりどこか諦観めいたものを感じさせる。

群青色の鮮やかな瞳が、僅かに濁り始めた。それから彼女は、ゆっくりとウッドバックの顔の近くへと歩んでいく。

「もう、治療を止めてください。それ以上は貴重な魔力と薬を浪費するだけです」

手を上げ、魔法士と衛生兵に高らかに声を飛ばす。

男ばかりの戦場にソプラノは良く通り、彼らは手を止めて振り返った。

セレティナは続ける。

「彼の体はもう回復魔法を受け付ける事はありません……余り知られておりませんが、これは魔法薬を過剰摂取した弊害です」

そう言って、セレティナはウッドバックの頬に手を添えた。

血色は悪く、震え、冷たい。

魔法薬《ポーション》を一度に大量に服用すると、あらゆる回復作用を拒絶する肉体へと作り変えられてしまう。

これは先程セレティナが述べたように一般に知られている知識ではない。

というのも、そもそも魔法薬《ポーション》自体極一部にしか流通していない為、大量に服用できる程量産されていないからだ。

ウッドバックの頬を伝う流血が、セレティナの手の甲に落ち、緋色が純白を侵していく。

彼女はそれを気に留めず、友の荒くなる息遣いを労った。

「……では、天使様……彼は、もう……」

衛生兵の一人の弱々しい語りかけに、セレティナは瞼を落として顔を横に振った。

「……彼は、よく頑張りました。どれだけの想いが、どれだけの信念が彼を突き動かしたのでしょうか。……彼は、彼の尊い生き様は、正しく本物の英雄です」

セレティナの表情が、哀しみに歪む。

泣きそうにも、苦しそうにも、悔しそうにも……友をまた一人救えなかった哀しみは、彼女の心を蠱毒《こどく》の様に蝕んだ。

もう少し来るのが早かったら……。

彼が魔法薬《ポーション》に頼る状況になる前にセレティナが手を差し伸べられたのなら……。

ウッドバックを救おうとしていた人間は皆、表情に影が差した。周りを囲んでいた兵達も、水を打ったようだった。

ウッドバックは、助からない。

鈍痛の様な沈黙が、辺りを濁していく。

しかし、その静寂を灰色が切り裂いた。

「何をしている！　治療を続けてくれ！」

人の波間を掻き分けて、覚束ない足取りで現れたのはイミティア・ベルベットだった。

「イミティア……」

セレティナの視線は、釘付けになった。

少しは変わったかと思えば、イミティアの容姿はセレティナが最後に見たものと全くと言ってよい程変わらなかった。

少女の様なあどけなさを宿すイミティアの体は、相も変わらずに……セレティナと変わらないくらいには小柄だ。灰色のショートカットは未だ瑞々しく、彼女のトレードマークであったぱっつんと揃えられた前髪も健在だった。

獣人族《ビスティア》の若い時間は、純粋な人間よりも長い。

生命力溢れる獣の血がそうさせているとも言われている。

しかし、十四年だ。十四年経った今でも、セレティナの友は、変わらずに在り続けた。

えも言われぬ懐かしさと、名状し難い感情を持て余したセレティナの目頭はひとりでに熱を帯び始める。

セレティナはそれをなんとか飲みこむと、ひとつ震える息を吐いて表面だけでも平静を取り戻した。

「どけ！　あたしが治す！　あたしが……！　あたしが……！」

イミティアは魔力の欠乏に苛まれながらもふらふらと、頼りない足取りながらウッドバックの巨体に縋った。

魔力が枯渇しているというのは非常に危険な状態だ。

ただ、それでもイミティアは回復魔法を使おうと短杖を取り出している。

振り絞る魔力の儚さを示す様に、短杖の先端は弱弱しい光しか灯らない。

「やめてお……やめておきなさい」

セレティナは僅かに逡巡したその手を、イミティアの肩に置いた。

敬語を使用したのは、オルトゥスとしてまだ接するわけにはいかないと判断したからだ。

イミティアは置かれた手を振りほどくように払いのけ、射殺す視線でセレティナを睨み据えた。

「邪魔をするな……！」

唸り、構える彼女の瞳には涙が浮かんでいた。

その敵意ある視線に、セレティナは僅かに怯む。

その視線は、オルトゥスであった時にはイミティアから受けた事の無い威圧を宿しているからだ。

「……それ以上魔法を使えば貴女が危険です」

イミティアの目の下には濃い隈が刻まれており、息も荒く、汗ばんでいて、見るからに危険な状態だ。

見るからに、魔力が枯渇している。

セレティナは、友の危うい状態を見てはいられなかった。

だから、警告する。

「杖を仕舞いなさい。でなければ、貴女が死んでしまう」

「構うものか……！　こいつは家族だ……！　あたしが助けようとしなくてなんとする……！」

「……いい加減にしなさい、イミティア・ベルベット。貴女には、帰るべき場所があるのでしょう」

図らずも強くなる語気は、しかし諭す様な丸みを帯びていた。

それを受けたイミティアの瞳が、僅かに揺れる。

彼女には、他にも大勢の家族といえる旅商団《キャラバン》の仲間がいるからだ。

帰る場所は……イミティアが守るべき存在は、ウッドバックだけではない。

しかし……イミティアは、短杖を握り直す。

「何を……」

「好きにさせてくれ。……君がウッドバックを……いや、このウルブドールを守ってくれたことは知っているし、感謝している。……だけど、これは譲れない」

「……何をしようとしているのか、分かっているのですか」

「分かっているさ……」

そう言って、イミティアは今一度セレティナへと居直った。

その瞳には、大粒の涙が湛えられていた。

零れる様に、溢れる様に瞳から逃れた涙は、彼女の頬をゆっくりと伝って落ちていく。

「でも、嫌なんだ」

イミティアの言葉は、震えていた。

幼子が零す様な、頼りなく、やせ細った声だった。

「もう、大事な……大切な人が死んでいくのを、何もできないまま見過ごすなんて嫌なんだ……そんなのはもう、十四年前……あれっきりで十分だ……！」

涙は、止めどなく溢れ出した。

イミティアは首から下げたロケットを力強く握っている。

十四年前。

イミティアにもセレティナにも思い起こされるのは、かの大戦『エリュゴールの災禍』。

イミティアの悲痛な叫びに、セレティナの胸に炙られる様な痛みが訪れる。

何も言わず、何も言えず、友を残してこの世を去ったのは彼女《オルトゥス》だ。

戦は、何度だってあった。人の死は、何度も見てきたはずだ。

それでもイミティアの心に根差した悲しみの深さは、セレティナには推し量れない。

セレティナは知らないからだ。

あの災禍がイミティアにとって何を意味したのか。彼女が握るロケットの中には、誰が描かれているのかを。

何も言わずこの世を去ろうとした者として、果たしてセレティナは今のイミティアを止める権利などあるのだろうか。

友として、仲間として……。

決して少なくない無力感に囚われながらも、セレティナは桜色の唇から言葉を紡ぎ出した。

「それでも、私は貴女を止めなければなりません」

「何を……」

「……失礼します」

そう言って、セレティナは『エリュティニアス』を一気に引き抜いた。

それは常人からすれば瞬きの間の刹那だ。

セレティナの恐ろしく繊細な手加減は宝剣の隅々までに行き渡り、その威力はイミティアの意識を刈り取るまでに押し止まる。

「カッ……！」

峰打ちを受けたイミティアは呆気なく意識を手放すと、ふらりとそのままセレティナの胸元にしなだれかかった。

「……」

宝剣を手放したセレティナは、彼女の体を抱きとめる。

きつく、きつく……親が子に、そうするように。

すまない、と零したセレティナの表情には、いくつもの感情の色がせめぎ合っているようだった。

悲しみ。

憤り。

罪悪感……。

「そんな手荒な止め方して良かったのか？　イミティアに会いに来たんだろう」

耳に届いた場に似つかわしくない少し陽気な声は、すぐにリキテルのものだと理解できた。

セレティナは、振り返る事なく返す。

「今は、こうするしかなかった。今は、良いんだ、これで……」

「そうかい」

胸元で浅く寝息を立てるイミティアは、変わらずに涙を流し続けていた。

セレティナは、空を仰ぐ。

雲ひとつない気持ちの良い晴天が、今の彼女には少し眩しかった。

◇◇◇

「頭領をお守りくださり有難うございます」

低く、落ち着いた女性の声。

イミティアを抱いたままのセレティナは、その声に緩慢とした動きで振り返った。

「貴女は……」

「私はベルベット大旅商団で会計総取締役を務めさせて頂いておりますレミリアと申します。……

以後よしなに」

薄い緑フレームの眼鏡を掛けた、見るからに才女然としたレミリアはそう言って粛々と腰を折った。

紺色の美しい長髪は後ろで結われ、彼女の頭が振れる度に妖艶に空を揺蕩っている。

レミリアはセレティナが見た事のない旅商団の団員だった。

恐らく、オルトゥスが没した後に雇われたのだろう。

レミリアは切れ長の眼を横たわるウッドバックに向けると、僅かにその顔が悲しみの色に濁った。

「……彼と、うちの頭領の処理はうちらでさせて頂きます。頭領の無茶を止めて下さり有難うございました」

「……それは助かります、ありがとう。でもここも門が閉じられたとはいえまだまだ危険です。貴女のような方が長く居て良い場所じゃありません」

「お気遣いありがとうございます。勿論事が済みましたらすぐに街まで引っ込みますよ」

「そうですか……では、彼女の事よろしくおねがいします」

セレティナの手から、レミリアへとイミティアが手渡される。

童子の様なイミティアの体は細く、軽く、長身のレミリアは彼女を軽々と持ち上げた。

心配していたのだろう……眼鏡の奥の藍色の瞳は、安堵の色を浮かべたようだった。

「本当に、本当にありがとうございました……小さき戦士様」

「いえ、私は何も……」

「失礼で無ければ、お名前をお聞きしても？」

「……あっ……名前……」

名前。

セレティナは、ハッとした。

(名前……まだ考えていなかった)

オルトゥスを名乗るのは不味い。

そうかと言って帝国領内でセレティナを名乗るのも憚られる。

どこにゼーネイ卿の手先がいるかも分からないし、もしも帝国から援軍が来たセレティナの立場であるのは良くないだろう。

「……?」

言い淀むセレティナに、レミリアは少し怪訝な色を浮かべた。

しかし、言葉に詰まるセレティナに助け船を出したのは意外にもリキテルだった。

「こいつの名前はティーク。俺の弟分だ」

浅黒い手がセレティナの頭をわしわしと撫で付ける。

弟分というのは些か不満だが、この際リキテルが機転を利かせてくれたのはやはり有り難い。

セレティナはこれから暫くは『ティーク』と名乗る事を固く決め、リキテルの手を邪険に振り払った。

「ティーク様と仰るのですね。そういう貴方は……」

「リキテルだ。覚えてくれても忘れてくれてもどちらでも結構」

「……リキテル様ですね。勿論覚えておきます。……お二人は冒険者なのですか？」

「……ん。まぁ、そんなところかな」

リキテルの視線とセレティナの視線が噛みあった。

そういう事で良いな？　という彼の独断に、セレティナは首肯する。

冒険者であれば身分や出生を無理に明かすこともない。

傭兵の性質も兼ねている為、戦があればそちらにも参加しやすい。

冒険者のティークとリキテル。

彼らを見るレミリアは僅かに含んだ懐疑的な雰囲気を霧散させて、今一度頭を深々と下げた。

「〝冒険者〟のティーク様とリキテル様ですね。しかと覚えました。このご恩はいずれベルベット大旅商団の名にかけてお返しいたします。ウルブドールで団員をお見かけしたら気兼ねなくお声かけくださいね」

それでは。

そう言って眼鏡の位置を直すと、レミリアは早々にその場を去った。

◇◇◇

「ウルブドール南門を突破された件について、報告があります」

押し破る様に扉から雪崩れこんだ衛兵は、息も絶え絶えにそう叫んだ。

豪奢な内装に彩られた即席の議場に、緊迫の糸がピンと張る。

ウルブドール都市長エルバロ・ケルクリウス。

帝都よりはるばる遠征に来たオーバンス将軍。

ウルブドールの冒険者組合の長を務めるエティック・チャニック。

錚々たる面子が首を揃えるこの議場は、やはり物々しい雰囲気で充満していた。

オーバンス将軍は白髪が混じり始めた髪を掻き上げると、やや呆れた様にその衛兵を諭した。

「全く、ノックくらいできんのかね。非常時こそスマートさが肝要だ」

「オーバンス将軍、小言は良い。き、君、早く報告を始めたまえ」

オーバンス将軍を上擦った声で宥めたのは都市長のエルバロだ。

若くして都市長を任される事となった彼は、今まさに自分の都市が落とされる危機に瀕しており気が気でない。

右の親指の爪は、齧り過ぎた為に歪な形状になっている。

衛兵はようやく落ち着きを取り戻すと、手元のメモ用紙を見ながらハキハキと言葉を紡ぎ始めた。

「ウルブドール南門を魔物に突破されて一刻。大量の蜘蛛型を相手に防衛戦を強いられておりましたが、て、『天使』の降臨によりこれを鎮圧。ベルベット大旅商団の巨人族《ギガンティア》の手によって再び門が閉じられました」

「『天使』だと？」

議場が、分かりやすく揺れた。

ウルブドール陥落は、時間の問題だった。

必要な物を持ち運び、必要な人材を連れて行き、善良な市民の命をデコイにどう脱出するか……話はもうその段階まできていたのだ。

まさか、持ち直すとは。

誰もがそう思って、誰もが安堵を覚えた。

「み、見たかオーバンス将軍！　ぼ、僕の兵達は優秀なんだ！　だから言っただろう必ず持ち直すと！　そうさ、ウルブドールは落ちない！　落ちないんだよ！」

目を充血させ、唾を飛ばしながら都市長エルバロは叫んだ。

現実を見ず、この都市は落ちないと何度も駄々を捏ねていた彼は少し気の毒であったが、まさか彼の言うとおりになるとは誰も思ってはいなかった。

オーバンス将軍は肩をすくめて返す。

「ああ、その通りだな。おめでとうエルバロ。だが悲しいかな、また突破されるのは時間の問題だ。稼いだ時間を有効に活用してここを早々に切り離すのが賢明だと思うがね」

「っく！　まだ言うか！　どれだけ……どれだけ僕がここで財と力を築いたと思っている！　諦められるか……！」

「なら、死ぬか？　この都市と共に」

歴戦の戦士たるオーバンス将軍の視線が、若きエルバロに突き刺さる。

蛇に睨まれた蛙、とはよく言ったものだ。

将軍のプレッシャーの片鱗を受けた彼は、次に出てくる筈だった気焔を飲みこむほかない。

「……多少は喋りやすくなったな」

にやり、とオーバンス将軍は皺を刻みながら笑んだ。

「さて、俺の興味はたった今その『天使』のみとなった。衛兵君、詳しく話を聞かせてはくれまいか」

◇◇◇

リキテル・ウィルゲイムは、どうしようもなく醜い感情を抱えていた。

ヘドロの様な感情だ。どろりと胃の腑に滾るそれは、彼でさえ持て余す。

（あれは……）

遠く離れて、ボロボロのセレティナは兵士達に囲まれていた。健闘を称えられ、または本物の天使に祈る様に彼女に取り縋っている者さえ居た。

（あの力は……）

リキテルはゆらりと身を起こすと、ククリナイフを腿のホルダーに差し込んだ。瞳は幽鬼の様に、セレティナを捉えたまま。

あの瞬間、セレティナは確かにリキテルの力を大きく超えていた。強く、激しく、美しく……何か、人外めいたものをその瞳に感じたのだ。

『セレティナ嬢に何か怪しい動きがあれば拘束せよ』

王国を出る際、騎士団長ロギンス・ベル・アクトリアに命じられた言葉を俄かに思い出し、リキテルは納得と焦燥……それから、興奮を得た。

あのセレティナという少女は、何かを隠している。

それはきっと、あのロギンスでさえ持て余す程のものを、だ。

あの紅色に灯った瞳を見れば分かる。あの黒い薔薇を見ても分かる。

あの力は、異常だ。……そして、リキテルはあの力を知っている。

（……セレティナ・ウル・ゴールド・アルデライト、か）

リキテルは口端の血をべろりと舐めた。鉄臭い味が口内に広がるが、それは決して彼にとって嫌な味じゃない。

近い未来に訪れるだろうセレティナとの殺し合いを妄想し、彼の心臓は高鳴った。

強者との殺し合いは勿論、彼が磨き続けた矛を漸く怨敵に向けられるかもしれないのだから。

「……ティーク」

リキテルはそうして呟いた。たった一人の肉親。最愛の弟だった者の名を。

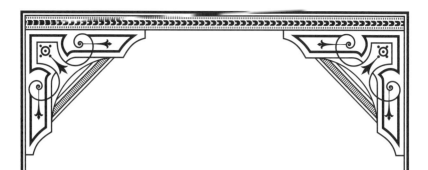

書き下ろし番外編

修羅と小竜

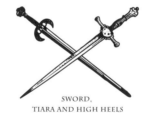

SWORD,
TIARA AND HIGH HEELS

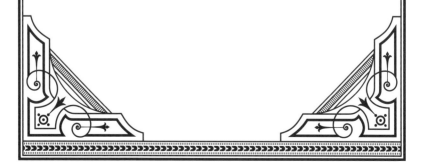

「リキテル・ウィルゲイム。入室を許可する」

王国騎士団団長ロギンス・ベル・アクトリアは厳かにそう告げた。

それは彼の特別に厳しい口調なわけではない。気難しい気質の所為か、人から聞くと普段の口調でさえ厳かに聞こえてしまうだけだ。

執務室への入室の許可を得た新人騎士のリキテル・ウィルゲイムは、欠伸を噛み殺しながら緩慢とした態度でロギンスの前に現れる。上司と部下という上下関係を感じさせない砕けた態度に、しかしロギンスは苦言を呈さない。リキテルという男の性質を、彼は十分に理解しているからだ。

「なんか用すか？　俺今日非番なんすけど……」

起き抜けなのだろうか。リキテルの赤色の猫っ毛はいつにも増してくるくると跳ねているし、どことなく瞼が重そうだ。

「昨夜の件だ」

「昨夜の……？　あぁ」

リキテルは思い出した様に相槌を打った。

「件の盗賊の一団の殲滅はお手柄だった。まさかたった一人でやってのけるとはな」

「退屈な相手でしたよ。正直数だけというか……」

「だが、やりすぎだ」

諫めるようなロギンスの瞳は、凍結した鉛の様な鋭さを帯びている。

「……なんすか」

リキテルはその圧に少しも怯むことなく、口を尖らせた。

「一人残らず殺すとはどういう事だ。それも、全員首を斬り飛ばすという残忍な方法で」

「……駄目なんすか？」

そんな事かと、リキテルは至極退屈そうに肩をすくめる。リキテルにとっては〝そんな事〟なのだから。

ロギンスは眉間に皺を寄せた。いつもの仏頂面が、更に険しいものとなる。

「我々は騎士だ。我々の振るう剣《つるぎ》は陛下の剣であると知れ」

その言葉の重みたるや、彼を知る者であるならば唾を飲み下さずにはいられない事だろう。

「陛下の、ねぇ……」

しかしリキテルには響かない。彼が薄い人間という事ではないのだ。そもそもリキテル・ウィルゲイムという男の生きてきた道に、ロギンスの指し示す騎士道というものが適合しないだけなのだから。

「お前は強い。もっとやりようがあった筈だ。一人も殺す事なく、無力化することだってな」

「……随分買い被るんすね」

「それだけお前には期待している、という事だ」

「そりゃ大層なことで」

リキテルはやはり肩をすくめた。それより何よりも、気になる事があるからだ。

「……で、さっきから気になってたんすけど。なんすかこのトカゲは」

そう言って、彼は自身の腿に抱きついて離れない幼竜を小突いた。

リキテルが執務室に入った時から、ずっと抱きついているのだ。

ロギンスは困惑するリキテルを見るやニヤリと笑みを浮かべた。

「今日、非番のお前を呼んだのは外でもない」

「な、なんすか……」

リキテルにこの上ない不安が過ぎった。

「――この子を、お前が引き取ってやって欲しい」

◇◇◇

それはエリュゴール王国……果てはこの近隣の国では全く見る事の無い竜の幼体だった。全身を覆う鱗は雪の様に白く、まだ柔らかい。恐らく遠い北方の国で産まれたのだろうその幼竜はまだ腕の中に収まる程度の大きさだが、何十年と歳を重ねていけば途方も無い大きさに成長するだろう。

名前はまだ無いから付けてやってくれ。そうロギンスに頼まれたリキテルはこの竜を取り敢えずはキィと呼ぶことにした。理由はキィと鳴くから、という至って単純なものだ。

キィは色素の無い艶やかな翼を広げながら、ご機嫌にリキテルの周りを飛び交っている。

愛玩動物などに対して余り愛着などを持たないリキテルはただただそれが鬱陶しく、先行きの不安を呪いながら小さく溜息を零した。

――この竜は、例の盗賊共に攫われた子なんだ。

ロギンスの言葉を思い出しながら、リキテルは露店で買った肉の串を頬張った。

どうやらキィは自身を攫った盗賊を退治してくれたリキテルに酷く懐いてしまったらしく、言語が通じないなりにリキテルに会いたいと主張していたらしい。本来であれば然るべき機関などにキィを預けるか、殺処分する予定ではあったが、ロギンスは敢えてリキテルに任せることにした。心優しい竜に触れ、少しでもリキテルの気性の荒さが丸くなれば……という算段と、キィが望むのであればとそうしてあげたいと思ったからだ。

まあ、そうは言ってもとりあえずの一ヶ月間という期限付きではあるのだが……。

(竜の子守なんて聞いてねぇ……。騎士ってのはなんでも屋か?)

思わず頭を抱えそうになるが、王国騎士団団長直々の任務となれば断れるものも断れない。騎士に成り上がったばかりの人間に拒否権などほぼほぼないのだから。

「……ん?」

ふと視線に気づいたリキテルが顔を上げると、すぐそこにキィの顔が迫っていた。

きらきらと輝いているその瞳には、何か訴えかけてくる様なものがあり……。

「やらねぇぞ」

……リキテルは肉の串を引っ込める。

キィはキィキィと鳴きながらリキテルへと訴えかける。が、キィ用の食料は既にリキテルの家へと手配済みだとロギンスは言っていたのだ。自分の飯を畜生に分ける優しさなどリキテルは持ち合わせていなかった。

「お前の飯は家に帰ったらあるからよ。我慢しろい」

言葉が通じていないのか、キィは目を輝かせて鳴き続けた。

「おいおい、お前居候になる分際で随分厚かまし――っておい！」

次の肉を口に運ぼうとした瞬間、そこにもう串はない。見れば、少し上の空《くう》でキィが誇らしげに肉を頬張っているところだった。

「キィ！　おいこらてめぇ！　人様の肉を勝手に食ってるんじゃねぇ！」

キィはキシキシと喉を鳴らして笑っている。……悪戯好きの幼竜と、獣じみた人間の奇妙な一ヶ月が始まった。

◇◇◇

「全滅だと？」

酒灼けし、しゃがれた男の声がその一室に静かに溶けていく。

ゴブレットになみなみと注がれた葡萄酒を呷るその男の声音は、些か不機嫌だった。

「はい。どうも全員首をすっぱりと落とされちまったみたいで……アジトを見て来やしたがそりゃあもう酷い有様でした」

外界の光を一切通さぬじめじめとした部屋にその陰湿そうな声が通る事で、部屋の空気は更に穢れを溜めたようだった。下郎の報告を聞いた男のゴブレットを握る手に、思いがけず力が入る。

「首を、か……どこの人間だ」

「噂によると、騎士だそうで」

「なんだと？」

男は目を剥いた。

騎士……といえば、表舞台の人間だ。賊だからとて一人も逃さず首を落として惨殺するなど、聞いた事もない。いや、これに限っては裏に生きる人間とて難しく、酷い。

男は少量の葡萄酒を口の中で転がすと、次の質問を投げかけた。

「その騎士の情報は？」

「リキテル・ウィルゲイムという……最近騎士に叙任されたばかりの新米な様で。元々は傭兵として方々を回っていたんだとか」

「傭兵……ゴロツキあがりか。それなら納得もいくもんだ」

のうのうと茶会の中に生きた上っ面だけの騎士とは毛色が違う。

男はリキテルに対して自分と似たような匂いを感じ取り、納得のいった表情で頷いた。

「それで、どうしますか親分」

親分、と呼ばれた男は暫し思案に暮れると一気に葡萄酒を飲み干した。

「落とし前は付けさせてもらう。それからあの白竜は絶対に取り返せ。あれは貴重なもんだ。生け捕りにしろ」

「へい」

下郎は頭を下げると、すごすごとその部屋を離れていく。

葡萄酒を呷る男の瞳には、粘質な苛立ちが沈殿していた。

◇◇◇

「邪魔だってんだろ」

リキテルは肩に乗りたがるキィを邪険に払ったが、そうはいかない。リキテルの手をするりと擦り抜けて逆の肩に乗るのだ。

「あらあら、懐かれちゃってるわねぇ」

くすくすと露店の女にまで笑われる始末に、リキテルは肩をすくめた。

「おばちゃんこいついる?」

「駄目よリキちゃん。その子団長さんから任された子なんでしょう？　しっかり面倒見てなきゃ」

「……バレてたか」

あの執務室を出て以降、何をするにしてもキィはリキテルの側を離れない。

食事は勿論、トイレに行くときも甘えた声で鳴いて後を付いてくるのだ。可愛いものを可愛いと思える性分の人間ならば堪らないシチュエーションだろうが、リキテルは何分一人の時間を好む為、この状況は別の意味で堪らない。

この様子ならばきっと寝る時も彼のベッドに入りたがるだろう。

(しばらく女はお預けか)

暗鬱とした気持ちを抱えながら、リキテルは露店の女からひと山の果実を買い付けた。口にするもの全てをキィが欲しがる為、余り刺激の少ない食べ物である果実で腹を膨らませてやろうという思惑からだ。香辛料たっぷりのソースがかかった食べ物など、刺激の強いものは食べさせるなとロギンスから釘を刺されている。

小脇に抱えられるほどの果実が入った紙袋を抱えると、リキテルは再び帰路に就いた。どうせ非番なのだ。キィには適当にしてもらって、寝るのが一番楽だろう――と、思った時だった。

城下町の目抜き通りを裂くように、女の悲鳴が轟いた。

「……」

事件の匂い。それ即ち自分の剣を思う存分に振るえる機会という事だ。

それがたとえ人間であったとしても、誰に咎められる事なく剣で肉を裂く事ができる。

リキテルは己の内に昂ぶる気持ちを抑え、露店の女に果実が入った紙袋を押し付けた。

「おばちゃんこれちょっと持ってて」

言うや否やリキテルの目の色が変わる。

日常を生きる善人の瞳は、捕食者のそれへと変貌した。それを見る者がいたならば、その変わりように酷く驚いた事だろう。

息を細く吐いて、腿に力を溜める。目抜き通りには息が詰まるほどに人の往来があるが、矢のように飛び出したリキテルの妨げには決してならない。まるで水がそこを流れる様に、最大速度を保ったまま駆けていく。そうしたなら、目的の場所に着くのは直ぐだ。

「どうした姉さん！」

先の悲鳴を上げた女はすぐに見つかった。足を挫いて顔を蒼白にしているから直ぐに分かった。

「わ、私の娘が……！」

「ここで待ってな！」

人攫いだと脳内で答えが導き出されるのは直ぐだった。

リキテルは速度を保ったままそこを擦り抜けて、人攫いの行方を追う。

「キィ！　仕事だ！　お前もちょっと待ってろ！」

そう言って、リキテルが肩に乗ったままのキィを空へと放った。キィはくるりと翻り、ふわふわと空を漂ったままキィ！　とひと鳴きする。

リキテルは身軽になった肩をぐるりと回し、更に走行速度に磨きをかける。やがて一陣の風と化したリキテルは、人の波間を縫う度に突風を齎した。それほどの速度だ。人攫いに追いつくのだって造作ない。

「き、騎士だ！」

「お前！　相手しとけ！」

「ひっ！」

人攫いは、二人組。

人混みの中に紛れ、裏路地へと逃れてきたが、もはやリキテル相手には意味を成さない。

攫われた少女を担いだ大柄な男が細身の男の背を蹴落とす様にして突き飛ばすと、そのまま細身の男がリキテルの目前へと躍り出た。

「くそぉ！　破れかぶれだ！」

細身の男は意を決した様に腰に差した剣を鞘から引き抜いた。

それを見たリキテルの反応は——笑顔。

「今、抜いたな？」

凡そ刃物を、又は殺意を向けられた人間の反応ではない。

リキテルは細身の男が剣を引き抜いた事に酷く感動し、快感を覚えてしまう。剣士と剣士が互いに向き合って剣を構えたのなら、その命がどうなろうが勝者の勝手だ。

リキテルは喉の奥でくるくると笑った。笑ってしまう。

人を斬る……それは魔物を斬るのとはまた違った快感をリキテルに齎してくれる。殺した相手の人生、積み上げてきたものを蹴飛ばし、そしてその心臓の拍動を止めることで、彼は彼が強者たることを明確に自覚できるからだ。

——だから、嬉しい。

リキテルはべろりと長い舌で唇を舐めると、腿のホルスターに差した二振りのククリナイフを手早く引き抜いた。

「やったらあああああ！！！」

目前には、破れかぶれの細身の男の必死の形相。

（……何がそこまでお前を必死にさせる？　何がお前を人攫いなんかに仕立て上げた？　今、お前はなんでその剣で俺を殺さなければならない？）

リキテルの脳裏に様々な考えが過る。……そして、笑う。

「よっと」

細身の男の決死の一撃は、リキテルがたった半歩下がるだけで空振りに終わった。

空を斬る音は、悍ましく甲高い。しかし届きはしない。

リキテルはねっとりとした笑みを浮かべると、ククリナイフを振り上げた。彼の操る断罪の剣は、何よりも軽い。

一瞬、鋭い風が吹く。そして次には細身の男の頭がころりと首の上を滑り落ちた。

「んなっ……！」

余りに呆気ない結果に、大柄の男は目を剥いた。その反応を見るに、恐らく相棒の力量を知っていたのだろう。しかし『騎士』に多少慣らしたゴロツキの腕前程度では相手になるはずもなく。

「次はお前だ」

ククリナイフの銀色の腹を滑る鮮血を舐めずりながら、リキテルは小さく宣言する。

「ぐっ……！」

大柄の男の判断は早かった。それだけリキテルの醸す雰囲気の危険さを鋭敏に感じ取ったという事だ。形振り構わず、といった風に何かしらを石畳に叩きつけると、中から飴色の粉末が飛び上がった。

「目眩しか……！」

リキテルは思わず舌打ちをする。

ぴりぴりと肌を刺す感覚から、この煙はただの目眩しではない。恐らく催涙効果のある成分が含まれている事が読み取れた。

飴色の煙が吹く向こう側からは「あばよ！」といった三流の悪役が吐きそうな台詞が飛んだ。

「くそ……！」

無敵を誇る騎士だろうが、彼もまた人間だ。

催涙効果のある煙の前には立ち往生するしかない。まあやってやれないということはないが、攫われた少女がいる手前、無闇な剣は振るうことはできない。

やがて煙が晴れる頃、そこに男の姿はもういなかった。

「どこ行きやがった……！」

裏路地を抜け、大通りに出て右左を見るが男はどこにもいない。存外すばしこい奴だ。

（まずった。見失ったか）

思いがけず舌打ちする。

怪しい大男がここを通らなかったか、と街行く市民に声を掛けようとした時だった。

キィ！　キィ！　と、上空で聞き覚えのある鳴き声がリキテルの鼓膜を揺さぶった。

「キィ！」

リキテルは思わず叫んだ。

お前は家に先に帰ってろと言おうとしたところで――気づく。

「あいつ……」

キィは一点の方向を向いて鳴き続けている。

まさか、リキテルを案内しようというのか。

「……面白い。おいキィ！　案内しろ！」

リキテルはニヤリと笑うと、空を飛ぶキィに従って駆け出した。

キィは迷うことなく、まさにリキテルを導いていく。

「やるじゃねぇかトカゲモドキ……！」

大男の背は直ぐに見えた。リキテルは手早くククリナイフを構えると、一切の躊躇なくそれを放り投げた。ナイフは人の往来の隙間を縫うように駆けていき、男の背に吸い込まれる様に突き立った。

寸分違えば市民か少女に刺さる神業だ。

「大当たり」

リキテルはぴゅうと口笛をご機嫌に吹いた。

◇◇◇

「リキテル・ウィルゲイム。入室を許可する」

王国騎士団団長のロギンスがそう告げると、リキテルが扉を開くのは直ぐだった。

「お手柄だな」

堅物のロギンスにしては珍しい笑みだった。

リキテルは何でもない、という風に肩をすくめてみせる。

「取るに足らない雑魚二匹をぶち転がしただけっすよ」

「お前はそういうだろうがな。そういった成果を市民達に見せるのは非常に良いことだ」

「はぁ……」

「しかし路地裏の人目に付かないところとはいえ、首を刎ねたのは褒められた事ではないがな。始末書と減俸だ」

「俺ここに褒められにきたんと叱られにきたんとどっちすか」

「両方だ。……個人的には褒めてやりたいところだがな」

「さいですか」

やり切れない様子のリキテルに、ロギンスは笑ってみせる。

「攫われた娘の母親はお前に感謝していた。これには特別褒賞が与えられる。受け取れ」

そう言って、机には握り拳程度に膨らんだ皮袋がでんと置かれた。

中身は銀貨か、若しくは金貨か……どちらにせよ、中々羽振りのよい褒賞には違いない。

リキテルはそれを受け取ろうとして、

「……」

首を横に振った。

「……どうした？　いらないのか？」

「欲しいす。喉から手が出るくらいには」

「なら遠慮はいらん。受け取れ」

しかしリキテルは首を横へと振る。

「……？」

どういうことだ、とロギンスが口を開くよりも早くリキテルがそれに答えた。

「今回の手柄は実質俺じゃなくてこいつすから」

リキテルはそう言って、肩に乗ったキィの顎を撫ぜた。キィはくるくると喉を鳴らして気持ちよさそうに鳴いている。

「ほぉ」

ロギンスは意外そうに感嘆した。

それは、とても彼にとって喜ばしいリキテルの変化と言葉だった。

「今回の手柄はその幼竜にある為、自分は褒賞を受け取らないと？」

リキテルはうんと頷いた。

「手柄を横取りするのは男として有り得ない事すから」

そう発言するリキテルの瞳は、真っ直ぐにロギンスを射貫いていた。

「……なるほどな」

ロギンスは食い下がらない。金貨袋を取り下げると、少し満足そうに頷くのだった。

「分かった。ならば褒賞の話は無しとする。……話は以上だ。帰って良い」

「そうさせてもらいますよ。行くぞキィ」

甲高く、答えるようにキィも鳴いた。

リキテルとキィは、じゃれ合いながら退室していく。

「……」

そんな姿を見送ったロギンスは、僅かに高揚していた。

あの虎狼とも言えるリキテルが、竜相手にとは言え仲間意識を持っている……いや、芽生えたという発見は大きい。ロギンスはリキテルの過去や素性は知らない。しかし、どこか捻じ曲がった感性や価値観を持っているのは感じている。

他者に興味が無く、己に対しても殺し合いの時以外は無頓着なあのリキテルが、キィに対して明るい感情を持てている。

「……更生の余地は、まだある……か」

リキテルが血に飢えた化け物として名を残すか、この国の未来を担う英雄として名を残すかは己の手にかかっている。そう信じて止まないロギンスは、リキテルの可能性に思いを馳せるのみだった。

◇◇◇

あの事件から一週間。

リキテルとキィの間には不思議な絆が生まれつつあった。

どこへ行くにも連れ立って、市中見回りの時にはまるでバディの様だった。キィが目的地を案内し、リキテルがそれを制圧する。このバディは王都でも有名になりつつあった。

しかし彼らの絆は友として、相棒として、家族として……という綺麗にラッピングされた絆などでは決してない。

リキテルという男は誰にも頼らない。任せない。興味を持たない。興味を持つのだとしたら、それはリキテルが殺したいと願う強者達に対してだけだ。

しかしそんな男が意外にも不満を垂れずにキィの世話を焼き続けた。愛情を持って接しているわけでは決してない。彼らの間のやり取りは非常にドライなものだった。

キィはリキテルの事を好いているが、リキテルはどうもそういう感じはしない。ドライで、踏み込まず、まるで愛情を注がない様に気をつけているかのようだった。

だが、彼は必要最低限にはキィの世話を焼いている。不思議な事だ。

もしかしたらそれは、まだ彼が〝人〟だった頃の残滓がそうさせているのかもしれない。

ロギンスに再び執務室へ呼ばれたのはそんな日々の最中だった。

「お前が壊滅させた……と思っていた盗賊団は尾だった」

そう固く告げられ、リキテルは表情を変える。

「頭はまだ潰せてなかったって事すか」

ロギンスは頷いた。

「現在調査中だが、気をつけておけよリキテル」

「何がすか？」

「お前は例の賊共に大打撃を与えた張本人だ。首を切り落とすという禍根の残る殺し方もしている。つまり……」

「逆恨み、すか」

「そうだ」

リキテルは、鼻で笑った。

「闇討ちだろうがなんだろうが受けて立ちますよ。却って好都合す」

「……そうか」

ロギンスは目を細めた。

「……十分に注意しておけよ」

◇◇◇

その日は書類整理が遅くまであった事から、キィには先に家に帰るように言っておいた。

リキテルは先日の盗賊団を蹂躙してしまった事で始末書やら何やらの事務仕事が多く舞い込んでしまったのだ。この辺りに関しては責任の少ない自由な傭兵時代の方が気楽だったと思ってしまう。

その日リキテルが帰路につけたのはすっかり夜の帳が下りた頃だった。

ぽっかりと浮かぶ満月の下、王都は月光に負けじと煌びやかさを増していく。通りに点々と突き立ったオイルランプはひとりでに灯り、夜店に呼び込む客寄せや酔っ払い達の喧騒が辺りに満ちている。

リキテルはいつもの露店で一通りの食料を買い込むと、真っ直ぐに家を目指して歩いた。

「……」

しかしいつもの帰路だが、いつもとは違う。

リキテルは背中にぴりぴりと突き立つ殺気に微笑みを浮かべた。

(例の盗賊の残党か？　闇討ちするつもりならもっと上手くやれっての)

いつでもナイフを抜けるように、腿の辺りに手を添えておく。

リキテルは御誂え向きといった雰囲気の暗く細い路地裏にあえて進路を変えると、鷹揚に振り返った。

「お前ら、例の盗賊か？」

刺すようなリキテルの言葉が路地裏を抜けて。闇に紛れていくつもの気配が現れた。

(何……？)

数は、前方のものと背後に現れたものを合わせて六つ。

それはリキテルが感じていた気配より三つも多いものだった。

(……こいつら)

ククリナイフを抜き、自身を中心に円を描くように警戒を張り巡らせる。

隠密されていたとは言え、三つも気配を見落とすなど想定外の出来事だった。それは即ち、全力で当たらねばリキテルとて首を飛ばされるやもしれぬ相手だという事。

「……」

全身を漆黒のローブに固めた男達は、何も語らずにじりじりとリキテルに忍び寄ってきている。

手にはこの狭い路地裏……または人混みの中での暗殺も狙っていたのか、リキテルのナイフより比較的小さい得物が握られている。

お互いの間合いの外。しかし一歩どちらかが踏み出せばあわや首が飛ぶという距離の中、リキテルは好戦的に笑みを浮かべた。

「……こいよ」

その一言が皮切りとなった。

前方二つ、後方一つ。男達は奇声を上げながらリキテルへと突撃する。

リキテルは肺に空気を溜め込むと、呼吸をピタリと止めて前後三つの気配に意識を集中した。

(この三匹は……弱い)

リキテルから言わせれば手緩い殺気だ。

銀色に煌めいたククリナイフが鋭い半円を描くと、三つの腕が宙に飛んだ。恐ろしい切れ味だ。

ぎゃあ！　と男達の高い悲鳴が飛んで、そして次の瞬間には彼らの首が飛ぶ事となる。

くるくると三つの男達の頭が飛んでいる光景は余りにも現実離れしていて、しかしぐちゃりと頭が石畳に激突する鈍い音で現実に引き戻される。

電光石火の絶技を披露したリキテルは不敵に笑うと、ゆらりと立ち上がった。

「前菜は終わりだ。次はお前らがこい」

返り血に塗れたリキテルは、仄立つ様な闘志を漲らせている。

◇◇◇

「……ハァ……ハァ……ッ！」

ぼたぼたと、腹から血が滴り落ちている。

額には大量の脂汗。それから崩れ落ちそうな消耗感を抱えたままリキテルは帰路を行く。

あの三人は、はっきり言ってしまえば強敵だった。あのリキテルをして深手を負わせられる程に。

「クソッ……」

無論あの三人は今、路地裏で物言わぬ骸と化しているが、リキテルとてただでは済まなかった。

腹に突き立った刺突武器は内臓まで抉り、致命傷を齎している。

風穴を押さえつけ、鉛の様な体を引きずる様にして家へと急いだ。家には魔法薬《ポーション》が一つあった筈だ。

「……俺とした事が、油断したか……」

血の塊が胸の奥からせりあがる。そのままに吐き出すと、彼の思っていた以上の吐血が石畳を紅色に変えた。

血以外のものも吐きこぼしそうになるが、なんとか押し止めて漸く家の扉を開いた。

「キィ……帰ったぞ……」

部屋の中は真っ暗だった。しん、と静まり返って、痛い程の静寂と闇が充満している。

（……おかしいな）

リキテルは明滅し始めた頭ながらも、違和感を感じ取った。

いつもであればキィは喜び勇んでリキテルの周りを飛び回り始めるはずだ。それも、キィキィと鳴いて煩いくらいに喜んで。

「……キィ？」

闇の中に呼びかけても、返事は返ってこない。

リキテルは立て掛けてあったオイルランプに明かりを灯すと――。

「……キィ」

――盗賊共に荒らされたのであろう部屋の惨状と、それから見せしめのつもりなのだろうキィの死体が冷たく転がっていた。

「キィ……お前……」

部屋にはいくつもの焦げ跡があった。

それは、恐らくキィの吐炎《ブレス》が齎した結果だろう。部屋には荒らしたものと、それから抵抗の痕跡がいくつもある。

キィは、きっと戦っていたのだ。キィが愛していた主人が、相棒が、恩人が、帰ってくるのをずっと待っていて、彼らの巣を荒らされるのがどうしても耐えられなかった。

だから、必要以上に抵抗した。結果、殺されてしまう事になったのだとしても。

それは、盗賊団側にとっても誤算だったのだろう。羽が捥《も》げようと、牙が折れようとも立ち向かう幼竜の勇気に、殺すしかなかったのだ。

リキテルは、跪いた。

キィの体を掬うように、くったりとしたその体を両手で抱え込んだ。

「キィ……」

しかし、リキテルの心には揺らぐものが無い。涙も、悲しみもとうに枯れ果てている。ただ、純粋で、冷たく、氷の様な殺気が心の奥底から染み出すのみだ。

「……ティーク」

リキテルという男は、その手から大切なものが零れていく悲しみを、誰よりも知っている。だからこそ、彼は怪物として生きる事を望み、選んだのだ。

リキテルはその目を見開いた。

そこには殺すと言う意志しかなく、その背中、その出で立ちは修羅そのものであった。

◇◇◇

その鼻歌は、まるで日常のワンシーンを切り取ったかのように軽い。足取りも軽く、ステップの一つでもするのではないかという程だ。

その男の殺戮を見た者がいるのなら、それは喜劇だと、コメディだと感じる者も中にはいるかもしれない。それほどに彼は、命を粗末に、まるで自分が愉しむ為の小道具の様に扱った。

弦楽器の様に首をナイフで掻き鳴らし、独楽回しの様に臓物を引き抜いてはにっこりと笑顔を浮かべている。

その笑顔は果たして涙を隠す為の仮面なのか、それとも心の底から湧き出た笑みなのか、それは当人にすらわからない。

ただただ、一人の男が大量の殺戮を重ねている。

それだけは、それだけが、確かな事実だった。

◇◇◇

ガガバダ盗賊団。

エリュゴール王国内でも指折りに勢力規模の大きいその盗賊団の扱う悪事は最早盗みだけではなくなっていた。麻薬の栽培に、王国では禁止されている奴隷の売買……暗殺の請け負いなど、最早王国に巣くう巨大な癌となったと言えよう。

長らくその本部が分からぬまま、騎士団と盗賊団はイタチごっこを繰り返していたが、ここにきてようやく騎士団は尻尾を掴む事ができた。先の件でリキテルが殲滅したものがガガバダ盗賊団の支部だったことが明らかとなったのだ。

支部に残っていた痕跡を元に、漸く賊長であるガガバダの居場所が判明した。

大勢で押し掛けては直ぐに感づかれる。ここは王国騎士団が秘密裏に結成した少数精鋭部隊で制圧する事と決めそして今夜――それが決行される。

「俺の合図でお前らも来い。良いな」

王都より少し離れた巨大な廃屋敷。大きく見上げてしまう程に大きなそこには、蛮族らしい粗野な松明がいくつも掛けられている。……が、人の気配というものが無い。

不気味なくらいだ。まるでここで活動していた人間達がすっぽりと抜け落ちた……そんな気さえ起きる程に、奇妙な静寂がそこにはあった。

ロギンスは部下達に小さく告げると、漆黒の頭鎧《ヘルム》を被り直した。背に回した巨剣ゲートバーナーをいつでも抜ける様に、周囲に神経を張り巡らせながら屋敷の中へと忍び込んでいく。

「……」

俺の合図で——とは言ったものの、彼一人で制圧できるのならそれに越した事はない。

大きな観音扉を押し開いたが、やはり人の影はない。冷たい風が吹き抜けるだけだ。

「これは……」

しかしロギンスは分かりやすく顔を顰めた。

濃厚な血の臭いを、鋭敏に感じ取ったからだ。

ロギンスはゲートバーナーを引き抜くと、体のボルテージを上げていく。闘志を身の内で漲らせ、いつでも何がきても対応できる様に。

(ガガバダが抱える戦力は侮れない。銀級はおろか、金級の冒険者も囲っていると伝え聞く。……俺も状況次第ではまずいかもしれんな)

身に緊張を巡らせ、ロギンスは屋敷の中を練り歩いていく。

しかしどれだけ進んでも人の気配は無い。代わりに死の臭いが濃くなるだけだ。

(……どういう事だ)

人がいた形跡はある。が、人はいない。

困惑したまま、ロギンスは漸く最奥の扉まで辿り着いてしまった。

そして漸く感じ取った。その扉の奥にある、息遣いを。

「……行くか」

ここまで来ればもう袋の鼠だろうと、ロギンスは敢えてその扉を蹴破った。

そこに広がっていた光景とは——。

「……リキテル・ウィルゲイム」

ロギンスは、その名を口から零した。

広々とした空間には、地獄の光景が広がっていた。

元が人間であったのか判別できないほどの肉塊がそこら中に転がり、壁や天井にまで血のしぶきによって紅色に染められている。

肉の山に君臨するのは、ロギンスの記憶が確かならあれはリキテル・ウィルゲイムで相違ない。

全身に返り血を浴び、だらりと両腕を垂らして脱力している彼はぼんやりと空を眺めている。手からはククリナイフがとうに溢れており、力無く血を吸った絨毯の上を転がっていた。

「……あんたか」

リキテルはロギンスの存在を認めると、にこりと力無く笑みを浮かべた。

「リキテル……お前は、ここで何をしている」

「……俺？　……見たら分かんだろ」

少し皮肉を込めて。リキテルは敢えて生意気な口を叩いた。

そして、こう続ける。

「よぉ王国最強のロギンスさんよ」

「……何だ」

「あんたは、あんたほど強かったらどんな景色が見えるんだ……？」

「……何を言っている？」

「俺は……もう、取り零さない。逃げはしない……強くなって、奪う側に常に立ち続けて……だから……」

それ以上、言葉は続かない。リキテルの体は力無く傾いで、意識を手放した。

「……」

ロギンスはしっかりと受け止める。

リキテルの体は、もうボロボロだった。何が彼をそうさせたのか、どれほどの怒りが彼を修羅たらしめているのかはロギンスには推し量れない。

リキテルの心の根には何かが根ざしていて、彼を如何様な修羅にも変化させてしまう。それだけは分かって、しかしそれ以上にロギンスが彼の心に踏み込んでしまえば強烈に拒絶されることだろう。

「リキテル・ウィルゲイム……お前は一体、何を抱えているのだ……」

ロギンスの言葉は、虚空の中へと消えていく。

リキテル・ウィルゲイムとセレティナ・ウル・ゴールド・アルデライト。

二つの英雄の可能性を秘めた種は、それぞれが常人には解せない闇の側面を持っている。

ロギンスは大きく溜息を吐くと、次代の王国を憂い、空を仰いだ。

あとがき

この度は『剣とティアラとハイヒール』第二巻のお買い上げありがとうございます。著者の三上テンセイと申します。

今こうしてあとがきを書いているのは真夏の盛りなのですが、皆様にご覧頂けている頃には第一巻の発売から丸々一年が経過している頃かと思います。大変お待たせ致しました。一・二巻同時お買い上げ頂いた方は初めましてになりますね。

さて、第一巻からお読み頂いた皆様がまず気づかれたであろうイラストレーター様の変更について触れておきますが、皆様いかがだったでしょうか。緜《わた》先生の美麗なイラストの数々にきっとご満足頂けたと私は確信しております。

第一巻を彩って頂いた小山内先生の『剣とティアラとハイヒール』の世界のイメージを淀ませることなく、新しいアプローチで描かれているキャラクター達の躍動に私は酷く興奮しました。読者の皆様に巡り合えた事は勿論、小山内先生と緜先生という素晴らしいイラストレーター様と出会えた事は、この作品にとって最も幸運な事だったに間違いありませんね。

第二巻は『帝国編』。親の強烈な過保護っぷりとお家の柵から解放された今作のセレティナからは何となく男性らしく感じるシーンが多かったのではないでしょうか。というのも言葉遣いが変化しているというのがやはり大きいのだと思います。

身も心も女性として成長しつつあるセレティナですが本質的な漢らしさというのはぶれていないので、言葉遣い一つで『強い芯を持った淑女』になるか『男性口調の漢らしい女性』になるか枝分かれするのは面白いですね。

それと同時に、同じことを伝えようとしても言葉の使い方で受け手の感じ方が変わるというのはコミュニケーションにおいてしっかり理解しておかなければならないなぁと再認識致しました。

それはさておき読了後の皆様は察しておられるとは思われますが、『帝国編』はまだまだ続きます。危うい男リキテルや旧友イミティアと生まれてしまった軋轢、ウルブドールからの脱出など、まだまだ回収しきれていない展開を残しての二巻終了となります。

私自身『帝国編』は長くなるなぁと感じていますが、そもそも剣ティア完結までの全体の構想としてはまだ十パーセントも達していないので気長に楽しんで頂ければ幸いです。

さて、長くはなりましたが改めまして、『剣とティアラとハイヒール』をお読み下さった読者の皆様方、読者様と本作の架け橋になって頂いたTOブックスの皆様、そしてこんなへっぽこ作家に長く付き合って頂いている担当様、素晴らし過ぎるイラストにて第二巻を際限なく輝かせてくれたイラストレーターの緜先生、本当にありがとうございました。

それではこのあたりで筆をおかせて頂こうと思います。

皆様と再び会える日が来ることを心よりお待ちしております。

三上テンセイ

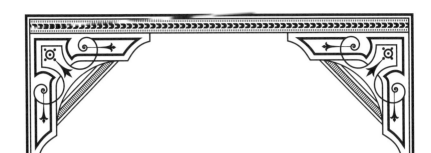

コミカライズ

第一話

SWORD,
TIARA AND HIGH HEELS

漫画 ● 箸糸シュウスケ

原作 ● 三上テンセイ

キャラクター原案 ● 小山内

ご無事ですか
姫
安心して
私の背に
隠れていて
ください

私が御護《おまも》り致します

剣とティアラとハイヒール

SWORD, TIARA
AND
HIGH HEELS

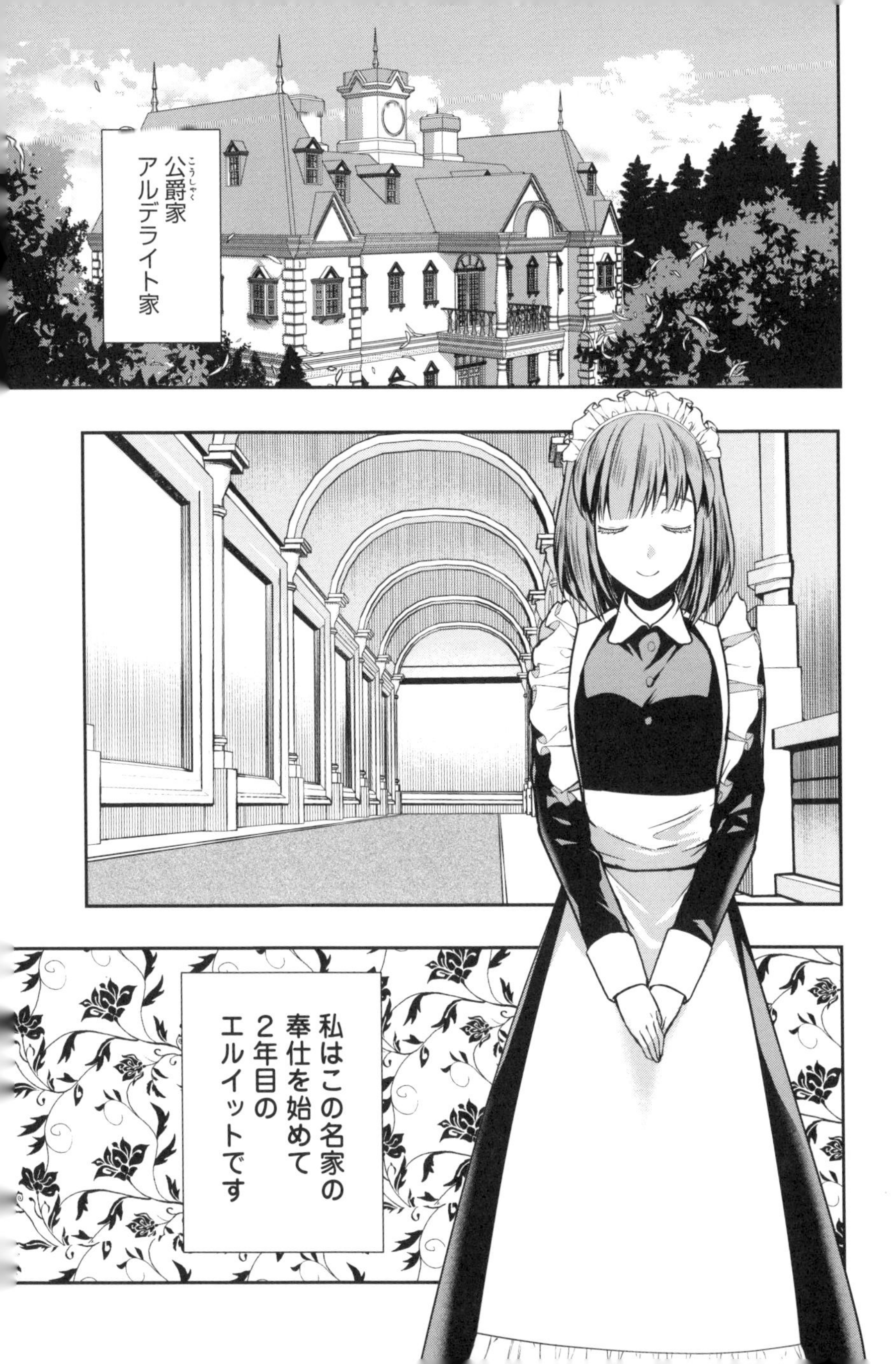
公爵《こうしゃく》家
アルデライト家
私はこの名家の奉仕を始めて2年目のエルイットです

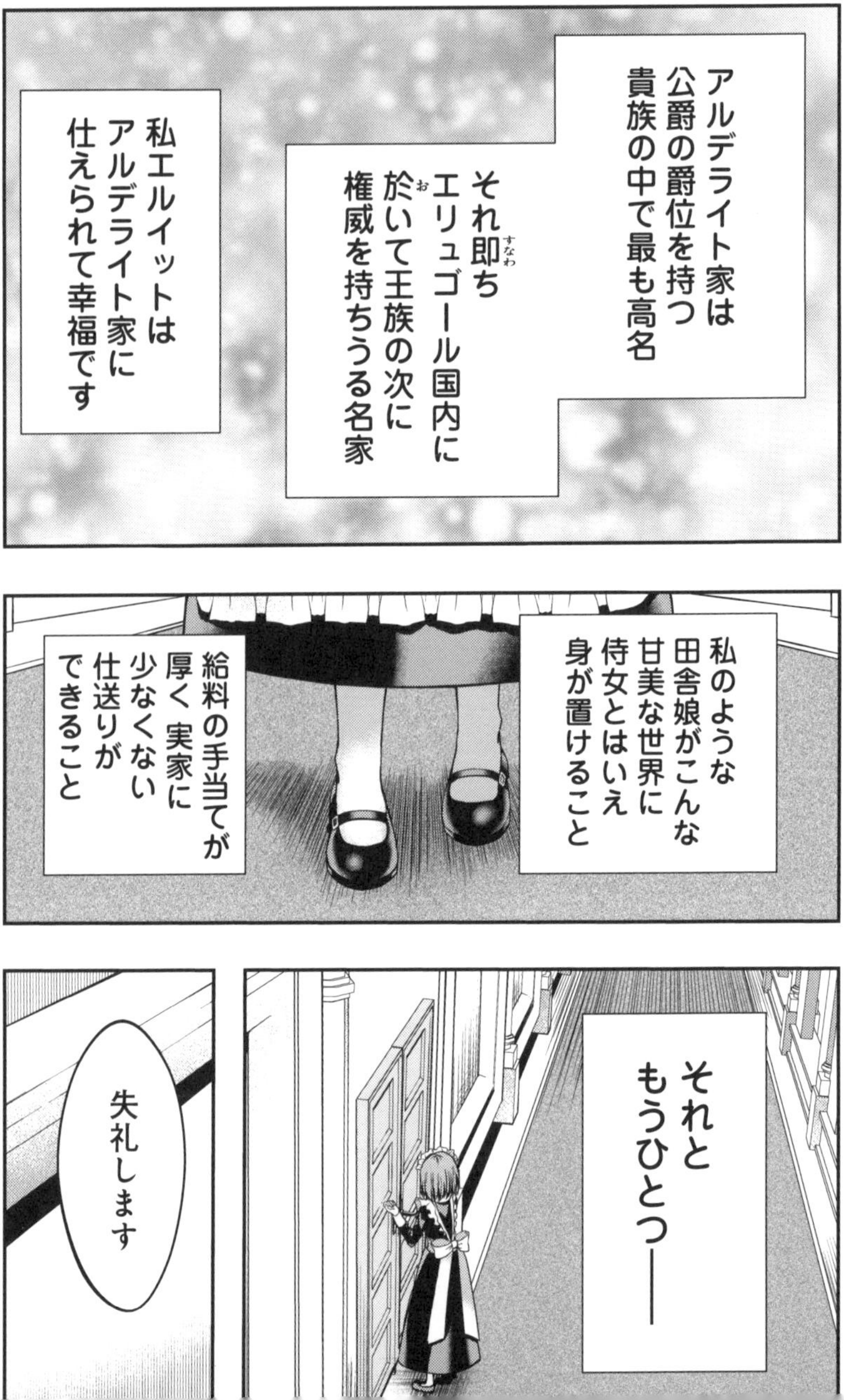
アルデライト家は公爵の爵位を持つ貴族の中で最も高名
それ即《すなわ》ちエリュゴール国内に於《お》いて王族の次に権威を持ちうる名家
私エルイットはアルデライト家に仕えられて幸福です
私のような田舎娘がこんな甘美な世界に侍女とはいえ身が置けること
給料の手当てが厚く 実家に少なくない仕送りができること
それともうひとつ——
失礼します

ガチャ

今日は一段と冷えますね
セレティナ・ウル・ゴールド・アルデライト
アルデライト家令嬢《れいじょう》であるセレティナ様凡《おおよ》そこの浮世と隔絶したような可憐なお姿！
私はお嬢様に仕えられることを至上の喜びと感じているのです！

お嬢様
お加減は いかがですか？
ぐっ
大丈夫ですよ
皆 私に過保護だと思います
病は治りかけこそ用心しなくては……
お嬢様はお体が弱…繊細でいらっしゃるので 寝ていてもらわなくては困ってしまいます

……
私は この病弱な体が 嫌いです
私はお嬢様は まさに深窓の令嬢 といったようで 好きですよ
何をいってるんですか
…ではエルイット 私の体と取り替えっこ しませんか？

カキィ
お兄様ばかりお父様に稽古《けいこ》をつけてもらってずるいです
エルイットもそう思いませんか
お嬢様遊びたい気持ちはわかりますが……
遊びではなく稽古を……

…この体が治れば お父様は 剣の稽古をつけてくださる でしょうか？
バルゲッド様が お嬢様に…… ふふっ どうでしょうね
ですが きっと
メリア様がそれを お許しにはならない でしょうね

セレティナの母であるメリアは
貴族としての矜持《きょうじ》を尊び
淑女《しゅくじょ》としての礼節を何より重んじる女である
教育のために子を一晩物置に閉じ込めておくこともある
ぎゅっ
そんな彼女が娘が剣を振り回したなどと知れば……
さ お嬢様

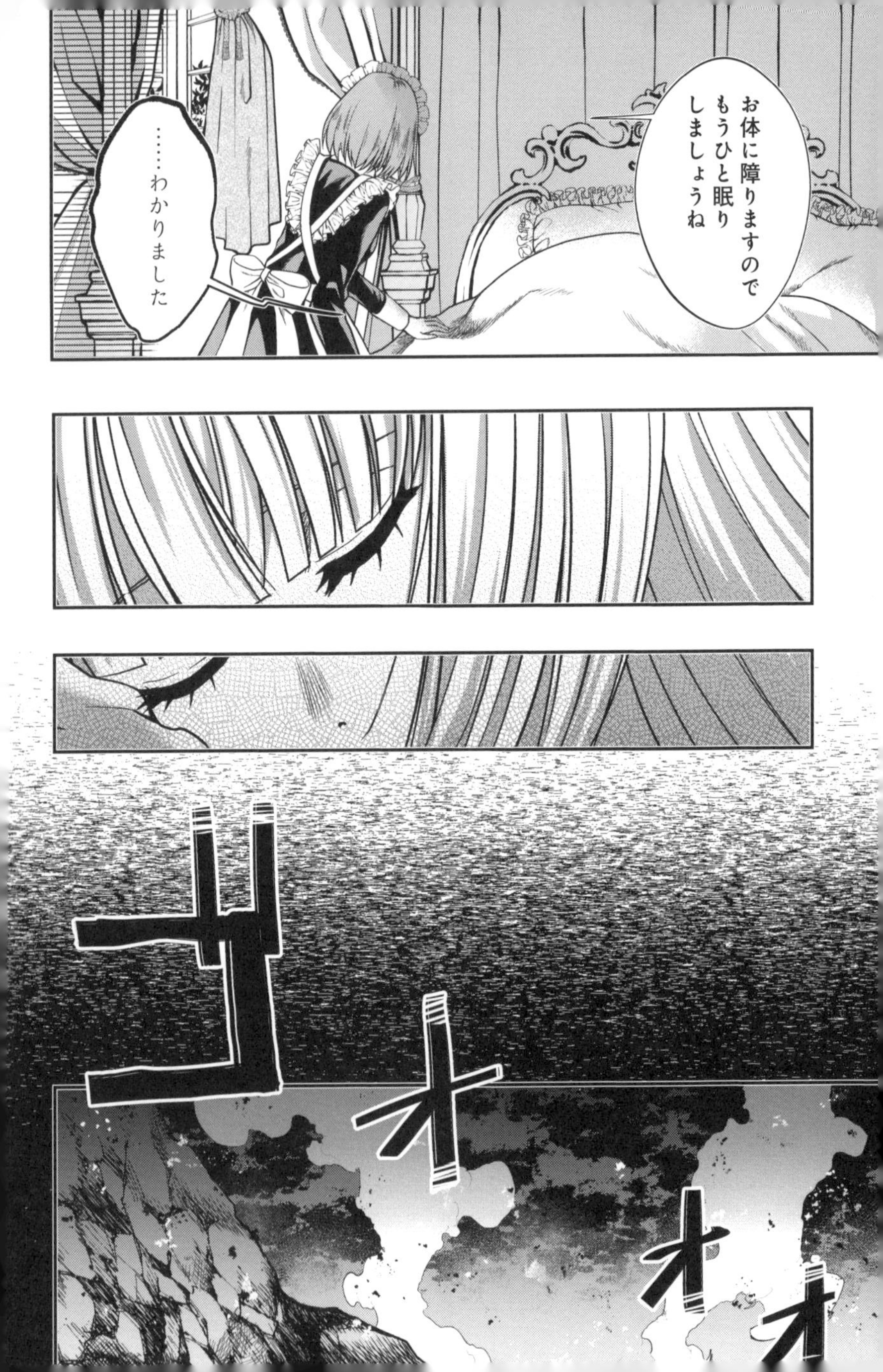
お体に障りますので
もうひと眠り
しましょうね
……わかりました
ゴオオオ

私は誰だ？
聞け！戦士たちよ
我らは死ぬ この戦で死ぬ
貴殿らが英雄と謳《うた》う この私とて屍《しかばね》を晒《さら》すことになろう
しかし私は誇らしい！
ここに集うのは

絶望を振り払わんと恐怖を乗り越え
臆《おく》すな 怯むな 光を絶やすな 我らは王国を守護する剣《つるぎ》なり！
命を燃やす星々の煌《きら》めきだ！
前のみを向き その気高き魂《たましい》を示せ！

そうだ
魔物
人を食らい 人を殺めることで
快楽を得る黒の異形たち
魔物たちに人々の
境界を跨《また》がせる
わけにはいかない
そのために騎士たちは
絶えず剣を振るう
私は王と王国を守護する鋼《はがね》の盾

英雄 オルトゥス
そう呼ばれる
優しき青年の姿は
まさしく一騎当千
死んでも良い
彼は全てを振り払う力を
望んだ

怒号
悲鳴
剣戟《けんげき》……
戦を思わせる音は既《すで》にそこになく
風が草原を撫《な》でる音のみが
オルトゥスの耳を擽《くすぐ》った

ドサッ
護れたのなら良い
自分は成し遂げられたのだ
……王は
自分を褒めて下さるだろうか
…それとも私の死をお怒りになるだろうか

オルトゥスの体が冷え死を纏《まと》う感覚が巡る
そして心に絡みつく憤りがあった
死によって王より賜《たまわ》った大恩を返せぬまま死ぬことへの憤りだった
そしてその王の今年にも産まれる第一王子を謁見《えっけん》できないこと
それがオルトゥスにとっての心残りであった

……来世でも
王の…
そして…
御子のお側に……
後に「エリュゴールの災禍《さいか》」と呼ばれる歴史上稀《まれ》に見る大戦は
オルトゥス率いる20万の兵士たちの目覚ましい活躍によって100万の魔物は避けられるに至った
オルトゥスと20万の英霊《えいれい》はこの10年先でも讃えられている

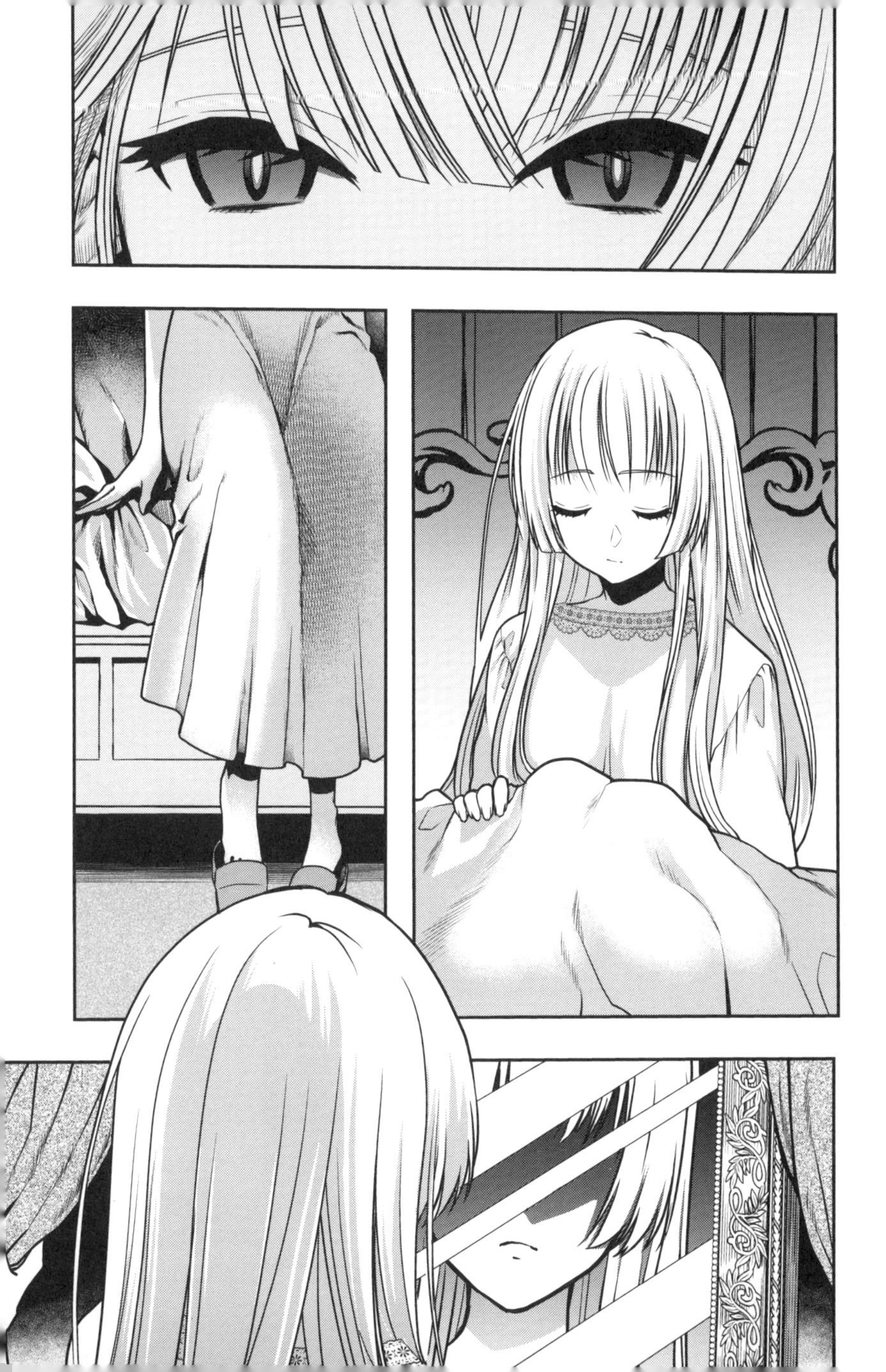

…私もずいぶん可愛らしくなったものだ
騎士オルトゥスが死の間際に願った転生
それは荒唐《こうとう》無稽《むけい》で子どもが思い描くような傲慢《ごうまん》な願いだった——…

しかし
その願いは聞き届けられた
オルトゥス《前世》の記憶を受け継いだまま
アルデライト家の子として生を賜ったのである

自分がオルトゥスだと自覚が芽生えたのは言葉を喋れるようになった頃だった
彼は幼い手で感動に身を震わせた
また王に身を捧げることができる
彼の心には喜びが満ちるのみだった
しかし 現実はそう甘くない！

ゴホッ
オルトゥスの魂が
宿るこの肉体は
あまりにも脆弱《ぜいじゃく》だった
激しい運動を行えば
息切れはおろか
喘息《ぜんそく》の発作を起こし
熱を出してしまう
そしてこの世界は
基本的に男社会
厳しい戦場に
尊い身分の令嬢は
認められない

また苦い薬を飲まねばならんのか…
陰鬱《いんうつ》なものが日々心の底に募っていくのを感じずにはいられなかった
そもそも貴族の令嬢は
男と結ばれ子を残さねばならない
血統を残すことは
貴族としての責務だからだ

私《セレティナ》の中の「男《オルトゥス》」が
そんな未来は私には背負えない
それを拒絶する
私は再び騎士になるのだ

それがたとえ！
どんなに困難な道であろうとも
あのメリアを説得するには骨が折れるが
娘に甘い父上…バルゲッドに擦り寄れば道が開けるかもしれん
コクーー

…でも私は！
やる！
私はやるぞ！

剣とティアラとハイヒール
〜公爵令嬢には英雄の魂が宿る〜
@COMIC
［漫画］箸糸シュウスケ
［原作］三上テンセイ ［キャラクター原案］小山内
英雄の魂を宿した
深窓の令嬢が贈る、
12月17日 連載開始!!

騎士道ヒロイック・ファンタジー!
COMIC コロナ CORONA
TOcomics
にて2020年

女神様の本……
一体どんなのだろう？
読んでみたいな。
「祠巡り」
貴族院に浮かぶ「巨大な魔法陣」
ィナンドを
か…？
真のツェントに
なるのは
わたくし
ですもの！
迫る「次期ツェント候補」

「地下書庫」での作業
「英知の女神メスティオノーラの書」とは？
本好きの下剋上
司書になるためには手段を選んでいられません
第五部 女神の化身Ⅴ
香月美夜
miya kazuki
イラスト：椎名 優
you shiina
2021年春発売予定！
フェルディナンド
救える
冷静になれ…

剣とティアラとハイヒール
～公爵令嬢には英雄の魂が宿る～ SECOND

2021年1月1日　第1刷発行

著　者　三上テンセイ

発行者　本田武市

発行所　TOブックス
〒150-0002
東京都渋谷区渋谷三丁目1番1号　PMO渋谷Ⅱ　11階
TEL 0120-933-772(営業フリーダイヤル)
FAX 050-3156-0508

印刷・製本　中央精版印刷株式会社

ISBN978-4-86699-093-4

Printed in Japan